Kitty Kino
Die kleinste Berührung
Roman

FSC
www.fsc.org
MIX
Papier aus ver-
antwortungsvollen
Quellen
Paper from
responsible sources
FSC® C105338

www.kittykino@aon.at
Coverfoto, Autorenfoto: Kitty Kino
Lektorat: Maria Ankowitsch, Brigitte Woda-Stabl
Zitat Seite 269: Stephen W. Hawking, *Eine kurze Geschichte der Zeit.
Die Suche nach der Urkraft des Universums.* Rowohlt TB 1988, S. 93.

Bibliografische Information der Deutschen Nationalbibliothek: Die
Deutsche Nationalbibliothek verzeichnet diese Publikation in der
Deutschen Nationalbibliografie; detaillierte bibliografische Daten
Sind im Internet über dnb.dnb.de abrufbar.

© 2022 Kitty Kino
Herstellung und Verlag: BoD – Books on Demand, Norderstedt

ISBN 978-3-7347-7968-8

Kitty Kino

DIE
KLEINSTE
BERÜHRUNG

Roman

Eine Geschichte über Berührungsangst
und Verschmelzungsfantatasien, angeregt
durch einen ganz speziellen Warnhinweis
von Stephen W. Hawking.

PROLOG

Vielleicht ist das Universum auch nur ein Mensch.
Jeder Mensch ist schließlich ein eigenes Universum.
Im Großen: Milliarden und Abermilliarden von Sternen,
Sonnensystemen, Galaxien.
Im Kleinen: Milliarden von Zellen, Molekülen, Atomen,
Elektronen, Quarks.
Doch genaugenommen, sowohl da als auch dort, hauptsächlich
LEERE. Nichts als NICHTS.
Wie entstand dann diese sichtbare, fühlbare, festgefügte Welt?
Durch Ver-Dichtung? Entstand alles durch Dichtung?

Gedanken streunen, noch nicht greifbar, durch das Chaos. Eine
Ahnung steigt aus der Tiefe auf, schwebt, matt schillernd wie eine
Seifenblase, durch Sternennebel, vorbei an den Gefahren von
Sonneneruptionen und der Anziehungskraft Schwarzer Löcher, sie
steuert auf einen sandkorngroßen blauen Planeten zu, nähert sich
diesem langsam, aber beständig.

Bald sind zwischen Wolkenschleiern Meere und Kontinente zu
unterscheiden. Schneebedeckte Berge, mäandernde Flüsse, dichte
Urwälder werden erkennbar, ebenso wie linealgerade Felder,
pulsierende Verkehrsadern, Müll-, Blech- und Betonwüsten.
Die Ahnung wird zur Idee.

Ein großer Platz in der Abendsonne. Gestalten, klein wie
Ameisen mit langen, dünnen Riesenschatten, hasten dahin, drängen
vorbei, berühren einander flüchtig – Menschen.

Weiter, über ein Meer aus Sand – hin zu einer Wüstenstadt. Von einem Minarett aus ruft der Muezzin zum Gebet. Ein Schlangenkörper windet sich durch die engen Gassen eines orientalischen Basars. Händler stellen sich Passanten in den Weg, lotsen sie gestikulierend in ihre Geschäfte.

Menschen – eigenartige Wesen, die anscheinend nur zusammengepfercht, in dampfenden Städten existieren können. Sogar ihre Kinder toben fast nur auf abgetretenem Rasen oder zubetonierten Schulhöfen herum, obwohl es herrliche weite Landschaften auf diesem Planeten gibt.

Jubel und Aggression in einem Fußballstadion. Eine Welle aus Zuschauern wogt in den Tribünen, als wären diese streitbaren Individuen plötzlich zu einer flüssigen Seele verschmolzen – Menschen.

Auch um den Ruhepol heiliger Kühe pulsiert hektisches Leben. Buntbemalte Fahrzeuge verpesten lärmend die Luft. Menschentrauben hängen an überfüllten Zügen, sitzen eng gedrängt auf den Dächern klappriger Waggons. Die langen weißen Haare eines alten Bauern wehen im Fahrtwind mit dem Rauch der Dampflokomotive um die Wette.

Menschen – ihr Lärm und ihre Musik. Tanzende Körper in einem Karnevalsumzug. Spontane erotische Berührungen, Umarmungen, Küsse.

Menschen – schon mitten unter ihnen riecht man ihren Schweiß, ihr Parfum, ihre Freude, ihre Angst. Die Reise wird langsamer, die Idee wird konkreter, der Blick wird genauer …

1   Das Ereignis

Ein großes, strenges, graues Gebäude – ein Krankenhaus. Auch hier Menschen – anonym und zahlreich. Ein Krankenhaus ist ebenfalls ein Universum – eine ganz eigene Welt. Als Patienten verändern die Menschen ihren Gang, ihren Rhythmus, ihre Wichtigkeit. Sie werden zwar nie so wichtig sein wie die Ärzte oder so geschäftig wie die Schwestern, doch auch nicht so fremd und unsicher wie die Besucher, die mit Blumensträußen durch die Eingangshalle eilen, die Informationsstelle umlagern, den Weg zum Krankenbett suchen, schnell dort sein müssen oder es schnell hinter sich bringen wollen.

Nur die schlanke Frau im weißen Arbeitsmantel, die Eis essend durch die Halle schlendert, ist nicht so leicht einzuordnen. Ihre Art zu gehen ist anders, schöner, natürlicher. Ihren feinen Gesichtszügen kann sie locker jegliches Make-up ersparen, und ihre Haare – mit einer Klammer hochgesteckt – würden immer gut aussehen, jedes Mal: eine kurze, lässige Bewegung – klips – und perfekt.

Ines Tiefenbach ist Mitte dreißig und arbeitet in diesem Spital schon seit Längerem als Physiotherapeutin. Viele ihrer Kolleginnen und Kollegen, aber auch einige Patienten und Ärzte wüssten gerne, warum sie hier hängen bleibt, wo ihr doch eine gut ausgestattete Privatpraxis viel besser zu Gesicht stünde. Ihre Antwort ist jedes Mal nur ein verhaltenes, leicht wehmütiges Lächeln, aus dem niemand schlau werden kann, außer Elli, eine ihrer Kolleginnen, die zumindest glaubt zu wissen, was der Grund für Ines' Understatement ist.

Nun hat Ines das Eis ausgelöffelt, blickt auf die hässliche Digitaluhr über dem Infostand und beschleunigt ihren Gang zur Liftanlage. Ihre Pause ist bald zu Ende, und der labyrinthische Weg zu ihrer Abteilung ist weit.

Und was die – immerhin sechs – Aufzüge betrifft, die sind jedes Mal eine Übung in Geduld und Gelassenheit, doch diesmal scheint Ines Glück zu haben.

Eine Lifttür öffnet sich. Dr. Wassmuth, schon von Weitem als Kapazität in Weiß zu erkennen, und eine schüchtern wirkende, schlecht gekleidete Besucherin mit ärmlichem Blumenstrauß betreten vor Ines die Kabine. Die Frau scheint nicht zu wissen, welches Stockwerk sie wählen muss, wodurch eine Verzögerung entsteht. Ines will die Gelegenheit nützen, ebenfalls einzusteigen, muss aber den Eisbecher noch rasch entsorgen. Im Gehen visiert sie einen Mistkübel an, trifft aber daneben, und während sie den Becher aufhebt, schließt sich die Lifttür mit gemütlicher Langsamkeit vor ihrer Nase. Dabei wird Ines gerade noch Zeugin eines seltsamen Anblicks: Ein unergründliches Lächeln flattert wie ein Schmetterling zwischen dem Primararzt und der Besucherin hin und her.

Ines steht noch einen Moment lang vor der geschlossenen Tür. Nein, das habe ich jetzt nicht gesehen, denkt sie. Der Gott-Chirurg und diese kleine graue Maus? Sie dreht sich kopfschüttelnd um die eigene Achse und sprintet die Treppe hinauf.

Inzwischen gleitet der Lift nach oben, Räder drehen sich, Seile vibrieren, Leuchtziffern zeigen Stockwerke an. Und in der Kabine verringert sich der Abstand zwischen Dr. Wassmuth und dieser namenlosen Frau mit den welkenden Blumen von Sekunde zu Sekunde …

Ines hat zwar eine gute Kondition, muss jetzt aber doch am vorletzten Treppenabsatz stehen bleiben, um zu verschnaufen. In ihrer Familie war Sport nur eine lästige Nebensache, aber immerhin, man musste sich fit halten für die wesentlichen Dinge im Leben – für das *eine* Wesentliche: die Musik.

Plötzlich: ein ohrenbetäubendes Dröhnen und ein giftiges Zischen aus dem Liftschacht.

Ines blickt erschrocken in Richtung der Geräusche.

Aus den Ritzen der Lifttür zucken weiße Blitze, und Qualm schlängelt sich hervor, wie die Arme eines Riesenkraken. Sekunden später schieben sich mit lautem Quietschen die Aluminiumplatten der Tür auseinander. Dahinter baumelt über dem Abgrund an angesengten Seilen ein qualmender, Funken sprühender Klumpen.

War dieses grauenhafte Gebilde, das aussieht wie der Kopf eines erhängten Riesen, vor Kurzem noch eine … nein, diese ganz bestimmte … Liftkabine?, schießt es Ines durch den Kopf, und eine eiskalte Dusche aus purem Adrenalin lässt sie sofort mit erstaunlicher Nüchternheit handeln: Sie hastet zur nächstgelegenen Alarmstation, zerschlägt ohne zu zögern das Glas und drückt den Alarmknopf. Eine Sirene schrillt durch das Gebäude …

Alberts Hände modellieren einen Frauentorso aus Tonerde. Das weiche, leicht formbare Material ist die Substanz, die später für den Gussabdruck dienen wird. Seine eher groben, tonverschmierten Finger tasten zärtlich über die prallen Rundungen seines Geschöpfs. Herumliegende Aktfotos aus billigen Heften und eigene, mit gutem Strich gezeichnete Bewegungsstudien dienen ihm als Vorlagen. Es klopft an der Tür. Albert schaut kurz von seiner Arbeit auf.

»Ja?«

Frau Ebenbauer betritt den Raum und stapelt wortlos Alberts Wäsche in verschiedene Laden eines altdeutschen Kastenungetüms, das sich in dem sonst karg eingerichteten Zimmer wie ein Alien ausnimmt und sicher nicht zu Albert Ritters spärlichem Besitz gehört. Dieser besteht neben seinen kleinen Kunstwerken, die überall achtlos herumstehen – stilisierte, rundliche Frauentorsi, vorwiegend in Bronze gegossen –, aus einem Arbeitstisch, einem reichlich breiten Bett und zwei Sesseln, einem Fahrrad, einem Surfbrett, seinem beruflichen Equipment und einigen nicht ausgepackten Umzugskartons, die Mila Ebenbauer mit dem ewig gleichen Missfallen umrundet.

Niemand von meinen Gästen will sich eingestehen, dass er meine Pension nicht so bald wieder verlassen wird, denkt sie dabei jedes Mal. Nur ein Provisorium, haben sie alle gedacht, in all den Jahren. Dass ich nicht lache!

Telefonläuten.

Albert schaut sich widerwillig nach seinem Handy um. Frau Ebenbauer entdeckt es vor ihm. Sie nimmt es mit spitzen Fingern, als hätte sie eine Maus gefangen, und reicht es Albert hin. Dann wendet sie sich wieder der Wäsche zu, lauscht dabei aber gespannt.

Albert meldet sich, in nicht gerade freudiger Erwartung: »Ritter ... schon wieder? ... und zwar wo? ... ja klar ... bin schon dort.«

Alberts Widerwille ist verflogen, er springt auf, reinigt seine Hände und greift hastig nach seiner speckigen Lederjacke. Die weiteren Handgriffe sitzen wie im Schlaf: die Tasche mit dem Equipment, die Akkus von den Ladestationen trennen und verstauen, die Kamera checken, auf die Schulter damit – und schon ist er zur Tür hinaus.

Viel zu rasch für Frau Ebenbauer, die doch unbedingt wissen muss, was denn schon wieder Entsetzliches passiert ist. Glücklicherweise stößt Albert auf dem schummrigen Gang der schon lange nicht mehr allzu *bellen* »Bel-Étage-Pension« beinahe mit Herrn Petkov zusammen. Der ältere russische Pensionsgast balanciert gerade seine übliche Tasse Nachmittagstee vor sich her.

Albert murmelt eine Entschuldigung und will rasch weiter, doch Petkov verfolgt ihn hartnäckig bis zur Eingangstür, hält ihn dabei sogar am Ärmel fest und löchert ihn in seinem besten, fast akzentfreien Deutsch mit einem Fragenstakkato: »Ah, Herr Ritter, immer im Einsatz ... ist *Es* schon wieder passiert? Ist das schon Anfang von Weltuntergang? Was glauben Sie? Menschen machen das ... oder Rache von Natur?«

Albert schaut eine Spur zu ruhig auf Petkovs Klammergriff. »Herr Patschkopf, ich verrate Ihnen was …«

Frau Ebenbauer hält sich dezent im Hintergrund, lauscht aber umso gespannter, und wie auf Kommando öffnen sich auch andere Türen vor neugierigen Ohren und Augen.

Petkov ist ebenso beleidigt wegen der Verunglimpfung seines guten, alten russischen Namens wie beglückt und in gespannter Erwartung durch die Gelegenheit auf die Insiderinformation: »Petkov, bitte … ja?«

»*Es* passiert …«, Albert macht eine bedeutungsschwangere Pause, »… jetzt! Wenn Sie Ihre Klebeln nicht sofort von meiner Jacke nehmen.«

Dabei schnappt er wie ein gereizter Wolf nach Petkovs Hand. Petkov zieht erschrocken seine Finger zurück und schüttet sich dabei den Tee auf den Schlafrock. Albert schmunzelt und schlägt ihm die Tür vor der Nase zu.

Petkov weinerlich: »So ein Rüpel, wirklich wahr!«

Mila Ebenbauer verbeißt sich einen Grinser. Sie liebt diesen Albert auf eine ganz eigene Weise. Wenn sie nur jünger wäre … Vielleicht glaubt es jetzt niemand mehr, aber sie war auf ihre Art früher einmal attraktiv, eine Gefahr für einige ihrer Gäste. Immer irgendwie zu dünn, zu ausgezehrt, mit Tränensäcken als Markenzeichen, aber sehr schönen dichten Haaren und einem Mund wie Jeanne Moreau. Sie spürt, dass Albert ihre Sexualität noch ahnt, sie nicht einfach nur als altes, geschlechtsloses Weib betrachtet. Jeder Blick von ihm – ein kleiner Kometenschauer durch ihre Bauchregion. Diese Momente überspielt sie stets mit besonderer Strenge, um nicht in völlig unpassende Koketterie zu verfallen.

Das Leben wird langweilig werden, wenn er einmal auszieht. Und er ist der Einzige ihrer Gäste, bei dem sie dies noch für sehr wahrscheinlich hält. Ab und zu bringt er eine Frau mit in sein

Zimmer. Die meisten verabschiedet er noch in der gleichen Nacht. Manche sind aber anhänglich, wollen ihn sich schnappen, wollen gleich seine Wäsche zum Waschen mitnehmen oder seine Kunstwerke vermarkten.

Aber auf die Art können sie sich bei ihm nicht einschleimen, das weiß Frau Ebenbauer genau, da merkt er gleich, wie viel es geschlagen hat. Dann verzieht er beim Frühstück das Gesicht und murmelt Worte in sich hinein, wie: »Putzfee« oder »Wäschermädl« oder manchmal auch »Galeristin«. Dann nickt Mila ihm verschwörerisch zu und kann wieder aufatmen, dann weiß sie, dass es noch nicht so weit ist.

In letzter Zeit übernachtet er aber öfter auswärts. Das bedeutet schon eher Gefahr. Da hat eine der Damen womöglich eine sehr einladende Wohnung. Frau Ebenbauer wischt ihre Ängste beiseite: Albert will seine Ruhe. Außer für Sex braucht er keine Frau.

Inzwischen ist Albert die Treppe hinuntergestürmt und hat die Haustür aufgerissen.

Überraschung!

Seine Exfrau Christiane und sein kleiner Sohn Pauli stehen wie ein steinernes Mahnmal der Pflichterfüllung vor ihm. Albert bremst sich gerade noch ein, um die beiden nicht umzurennen: »Jessas, Pauli, auf dich hab ich ja ...«

Er verschluckt das Wort »vergessen«, das will der Kleine jetzt ganz sicher nicht hören. Der schmächtige Bub sieht die Kamera auf Alberts Schulter und hat sofort Tränen in den Augen. In die peinliche Stille hinein wirft sich die Haustür mit unwirschem Knarren in Alberts Rücken und schubst ihn geradezu auf die Straße, über die Straße, hin zu seinem Auto. Die beiden folgen ihm auf den Fersen. Während er sein Equipment verstaut, muss er Pauli wenigstens nicht in die Augen schauen.

»Es ... es ist zum Weinen«, presst er heraus, »aber ich muss ... ich bin im Einsatz!«

Christiane atmet durch und lässt einen Aggressionsschub auf Albert los: »Das ist nicht zum Weinen, sondern zum Kotzen. Ich bin auch im Einsatz und zwar vierundzwanzig Stunden, dreihundertfünfundsechzig Mal. Da ist einmal in der Woche …«

Albert, der schon längst taub für Christianes Vorhaltungen ist, klappt sich auf Paulis Größe zusammen und wischt ihm verlegen die Tränen weg.

Der Kleine murmelt verschämt etwas von einem Staubkorn, das ihm in die Augen gekommen ist. Albert nickt und boxt ihm aufmunternd auf die Schulter.

»Aber wir holen das nach, morgen oder übermorgen, dann erzähl ich dir auch, was schon wieder Spannendes passiert ist.«

Pauli schaut ungläubig. Albert versinkt einen Moment lang in den großen, traurigen Kinderaugen. Sie sind das Schönste in dem komischen Gesichterl. Was hab ich bloß mit diesem schwachbrüstigen kleinen Weichling zu tun, diesem ewig ängstlichen, weinerlichen Bürscherl mit den farblosen, stumpfen Strubbelhaaren und den abstehenden Ohren? Sicher wird er tagtäglich gemobbt und geschubst, und ich bin nie da … wäre auch nicht gerne dabei. Will stolz sein können auf meinen Sohn, beim Sport oder so … wie andere Väter auch. *Mein* Sohn *muss* doch eigentlich ein Alpha-Typ sein. Wieso *muss*?, fragt sofort eine freche Gegenstimme in Alberts Kopf und er merkt, dass er sich selbst verwirrt.

Inzwischen hat Christiane weiter auf ihn eingeredet und mit Sicherheit keinen der üblichen Vorwürfe ausgelassen.

Fluchtreflex! Nur weg! Albert macht eine unbeholfene Entschuldigungsgeste, klemmt sich hinter das Steuer und legt einen Rallyestart hin.

Christiane und Pauli fallen in sich zusammen. »Verdammt, du blöde Kuh!«, schimpft Christianes innerer Kritiker. »Jedes Mal nimmst du dir ganz fest vor, die sanfte, anziehende, verständnisvolle Frau zu sein. Nicht nur irgendeine Frau, nein, *seine Frau,* der rettende Hafen, in den der verwirrte Mann nach einer mehr oder weniger unnötigen Odyssee auf jeden Fall zurückkehren wird.«

Christiane ist sich immer noch sicher, dass sie die beste, die vorbestimmte Frau für Albert ist. Das ist doch kein Zufall gewesen, dass sie schon beim ersten Mal von ihm schwanger geworden ist, damals. Also warum hüpfen ihr bloß immer wieder diese Vorwurfsfrösche aus dem Mund?

Und Pauli? Er ist sowieso überzeugt, dass es seine Schuld ist, dass der Papa nicht mehr bei ihnen wohnt. So ein Weichei wie ihn will keiner als Sohn. Und ganz besonders nicht sein Vater, der coole Superheld, der News-Kameramann, der auf allen Kriegsschauplätzen der Welt zuhause ist und immer schon der Angst eine lange Nase gezeigt hat – ganz sicher schon in Paulis Alter und noch früher.

»Komm, wir gehen Eis essen«, sagt Christiane tonlos und ist sich dabei nicht sicher, wer von ihnen beiden diese süße Tröstung gerade nötiger hat.

2   Die Begegnung

Die Gänge vor den Liftanlagen des Krankenhauses sind bereits mit gelb-schwarzen Plastikbändern gegen die Schaulustigen abgesperrt. Der Riesenkopf ist inzwischen abgekühlt und hat ausgependelt. Feuerwehr, Polizei, Ärzte, Sprengstoffexperten, Presse- und Fernsehleute sind am Ort des seltsamen Geschehens eingetroffen.

Ines kauert blass auf einer Bank, eine Decke liegt über ihren Schultern. Sie will es nicht zugeben, aber so ein Ereignis hautnah mitzuerleben, gerade noch dieser, genau dieser einen Liftkabine durch einen schlecht gezielten Eisbecherwurf entkommen zu sein – das schockt doch ziemlich, da kann der Verstand sagen, was er will, da hat der Körper seine eigenen Gesetze.

Also schlürft sie brav etwas Heißes aus einem Pappbecher und beobachtet dabei Peter Nemec, den gutaussehenden, dynamischen Krankenhausverwalter. Die richtige Persönlichkeit am richtigen Ort, denkt Ines mit einem Anflug von Sarkasmus. Die super Managerschulung ist nicht zu übersehen, und sicher belegt er immer noch jedes Jahr einige Seminare im Erfolgsleiterkraxeln. Ich muss ihn einmal fragen, ob er schon über glühende Kohlen gelaufen ist. Weiter kommt Ines nicht in ihren Überlegungen, denn nun lotst Peter Nemec fürsorglich einen Arzt zu ihr hin. Dieser leuchtet ihr in die Augen und misst ihren Puls. Ines windet sich, hält den Aufwand für unnötig und beschuldigt unterschwellig gereizt den Verwalter der Übereifrigkeit. Sie will aufstehen, doch Nemec drückt sie wieder auf die Bank und setzt sich zu ihr: »Was soll die Eile, kommen Sie doch erst einmal zu sich.« Das »Sie« in seiner Anrede wirkt dabei irgendwie unecht. Die beiden kennen einander näher, als sie nach außen hin zugeben wollen.

»Ich bin bei mir!«, erwidert Ines schroff, »und ich weiß, was ich gesehen habe!«

Nemec will ihre Argumente wegblödeln: »Machen S' doch keine makabren Scherze!«

Er greift nach ihrer Hand, doch sie entzieht ihm diese zornig: »Das ist kein Scherz. Es war der Dr. Wassmuth und eine Besucherin. Mit Blumen!«

Nemec schüttelt den Kopf: »Die sind natürlich vorher ausgestiegen. Da war niemand drin, steht hundertprozentig fest. Außerdem, man würde das verkohlte Fleisch riechen.«

Ines verzieht angewidert das Gesicht: »Selber makaber.«

Sie blickt besorgt zur Liftkabine hin und spricht plötzlich nur mehr ganz leise weiter: »Aber irgendwas verheimlichen die uns doch … auch wenn man keine Leichen findet … alle diese Ereignisse … das ist doch …«

Nemec beugt sich zu ihr und geht auf ihren Flüsterton ein: »Schon wieder dieser Verfolgungswahn?«

Ines kontert mit aggressivem Unterton: »Schon wieder diese Arroganz?«

Sie dreht sich von Peter Nemec weg und wirft den Pappbecher mit zornigem Schwung in einen entfernten Mistkübel. Diesmal trifft sie.

Nemec lenkt ein: »Glauben Sie denn wirklich, dass sich die Selbstmordterroristen jetzt schon als harmlose Besucherinnen tarnen, ihre Bomben in Blumensträußen verstecken und es ausgerechnet auf einen Chirurgen in einem Krankenhaus abgesehen haben?«

Ines weiß nicht, was sie darauf erwidern soll. Aber wer weiß in Zeiten wie diesen schon, was man glauben soll oder wissen kann?

Nemec tätschelt ihre Hand, erhebt sich und stürzt sich wieder in die Arbeit.

Albert turnt mit seiner Kamera am Rande des Liftschachtes herum, um besonders eindrucksvolle Einstellungen von der verkohlten Liftkabine zu bekommen. Ossi, sein junger Assistent, hält ihn dabei am Gürtel fest.

Dr. Weber, der Redakteur des TV-Senders, für den die beiden arbeiten, schaut sich genervt nach Albert um und wogt dann mit seinem gummiartigen Gang auf ihn zu: »Herr Ritter, was sind das schon wieder für Spielereien? Mir rennen die Interviewpartner davon!«

Albert hört auf zu drehen, tauscht einen genervten Blick mit Ossi und steht langsam auf. Seine Bewegungen verraten, was er denkt: Für dich, du hirnlastiger Erzeuger von unfilmischen Kopfsalat-Berichten, nur keine unnötige Hast. Die wirklich wichtigen Dinge hat meine Kamera noch nie versäumt.

Albert kann Intellektuelle, wie diesen überlangen, zaundürren Leninbartträger mit Denkerstirn, nicht ausstehen. Sie sind ihm zu einseitig, sie stehlen der Welt die Sinnlichkeit. Sie sind überhaupt das Grundübel dieser Welt. Jawohl! Genau solche Journalisten wie dieser Dr. Weber, dieser Weberknecht!, kocht es in Albert hoch. Immer nur dieses Informationsgeschwätz, das nur aus Worthülsen besteht. Keiner von denen beherzigt das ewig gültige Gesetz, dass ein Bild mehr sagt als tausend Worte.

Der pfiffige Ossi bemerkt, dass es Zeit ist, seinen Boss aus dem Frustgegrübel zu holen. Er stupst ihn an und fragt gespielt genervt: »Und wo ist der Weberknecht jetzt wieder hin verschwunden?«

Beide halten Ausschau nach dem Redakteur, der irgendwo im Getümmel herumschusselt, um seinen Interviewpartner wiederzufinden. Albert kann nicht anders, er nimmt die Kamera wieder auf, um einen Schwenk über die Anwesenden zu drehen. Dabei erregt eine junge Frau im weißen Arbeitsmantel und mit einer Decke um die Schultern seine Aufmerksamkeit. Ines blickt gerade nachdenklich zur Liftkabine herüber, und Albert zoomt auf ihr interessantes Gesicht hin. Sie merkt, dass sie gefilmt wird, und schaut in das Objektiv. Albert nimmt die Kamera vom Auge, um sicherzugehen, dass er nicht in einen anderen Film geraten ist, und starrt Ines an.

Sie bleibt verwundert an seinem Blick hängen, und der unsichtbare Leitstrahl, der durch diesen Blickkontakt entstanden ist, zwingt sie dazu aufzustehen. Die Decke gleitet ihr von den Schultern, und beide gehen, wie magnetisch angezogen, ein paar Schritte aufeinander zu. Vielleicht haben ja nicht nur die Fledermäuse ein Radarsystem, ein Echolot. Für Albert wird die restliche Welt unscharf – für Ines vergeht sie in einem nie gehörten Klang.

Ossi beobachtet die Situation mit Erstaunen. Er blickt von Ines zu Albert, von Albert zu Ines und versucht diese Begegnung seines Chefs in eines der Unterfächer seiner Gedankenlade mit der Aufschrift *Alberts Damenbekanntschaften* einzureihen.

Da erscheint Dr. Weber am Treppenabsatz und wedelt mit seinen Spinnenarmen: »Herr Ritter, Ossi, also jetzt kommt's doch endlich!«

Ossi zupft Albert am Ärmel: »He, Albert, der Weber ... wir müssen ...«

Albert schaut ihn verwirrt an. Wer ist der Knirps, und was will er? Ah ja, es ist Ossi. Ah ja, das wirkliche Leben! Und der Traum, gerade eben? Er blickt rasch wieder zu Ines hin, doch sie geht oder, besser gesagt, schwebt bereits den Gang hinunter und verschwindet hinter einer Schwingtür. Stopp!, schreit es in Albert. Können wir diese Szene bitte wiederholen? In Superzeitlupe mit dem 500er Tele!

Ossi setzt ein Grinsen auf, er ist überzeugt, nun doch den richtigen Zugang zu der seltsamen kleinen Begebenheit gefunden zu haben: »Wenn du mir eine Woche lang deine alte Kamera borgst, dann weißt du in fünf Minuten, wie sie heißt, was sie macht, wo sie wohnt, Telefonnummer, Familienstand, Schuhgröße, Lieblingsparfum, Hobbys, Stammlokal ...!«

Albert drückt seinem Assistenten wortlos die Kamera in die Hand und folgt Ines.

Ossi ist perplex: »Ich darf? Aber was soll ich dem Weberknecht sagen?«

Albert, ohne sich noch einmal umzudrehen: »Dass mich der Blitz getroffen hat!«

Beunruhigend, denkt Ossi, das ist alles sehr beunruhigend. Kopfschüttelnd schiebt er den Riemen des Tonmixers zur Seite, nimmt die Kamera auf die Schulter und folgt dem Redakteur. Dabei entgeht ihm aber nicht, dass sogar die Stimme, die aus dem Lautsprecher tönt, einen beunruhigten Unterton angenommen hat:

»Herr Dr. Wassmuth, bitte dringend in den OP 17! Herr Dr. Wassmuth, bitte melden Sie sich! Herr Dr. Wassmuth, Notfall auf Station 17!«

Hinter der Schwingtür setzt sich der Gang zwar fort, doch Ines ist nicht mehr zu sehen. Albert verbeißt sich einen Fluch, denn er hört Schritte auf der Treppe zum nächsten Stockwerk. Als er in persönlicher Bestzeit oben angelangt ist, sieht er gerade noch einen weißen Kittel hinter einer der vielen Türen verschwinden. Albert geht näher und liest: *Physiotherapie. Anmeldung nebenan.* Und wie soll ich mich bei dir anmelden, wenn ich deinen Namen nicht weiß? Er versucht es am Türknauf, doch die Tür ist nur mit Codekarte zu öffnen.

Normalerweise würde Albert jetzt schon die Lust verlieren, das heißt, normalerweise hätte er Ossi die nötigen Informationen beschaffen lassen, um erst dann zu entscheiden, ob es sich lohnen würde. Scheiße! Was mache ich da? Wie lächerlich. Da öffnet sich die Tür, und eine Patientin im Rollstuhl wird von einer Schwester herausgeschoben. Albert hält hilfsbereit die Tür auf und verschwindet dann dahinter.

Vor ihm liegt ein großer Raum, der in mehrere Kojenreihen unterteilt ist. Hinter grünlich-weißen Vorhängen bewegen sich

Schattengestalten. Das Bild erzeugt sofort Assoziationen in Alberts Gehirnwindungen: ein Labyrinth. Gefahr. Du verläufst dich, du verlierst dich! Er schüttelt den Kopf: Spinne ich? Sind meine Nerven schon so überreizt? Was ist denn so anders diesmal? Nichts. Er nickt sich selbst zu und schleicht durch die Reihen. Ines hat ihren Verfolger längst entdeckt, beobachtet ihn aus der Distanz und weicht ihm geschickt aus.

Albert späht hinter die Vorhänge auf eine ihm völlig fremde Welt: Maskengesichter hinter Dampfschwaden, Akupunkturnadeln, Heilerde-Packungen, heiße Wickel und viel nackte, aber meist nicht gerade schöne Haut, die in ölig massierenden Berührungen hin und her, auf und ab geschoben und geklopft wird. Wie entsetzlich abstoßend ... und doch ... vielleicht hilft hier irgendwer irgendwem ... durch Berührung.

Helfen meine Berührungen auch?, schießt es Albert durch den Kopf. Was für ein blöder, unnötiger Gedanke!

Der Saal, in dem er sich befindet, scheint endlos zu sein. Oder findet Albert, der Verwirrte, schon nicht mehr aus dem Labyrinth heraus? Und der Knochenmann, dort am Ende des Ganges, ist der echt oder nur eine makabre Halluzination? Endlich glaubt Albert die Rätselhafte aufgespürt zu haben. Ein kurzer Blickkontakt – da öffnet sich eine Tür zwischen den beiden. Aus einem Turnsaal humpelt mühsam, auf Krücken gestützt, eine Gruppe Patienten und versperrt Albert den Weg.

Inzwischen ist Ines wieder verschwunden. In einem weiteren Labyrinth aus Gängen, Garderoben, Waschräumen und einem unübersichtlichen Fitness-Parcours geht das Katz-und-Maus-Spiel weiter, schließlich schneidet Albert Ines unwissentlich den Weg zum Belegschaftsraum ab. In die Enge getrieben, legt sie sich kurz entschlossen auf ein Behandlungsbett und wickelt sich in ein Leintuch ein. Endstation Mumie. Endlich Ruhe. Aus und vorbei, dieses kleine Spiel mit einem Fremden, mit dem sie sowieso nichts zu tun haben will. Doch von Ruhe keine Spur. Ines' Herz hämmert lautstark bis zum Hals. Eine Nachwirkung vom Schock, versucht sie sich einzureden. Ich lasse mich doch nicht auf einen unrasierten Macho-Typen und Möchtegern-Frauenaufreißer ein. Der jagt doch mit Sicherheit jede …

Albert wird langsam klar, dass er dem Heimvorteil der Rätselhaften nichts mehr entgegensetzen kann. Widerwillig wendet er sich dem Ausgang zu, dabei fällt sein Blick auf einen verglasten Büroraum. Könnte er hier etwas erfahren? Vielleicht von dieser Vollbusigen, die sich dort drinnen gerade furchtbar am Telefon erregt?

»Wehe du schickst uns noch wen! Wir können keine Leute mehr übernehmen, wir sind restlos zu!«, behauptet Ines' Kollegin Elli streng, um plötzlich stumm wie ein Fisch nach Luft zu schnappen. »Was? … Wieso? … Drei von euch verschwunden?! Echt?«

Sichtlich perplex wirft sie ihre etwas zu blondgesträhnte Mähne zurück und wird dabei auf Albert aufmerksam, der mit hilfesuchender Miene auf sie zukommt.

»Moment mal!« Elli legt den Hörer hin und beugt sich aus dem Fenster des Glaskobels. »He, hallo Sie! Was treiben Sie denn da? In Straßenschuhen noch dazu! Sie sind nicht aufgerufen worden! Also raus hier!«

Albert stottert nicht gerade schlagfertig: »Aber ich suche … ich habe einen Termin … bei … bei …«

»Bei … bei … bei?« Elli mustert den Kerl, den Typ, den ganzen Mann, amüsiert sich über seine Verwirrung und beginnt zu flirten: »Also, Termin haben Sie zwar keinen, aber …«

Albert registriert sofort seine Chance und setzt sein spezielles Lächeln auf: »Aber?«

Im Hintergrund wickelt sich Ines aus ihrer Verpackung und verfolgt, mit einem komischen Druck in der Herzgegend, das

Geplänkel zwischen den beiden. Auch Körpersprache sagt mehr als viele Worte.

Elli, ganz Albert zugewandt, lässt ihn unter halb geschlossenen Augenlidern in lasziver Langsamkeit wissen: »Aber was nicht ist, kann ja noch werden ...«

Ines kennt diesen Blick nur zu gut und weiß, dass Elli damit fast immer Erfolg hat. Auch Albert ist dieser Blick nicht fremd. Na klar!, denkt er. Warum geht das bei der schon wieder so leicht, und bei dieser anderen?

Er kramt pro forma in seinen Taschen. »Das wäre natürlich auch nicht schlecht, aber wissen Sie, es ist nämlich ... ich wollt nur ... zu Frau ... ich hab mir den Namen irgendwo aufgeschrieben ... naja, ich komme ein anderes Mal, auf Wiedersehen.«

Albert zieht sich zuerst langsam, dann immer rascher Richtung Ausgang zurück. Elli versucht es noch mit aufmunterndem Zwinkern, und ihre Stimme klingt plötzlich nicht mehr gelassen lasziv, sondern um einen Hauch zu gierig: »Na, wo Sie mich finden, wissen Sie ja jetzt.«

Die Tür fällt zu.

Ines nickt trotzig, als hätte sie nichts anderes erwartet.

3   Die Aufforderung

Dämmerung hat sich über die Stadt gelegt. Die Lichtstimmung mit den bizarren, rot gefärbten Wolken, den ersten Lichtkegeln von Autoscheinwerfern und Straßenlaternen wäre Albert üblicherweise einen tiefen Atemzug und eine Aufnahme für sein Archiv wert gewesen. Jetzt aber geht er mit ausgeschaltetem Blick auf sein Auto zu. Erst der große dunkle Schatten, der plötzlich über den Himmel schwappt, lässt ihn aufblicken. Hunderte Krähen lassen sich auf den Ästen der umliegenden Bäume nieder, und es scheint, als würden sie Albert mit ihren gekrächzten Dialogen vielstimmig verhöhnen. Krankenhäuser und Irrenanstalten an den Rändern der Stadt waren immer schon ihre Lieblingsnistplätze, und in dieser immer kranker und verrückter werdenden Welt fühlen sich die schwarzen Seelenfänger hierzulande schon ganzjährig wohl. Wird es jemals wieder besser werden, fragt sich Albert, und der Refrain des einzigen Gedichts aus dem Englischunterricht, das ihm gefallen hat, kommt ihm in den Sinn: *Quoth the raven: Nevermore …*

Der schrille Klingelton seines Handys reißt ihn aus der EdgarAllan-Poe-Stimmung. Ossi hat wie üblich mit seinem Zweitschlüssel die Kamera im Kofferraum von Alberts Wagen verstaut – eigentlich kein Grund für einen Anruf –, doch der Assistent will noch mehr loswerden: »Der Weberknecht war zwar zuerst sehr unwirsch über deinen Abgang, aber vorhin, im Schneideraum, war er ganz hin und weg über meinen messerscharfen, unverwackelten Kopfsalat.«

Albert weiß natürlich sofort, was der Kleine damit sagen will. »Er hat also auch deine hochkünstlerischen Einstellungen vom Geschehen nicht einmal ignoriert«, stellt er spöttisch fest. »Ja, hast du denn gedacht, *du* kannst den Kerl zum Filmfreak machen?«

Ossi zieht sich auf seine Standardfloskel zurück: »Na, wenn ich erst mal den Oscar gewinne …«

»Dann wird ein anderer Kameramann gequält werden, um dich zum Kopfsalat zu verarbeiten.«

Beide müssen lachen, und Albert hält das Gespräch für beendet, doch Ossi ist noch gar nicht beim eigentlichen Grund seines Anrufes angelangt: »Und?«

»Was, und?«

Natürlich ist Albert sofort klar, worauf Ossi, die Neugiernase, hinaus will, aber er lässt sich Zeit mit der Antwort. Eine Niederlage wird nicht eingestanden. Außerdem, was heißt Niederlage? Bald wird sie zu arbeiten aufhören, und er wird auf sie warten, dort drüben beim Würstelstand. Jawohl.

»Ich bleibe dran. Mehr ist im Moment nicht zu sagen. Danke und bis morgen.«

Am Würstelstand bestellt sich Albert eine Bratwurst und ein Bier. Während er auf seine Bestellung wartet, veranlassen ihn seltsame Zischgeräusche, zur Decke der Bude zu schauen. Dort hängt ein Gelsengriller. Schicksalsergeben flattern Gelsen und Motten auf das violette Licht zu und verbrennen daran. Was für eine Symbolik! Diese Einstellung würde sehr gut in einen melodramatischen Film passen, denkt Albert. Aber sie passt sicher nicht in die aktuelle Story, in der er sich die männliche Hauptrolle erhofft! Oder?

Mit dem Bier in der Hand bezieht Albert einen strategisch günstigen Platz, um den Eingang des Krankenhauses im Auge zu haben. Dabei blendet sein Hirn die Radiostimme aus, die in monotoner Reihenfolge Namen von vermissten Personen verliest. Gibt's denn nur noch fade Sendungen?

Albert trinkt und lässt seine Gedanken wegdriften. Physiotherapeutin. Physiotherapeutinnen! Die eine, die kein Problem wäre … und die andere, mit dieser wie angeboren wirkenden Eleganz, diesen ernsten Augen … ist doch ganz klar, dass die nichts mit mir zu tun haben will. Da müsste ich schon der Kameramann von Tarkowskij oder Lars von Trier sein.

Albert lacht bitter in sich hinein. Er versucht sich vorzustellen, wie diese Frau sich vor ihm auszieht. Wie er seine Hose öffnet ... in ihr Haar greift ... sie vor ihm auf die Knie geht. Und dann:

Zensur.

Er erlaubt sich nicht weiterzudenken. Das ist noch nie vorgekommen. Ausdenken wird man es sich doch noch dürfen. Aber eine innere Scheu hält ihn davor zurück. Ist dies so etwas wie Respekt? Oder einfach, weil es nie wahr werden wird? Niemals.

Quoth the raven: Nevermore ...

Der Krähenschwarm erhebt sich und verweht wie ein feines Gespinst am nächtlichen Himmel.

»Süß oder scharf?«

Albert blickt verwirrt zum Würstelstandler hin und murmelt etwas von »scharf«. Pfff, pfff macht der Senf — was für ein unappetitliches Geräusch! Recht geschieht mir, denkt Albert, während er in die Wurst beißt und dabei den Pappteller nach der dazugehörigen Portion Humor absucht. Ein schriller Hupton lässt seinen Blick zum Eingang des Krankenhauses hinüberschnellen. Dort verlassen gerade die beiden Physiotherapeutinnen das Gebäude.

Sie wird abgeholt, schießt es Albert durch den Kopf. Natürlich! Sie hat einen Freund. Ist verheiratet. Ein unvermuteter Schmerz zuckt durch seinen Brustkorb. Doch da winkt die üppige Kollegin, die gerade noch mit ihm geflirtet hat, einem Autofahrer zu, verabschiedet sich von der anderen, steigt ein und fährt ab.

Und die Frau, die Albert auf so ungewöhnliche Art um den Verstand bringt, grüßt noch einige Kolleginnen und geht dann mit diesem aufrechten, fast schwebenden Gang, der sie so unerreichbar erscheinen lässt, die Straße hinunter. Sie trägt jetzt ein locker fallendes grünliches Kleid, eigentlich ein längeres, schmales Hemd, mit Hose darunter, indisch angehaucht, unauffällig, lässig und doch perfekt.

Gute Kostümbildnerin, denkt Albert, bevor ihm klar wird, dass er ja nicht im Kino sitzt. Er wischt sich über den Mund, zahlt hektisch, schwingt sich in sein Auto und nimmt die Verfolgung auf. Zuerst fährt er vorsichtig hinter, dann etwas kühner neben ihr her. Sie dreht sich zwar nicht zu ihm hin, scheint aber doch aus den Augenwinkeln zu merken, dass sie verfolgt wird, und beschleunigt ihr Tempo.

Zu Alberts Überraschung geht sie nicht auf ein schickes Auto zu, sondern auf eine U-Bahnstation, und er muss notgedrungen einparken.

In der Eingangshalle bleibt Ines stehen, schaut vorsichtig auf die Straße zurück, sieht, wie Albert aussteigt, und versteckt sich hinter einem Pfeiler. Und wieder muss sie sich dieses unnötige Herzklopfen eingestehen. Kann man das denn nicht ausschalten?

Plötzlich – in ihre Überlegungen hinein, was sie tun könnte, tun sollte, tun will – dringt ein infernalisches Zischen und Knallen aus dem unteren U-Bahnbereich. Sofort werden auch Schreie laut, gleich darauf übertönt vom Schrillen der Alarmsirenen. Ines hält sich die Ohren zu und drückt sich in die Nische. Nicht schon wieder, nicht schon wieder, murmelt sie dabei, das ist zu viel!

Ohne zu zögern, mehr oder weniger automatisch, greift Albert nach seiner Kamera und sprintet auf den Eingang zu, wo ihm bereits einige verstörte, geradezu panische Passanten entgegenkommen.

Ines sieht ihn vorbeieilen, vergisst auf ihre Deckung und geht ihm einige Schritte nach. Kaum zu glauben, wie sich dieser Typ ins Geschehen wirft! Wie er die Rolltreppe hinunterfährt und dabei die heraufflüchtenden Menschen filmt, bis er unten in Rauchschwaden verschwindet, während Ines Richtung Ausgang abgedrängt wird. Bei Alberts Auto bleibt sie stehen und schaut mit gemischten Gefühlen zur Station zurück. So ein abgebrühter Hund, dem ist einfach nichts mehr heilig, denkt sie. Der war sicher auf all diesen verdammten Katastrophen-Schauplätzen mit dabei – gefühllos und abgestumpft.

In den unteren Regionen der U-Bahnstation herrschen Panik und Chaos. Verschalungen und Kabelisolierungen brennen oder verschmoren mit beißendem Geruch, zerstörte Verteiler sprühen Funken, Leuchtstoffröhren zerplatzen, Rauchschwaden vernebeln die Gänge. Die letzten Passanten laufen auf die Rolltreppen zu, die mit dumpfem Stöhnen nach und nach den Dienst verweigern.

Albert bahnt sich seinen Weg weiter in die entgegengesetzte Richtung und filmt, im immer stärker flackernden Licht, was ihm vor die Linse kommt. Bald bleibt auch die letzte Rolltreppe stehen und alles versinkt im Dunkel. Da und dort blitzt noch ein Feuerzeug auf, wird eine Zeitung entzündet. Albert leuchtet mit seiner Notfalllampe den Bahnsteig ab. In der Mitte der U-Bahn-Garnitur klafft im Türbereich ein riesiges Loch, an den Rändern verkohlt, wie durch den Einschlag einer Handgranate. Albert atmet tief durch. Gleich werden ihm Sterbende, Verstümmelte, Leichenteile vor die Linse geraten. Ein Anblick, an den man sich niemals gewöhnt. Doch auch hier wieder keinerlei organische Spuren, nicht ein einziger Tropfen Blut! Und auch keine der für Explosionen üblichen Absplitterungen, nur hochenergetische Metall-Verschmelzungen, und nur an dieser einen Stelle. Etwas erleichtert sucht Albert die anderen Abteile des Zuges ab, doch die rätselhafte Frau scheint sich in Luft aufgelöst zu haben.

Bei einer Rückwärtsbewegung stolpert Albert über Beine. Sein Lichtkegel erfasst einen alten Straßenmusikanten, der auf dem Boden sitzt, sich verstört hinter seiner Ziehharmonika versteckt und »I bin net schuld« murmelt. Zur Untermalung von Alberts Schrecken gibt das Instrument auch noch einen jämmerlichen Quietschton von sich, danach wirken Stille und Dunkelheit besonders gespenstisch. Plötzlich einzelne Schritte und eine ängstliche Frauenstimme: »Franzi?«

Mit besorgtem, aber auch hoffnungsvollem Unterton antwortet eine Männerstimme: »Irmi? Irmi?«

Wieder die Frau, etwas lebhafter: »Franzi?«

Zwei Feuerzeuge flammen auf. Ein Mann und eine Frau kommen aufeinander zu. Albert nimmt sofort wieder seine Kamera auf und filmt die Begegnung im Schein seiner Lampe mit.

Der Mann starrt auf die Frau: »Oh, entschuldigen …«

Die Frau sinkt in sich zusammen: »Verzeihung.«

Die beiden wenden sich ab, rufen und suchen weiter, verschwinden in der Dunkelheit. Albert nimmt die Kamera vom Auge. Bald hört er nur noch das gespenstische Echo dieser verzweifelten Stimmen: Irmi!? – Franzi!?

Wohin sind diese beiden Gerufenen verschwunden? Wahrscheinlich sind sie längst oben und in Sicherheit. Doch seltsamerweise erinnern Albert diese Rufe an die eindringliche Stimme aus dem Radio, die diese endlos scheinende Liste an Namen von Vermissten verlesen hat. Was geht hier vor? Was treiben diese Terroristen? Und Terroristen sind es doch ganz sicher. Was treiben die für ein neues, infames Spiel? Was wollen die? Und wer steckt dahinter?

Das Sirenengeheul, das nun von oben zu Albert herab dringt, macht ihm bewusst, dass die übliche offizielle Meute im Anrollen ist. Er hat keine Lust, Fragen zu beantworten oder womöglich sein Material für Ermittlungen zur Verfügung stellen zu müssen. Das gehört sofort gesendet!

Also schnell raus hier. Raus? Und wenn *SIE* doch noch hier irgendwo ist? Verletzt, ohnmächtig womöglich. Tot!?

Albert zwingt sich seinen eigenen Grundsatz ins Gehirn: Eine gute Story hat Vorrang vor allen anderen Optionen dieser Welt. Er stolpert so rasch als möglich die nichtfunktionierende Rolltreppe hinauf, verbirgt seine Kamera so gut es geht unter seiner Lederjacke und zwängt sich zwischen den ankommenden Einsatzfahrzeugen durch, zu seinem Auto hin.

An der Windschutzscheibe steckt einen Zettel. Lautstark fluchend schnappt Albert das vermeintliche Strafmandat, sieht erst jetzt die handgeschriebenen Zeilen und erstarrt.

SIE hat ihn bemerkt, doch was hat das zu bedeuten?

Anscheinend liebt diese rätselhafte Grazie Versteckspiele. Aber ausgerechnet mit ihm? Albert führt die Notiz langsam an die Nase und zieht Ines' Duft ein, nur – wo bleibt das Gefühl des Triumphs? Da sind nur Verwirrung und die unbestimmte Ahnung einer Bedrohung …

Albert ist nicht der Mann, der an Märchen glaubt. Seine Kindheit, sein Leben, seine Karriere glichen bis jetzt eher einer staubigen Landstraße mit vielen Schlaglöchern. Nach einem vorzeitigen Schulabbruch wegen Sauf- und Drogen-Exzessen und beständig wachsenden Autoritätsproblemen stellte ihn sein ebenfalls trinkende, kleinkriminelle Vater vor die Entscheidung, auszuziehen oder eine Lehre in einer Gießerei zu beginnen. Seltsamerweise gefiel Albert die Arbeit. Vor allem in der Abteilung für Kunstguss eröffnete sich ihm eine neue Welt. Einige der Künstler, die er dort kennenlernte, waren richtig klasse Typen, die dem jungen Lehrling einige schlichte Lebensweisheiten und einfache Wahrheiten über Kreativität in unprätentiöser Art vermittelten. Je anerkannter einer war, desto weniger sprach er über Kunst oder über sich als Künstler.

»Ich mach einfach nur meine Arbeit«, sagte zum Beispiel der, den Albert am meisten bewunderte. »Lern du das Handwerk, dann kommt das andere vielleicht auch dazu.«

Und als Albert anmerkte, dass er so gar nichts über Kunst wüsste, lachte der nur: »Was willst du über Kunst wissen? Wenn ein Künstler in dir steckt, dann wird er sich schon melden. Man muss nur schauen, schauen und reinlassen … ruhen lassen, entstehen lassen … und dann rauslassen.«

»Und die ganze Theorie, die Kunstgeschichte braucht man gar nicht?«, hatte Albert erstaunt gefragt.

»Naja, wenn du *alles* über Kunst weißt, ist das auch nicht schlecht. Dann kannst du darüber hinausgehen. Wenn du halbgebildet bist, machst du wahrscheinlich etwas, das schon da war. Dann wirst du ein Epigone. Aber wenn du nix weißt und nur in dich hineinhorchst, machst du womöglich etwas ganz Neues, weil dein Gemüt dann unbeschrieben ist.«

Das gefiel Albert sehr. Er fühlte sich anerkannt und ernst genommen und er liebte dieses Handwerk. Die Spannung, ob ein Guss gelingt. Die Vielfalt der Formen. Die Endgültigkeit.

Er begann, mit Billigung seines Chefs, eigene kleine Figuren zu gießen. Doch dann bekam er immer häufiger das gefürchtete Gießfieber, und der Husten war bald nicht mehr zu überhören. Trotz Mattigkeit und Schüttelfrost schleppte er sich noch wochenlang jeden Tag zur Arbeit, bis der Chef ein Machtwort sprechen und den besten seiner Lehrlinge widerwillig, aber doch entlassen musste.

Alberts Mutter war dem kranken und deprimierten Jungen keine Hilfe. Sie hatte mit ihrer eigenen Depression genug zu tun. Und der Vater hielt die Hustenanfälle ohnehin für gespielt: Der unnötige Bastard will sich doch nur vor der Arbeit drücken, war sein beißender Kommentar. Es kam zum großen Krach, und Albert kratzte seine Ersparnisse zusammen, um auf Nimmerwiedersehen nach Neuseeland auszuwandern.

Zu dieser Zeit wurde Neuseeland gerade als ideale Filmkulisse entdeckt, und Albert konnte sich mit verschiedenen Hilfsdiensten über Wasser halten. Anfangs gab es Arbeit bei der Baubühne, dann wurde er Produktionsfahrer – obwohl er noch nicht einmal einen Führerschein besaß –, und schließlich landete er im Kamera-

Department. Hier kam ihm sein lockerer, ungezwungener Umgang mit den Künstlern in der Gießerei zugute. Der Kameramann war nämlich ein wahrer Künstler, und seine Assistenten hatten mächtig Respekt, um nicht zu sagen Schiss, vor dem großen Meister und trauten sich kaum den Mund aufzumachen.

Albert dagegen war nicht nur interessiert, sondern auch unbefangen, und er stellte die richtigen Fragen. Und so kamen gute, lehrreiche Gespräche zustande, und bald war Albert der Zweite Kameraassistent des Meisters.

Doch das nächste Schlagloch ließ nicht lange auf sich warten: Der Vater wurde ernsthaft krank, lag bald im Sterben. Albert konnte nicht anders, er musste zurückkehren. Er tat es nicht, um sich von seinem Erzeuger zu verabschieden, sondern nur, um der lebensunfähigen Mutter die Formalitäten abzunehmen. Gerade einmal auf ein paar Tage, wie er meinte. Doch dann stellte sich heraus, welch enorme Schuldenlast der Alte seiner Frau und seinem Sohn hinterlassen hatte. Vor allem die Miete für die Substandard-Wohnung der Eltern war seit über einem Jahr nicht mehr bezahlt worden. Albert musste alle Hebel in Bewegung setzen, um seine Mutter vor der Delogierung zu bewahren. Das Ersparte aus Neuseeland war sofort weg. Ein Darlehen musste aufgenommen werden, und die Bedingung hierfür war ein Arbeitsplatz vor Ort. Albert klapperte alle erdenklichen Filmfirmen ab, und siehe da, bei einer genügte die bloße Erwähnung, er habe mit dem Meisterkameramann aus Neuseeland gearbeitet, um ihm einen Job als NewsKameramann einzubringen.

Mittlerweile hatte Albert genug Selbstvertrauen, um diesen nie wirklich erlernten Beruf auszuüben, und genug Abenteuerlust, um sich in die gefährlichsten Krisenherde zu stürzen. Nichts schien ihm so schlimm wie das Jammertal seiner ewig leidenden Mutter. Mit diesem Job konnte er sie unterstützen, ohne zu oft bei ihr vorbeischauen zu müssen. Denn nun war er sehr viel unterwegs.

Albert lernte die Welt kennen – die Schrecknisse und die Schönheiten. Und er bemerkte dabei sehr rasch: Was für die Kreativität gilt, ist auch hilfreich im Umgang mit Frauen: schauen, erkennen, einfach machen und nur nicht zu viel nachdenken.

So schien Alberts Umgang mit der Welt, der Kunst und den Frauen trotz der Schlaglöcher, der Höhen und Tiefen irgendwie geerdet zu sein – geradezu feststofflich, begreifbar.

Bis zu diesem Tag, bis zu dieser Frau.

Diese *EINE* schien wie aus einer anderen Sphäre – diese *EINE* verunsichert Albert zutiefst.

4 Die Eskalation

Die Welt ist aus den Fugen – an dieser Erkenntnis kommt nun keiner mehr vorbei. Die Verharmloser und Schönredner sind verstummt.

Überall auf dem Planeten eilen ernst blickende Politiker, Experten und Militärs über breite Treppen auf die Eingänge staatstragender Gebäude zu. Überall auf der Welt verschwinden Schlangen dunkler Limousinen und kantiger Militärfahrzeuge hinter sich rasch schließenden Toren, sei es zum Pentagon, zum UNO-Hauptquartier, zum Berlaymont-Gebäude, zu Präsidentenresidenzen, Parlamenten, Rathäusern, zu palmen-umkränzten Palastmauern oder geheimen Rüstungsanlagen. Und wo immer es möglich ist, versuchen Schwärme von Reportern die Politiker, die Experten, die Militärs abzupassen und aufzuhalten, um wenigstens ein kleines Stück des großen Informationspuzzles zu erhaschen. Doch überall werden sie vertröstet, abgewimmelt, weggedrängt. Was sollte man ihnen sagen, wo man selbst nur vage Ahnungen hatte?

Nur die Fahnen vor all diesen wichtigen Gebäuden, den internationalen Tagungsorten, den Hauptquartieren dieser Welt, die lassen sich den Tag nicht verderben. Die wehen bunt und lustig in ihren luftigen Höhen. Hallo, ihr seid auch wieder dabei? Die Fahnen wissen zumindest das Eine: Je mehr sie sind, desto besser passen sie zueinander – während das Einzelne immer gleich seinen Gegensatz heraufbeschwört. Die Fahnen träumen davon, eines Tages vollzählig beisammen zu sein – wie die Buchstaben einer Schrift, alle verschieden, aber keiner wichtiger als der andere, nur in ihrer Ganzheit einen Sinn ergebend. Vielleicht sogar *den Sinn* überhaupt.

Aber werden sie das noch erleben? Die Fahnen, die Völker, die Menschen?

Im Leben der Normalbürger taucht diese Frage noch nicht besonders häufig auf. Der menschliche Geist scheint in der Lage zu sein, eine Gefahr, die ihn nicht unmittelbar betrifft, zu verharmlosen, zu verdrängen, zu ignorieren. Was kann der Einzelne schon tun? Was kann man verhindern, wen kann man bekämpfen, wenn die Schuldfrage noch nicht einmal ansatzweise beantwortet ist, die Täter und ihre Motive noch völlig unbekannt sind?

Ines, jedenfalls, schafft es ganz gut, ihre unmittelbare Welt noch halbwegs angstfrei zu erleben beziehungsweise sich in ihrem jahrelang fleißig gesponnenen Kokon den Umständen entsprechend wohlzufühlen.

Sie kommt wie immer pünktlich zur Arbeit, trinkt im Büro eine Tasse grünen Tee und tauscht dabei mit den Kolleginnen Neuigkeiten aus. An diesem Morgen hat sie mit Elli etwas besonders Wichtiges zu besprechen. Der Plan, den Ines ausgeheckt hat, gefällt Elli sehr. Um aber nicht zu enthusiastisch zu wirken, äußert sie einige Bedenken, bevor sie einwilligt mitzuspielen.

Das wäre also erledigt, denkt Ines erleichtert, um sich dann im Waschraum bereit für ihre Patienten zu machen. Wie jeden Tag reibt sie sich die Hände mit einer Spezialcreme ein – nur heute ist etwas anders als sonst. Heute spürt sie plötzlich überdeutlich die Berührung der einen Hand mit der anderen und versinkt in eine Art Streichelmeditation. Jeden Tag berührt Ines Menschen, aber sie, ihren Körper, ihre Seele, hat schon lange niemand mehr berührt. Das soll sich auch nicht ändern! Oder doch? Was ist mir bloß eingefallen? Was habe ich da angezettelt mit diesem blöden Zettel? Das war doch nur ein aufdringlicher News-Kameramann. Der wollte sicher nur ein Interview. Immerhin habe ich ja den Alarm ausgelöst. So etwas genügt denen doch schon für eine Wortspende: »Wie haben Sie sich dabei gefühlt? Was haben Sie dabei gedacht?« Und ich antworte von oben herab und lasse ihn dumm aussehen:

»Wenn etwas passiert, drückt man den Alarmknopf. So macht man das!«

Schön wäre es, wenn man immer gleich den Alarmknopf drücken könnte, und schon wäre alles wieder im Lot. Ines stoppt den Alleingang ihrer Hände und starrt in den Spiegel. Langsam ändert sich ihre Stimmung und sie lächelt ihrem Spiegelbild zu. Sie ist ja nicht blöd. Sie hat das schon richtig eingefädelt. Heute Abend ist die ganze Sache auch schon wieder gegessen. Trotz bestens eingeübter Selbstüberzeugungsrituale merkt Ines, dass ihr die Begegnung mit diesem Kerl lange nicht so gleichgültig ist, wie sie es gerne hätte. Sie kann die leise Stimme, die ihr zuflüstert, dass sie sich vielleicht sogar ein Ei gelegt hat mit ihrem ausgeklügelten Plan, ihrem smarten Zettel, ihrer gefinkelten Anzettelei, nur dadurch zum Schweigen bringen, indem sie eine freundliche Arbeitsmiene aufsetzt, den Waschraum verlässt und eine der Behandlungskojen betritt:

»Hallo, Herr Schreier, guten Morgen, na, wie geht's Ihrem …?«

Als Ines den angesprochenen Patienten begrüßen will, schreckt dieser hoch und starrt mit großen Augen auf ihre dargebotene Hand. Bevor sie näherkommen kann, springt er vom Behandlungsbett, weicht zurück und reißt dabei den Vorhang der Koje herunter. Mit Schaum vor dem Mund presst er angstvoll-hysterisch heraus: »Nein … nein … wehe … Sie dürfen mich nicht berühren! Sie haben auch die Waffe … klar … eindeutig … Sie haben sie. Ich weiß es!«

Ines ist einen Moment lang starr vor Schreck, fasst sich aber relativ schnell wieder: »Welche Waffe? Wovon reden Sie denn? Kommen Sie, Herr Schreier, beruhigen Sie sich.«

Aus den anderen Kojen strecken Ines' Kolleginnen und Kollegen die Köpfe heraus, schauen neugierig, was da los sei und ob man irgendwie helfen könne, den Patienten zu beruhigen. Der lässt aber niemanden an sich heran, schlägt und tritt mit Händen und Füßen, schnapt einen Topf und wirft mit der darin befindlichen Heilerde um sich. Eine Schlammschlacht!

Wenn es nicht so traurig wäre, könnte man lauthals loslachen, vielleicht sogar mittun, sich richtig austoben, seine Aggressionen abreagieren, denkt Ines und wird gleich darauf von einem dicken, braunen Patzen getroffen.

»Herr Schreier, bitte, was ist denn los mit Ihnen?«

Wie ein umzingeltes Tier weicht der fast nackte Mann immer weiter zurück. Seine Augen verengen sich zu Schlitzen, sein Kopf kreist hektisch, als wäre die Verankerung am Hals nicht mehr ganz intakt, seine Stimme wird leiser und eindringlicher: »Ihr habt alle die Waffe, gebt es ruhig zu. Mich berührt ihr nicht. Das ist Krieg! Krieg! Da geht's ums nackte Überleben.«

Aha, denkt Ines, das klingt ja fast so, als wüsste dieser Patient wirklich etwas Neues: »Herr Schreier, wenn Sie irgendetwas wissen, wenn Sie neuere Informationen haben, die wir hier noch nicht kennen, dann …«

»Tun S' doch nicht so. Informationen! Sie wissen genau, wie Sie mich vernichten können!«

»Aber nein, ich will Sie doch nur massieren, wie immer! Sonst bekommen Sie wieder diese Schmerzen.«

Nun mischt sich Elli ein. Sie hat mit ausgeflippten Typen noch nie viel Geduld gehabt: »Ines, lass ihn doch gehen, der spinnt ja!«

Sie klaubt Herrn Schreiers Gewand zusammen und wirft es ihm hin. Er versucht seine Kleider zu fangen, verliert dabei aber das Handtuch, das ihm als Lendenschurz gedient hatte. Im Zurückweichen reißt er weitere Vorhänge herunter und verursacht unter den anderen, meist auch fast nackten Patienten Panik und Chaos.

Also doch ein Alptraum, denkt Ines, hoffentlich wache ich bald auf!

»Ruhig, Herr Schreier, pssst ... es geschieht nichts, was Sie nicht wollen. Sie sind der Patient. Wir sind immer noch für Sie da. Sie bestimmen ... aber schauen Sie sich meine Hände an.« Sie öffnet ihre Handflächen und streckt sie ihm entgegen: »Wo soll da eine Waffe sein?«

Schreier schüttelt nur störrisch den Kopf: »Nein ... nein ... mich täuschen Sie nicht. Sie wollen mich vernichten! Sie wollen, dass es Peng macht! Sie sind eine Agentin von denen!«

Im Zurückweichen schaut er sich nach weiteren Gegenständen um, mit denen er sich diese gefährliche Angreiferin vom Leib halten könnte. Da kommt ihm das menschengroße Plastikskelett gerade recht. Er versetzt dem Ständer des Gerippes einen Stoß. Wackelnd und klappernd rollt das filigrane Objekt auf Ines zu. Beim Versuch, es aufzuhalten, behält sie einen Knochenarm in der Hand, während der Rest unsanft zu Boden geht. Dabei löst sich auch noch der Schädel vom Halswirbel, um mit einem stummen Schrei durch den Mittelgang davonzueiern.

Hoffentlich ist einer der Kollegen so geistesgegenwärtig und ruft einen Notfallpsychologen herbei, denkt Ines. Dieser Patient benötigt definitiv mehr psychische als physische Hilfe.

Trotzdem versucht sie es noch einmal mit sanfter Beschwichtigung: »Ich verstehe Sie ja, Herr Schreier, uns machen diese wahnsinnigen Terroristen auch Angst, das können Sie uns glauben. Aber *wir* sind doch nicht *die*! Wir haben doch damit nichts zu tun!« Doch Herr Schreier hat nicht vor, irgendjemandem irgendetwas zu glauben. Er greift sich einen Wasserschlauch, dreht voll auf und spritzt wild um sich. Dabei drückt er sich an Ines vorbei, Richtung Ausgang, ohne sie aus den Augen zu lassen: »Sie scheinheiliges Monster, Sie. Ich hab doch gesehen, wie ihr arbeitet, ich weiß alles. Ich kenne euren zarten Händedruck, euren tödlichen!«

Damit lässt er den Schlauch fallen, wirbelt herum, stößt die Tür auf und läuft davon – nackt wie er ist. Ein jämmerlicher Anblick.

Ines, mit dem Knochenarm in der Hand, patschnass und mit Heilerde verschmiert, steht da wie eine zerronnene Schokotorte. Alles nur wegen diesem Kameramann, schießt es ihr durch den Kopf, der hat Schuld, der erzeugt dieses ganze Chaos in meinem Leben – mit Absicht! Doch gleich darauf besinnt sie sich. Was denke ich da für einen Blödsinn, hat mich der Schreier mit seinem Verfolgungswahn bereits angesteckt?

Durch die lange Reihe der Fahnen am Haupteingang des UNO-Gebäudes geht ein aufgeregtes Geknatter und Geflatter. Ihre Aufmerksamkeit weht hinunter zu zirka zwanzig Männern und einigen Frauen – eindeutig Personen, die man hier sonst kaum zu sehen bekommt!

Sie entsteigen unscheinbaren Privatautos oder Taxis, einige befestigen sogar ihre Fahrräder an den Fahnenstangen. Ihre Kleidung trotzt jeglichem Dresscode, die lässige Art, wie sie einander grüßen, sich bekannt machen, miteinander scherzen, kennt kein Protokoll. Die älteren haben dicke Aktentaschen, Planrollen oder große Mappen dabei, den jüngeren schaut gerade mal ein flacher Rechner aus der Jeanstasche.

Die Fahnen wissen jedenfalls sofort: Dies sind die Leute, die sich nicht nur wichtigmachen, sondern die wirklich wichtig sind. Werden sie Aufklärung und Lösung bringen oder noch mehr Panik und Verwirrung?

Es ist Mittagszeit und das behagliche Lokal mit der langen Theke ist gut besucht. Die vielen Plakate, Zeitungsausschnitte und Pressefotos an den Wänden zeugen davon, dass hier hauptsächlich Journalisten, Fernsehleute und Literaten verkehren. Rauchschwaden kringeln sich in der spärlichen Luft. Es wird großteils im Stehen gegessen, getrunken, geraucht, gegrüßt, umarmt und gebusselt und dabei ausschließlich das Phänomen diskutiert. Der Geräuschpegel ist dadurch besonders hoch. Man muss sich Gehör verschaffen, die anderen übertönen. Das gehört hier zum Prestige.

Albert und seine derzeitige Freundin Elvira zwängen sich schlecht gelaunt durch die Menschengruppen. Im Vorbeidrängeln schwirren ihnen die unterschiedlichsten Mutmaßungen um die Ohren:

»Natürlich gehen dabei auch Menschen drauf!«, meint gerade Ulli Pichler, der Chefredakteur der größten Tageszeitung, doch Linda Taschner, die Herausgeberin einer Frauenzeitschrift, schüttelt skeptisch den Kopf: »Wie denn! Man hat doch immer noch keine einzige Leiche gefunden.«

Ulli Pichler runzelt die Stirn: »Und die vielen Vermissten? Es sollen schon an die sechshundert sein … allein hier! Und weltweit Tausende. Man weiß einfach nur noch nicht, wie und wo die Leichen entsorgt werden.«

Albert murmelt einen Gruß und schiebt sich an den beiden vorbei. Elvira kann ihm nur schwer folgen.

»Aber wenn es normale Terroristen wären, dann gäbe es doch längst unzählige Bekennerschreiben«, argumentiert die schöne Anna Kaiser vom öffentlich-rechtlichen TV, saugt an ihrer Zigarette und bläst Albert wohlgeformte Rauchringe entgegen. Ihr Begleiter, Bill Becker, ein älterer Schriftsteller, muss sich gehörig aufspielen, um ihre Aufmerksamkeit zurückzuerobern: »Oh, du göttliche Naivität! Bekennerschreiben sind out! Das ist weltweite Destabilisierung. Da steckt die Drogenmafia dahinter.«

»Und wie machen die das?«, fragt Anna schnippisch. Schließlich ist sie weder naiv noch leicht mundtot zu machen: »Mit einer Bummbumm-und-weg-bist-du-Droge?«

»So etwas Ähnliches«, murmelt Becker verunsichert.

»Blödsinn! Ihr könnt alle nicht gescheit denken! Klar ist doch, dass Menschen überall auf der Welt einfach spurlos *weg* sind.«

Albert bleibt stehen. Was die schöne Anna zu sagen hat, interessiert ihn dann doch.

»Also arbeitet da eine Wunderwaffe offensichtlich rückstandsfrei! Die Amis, die Russen und alle anderen Politiker und Experten lügen ausnahmsweise gemeinsam. Die wissen es ganz genau, nur können sie nicht eingreifen. Weil es sich um eine Art Neutronenbombe handelt – aus Nordkorea, natürlich!«

»Kann nicht sein«, mischt sich Ulli Pichler, der seine Ohren überall hat, ein. »Damit verschwindet keiner. Da kotzt man bloß seine Gedärme aus, bevor man qualvoll verendet.«

Elvira verzieht angewidert das Gesicht. Da vergeht einem ja der Appetit! Sie zieht Albert ungeduldig weiter. Die beiden kommen aber nicht so leicht an der nächsten, eng beisammenstehenden Gruppe vorbei, deren Mutmaßungen auf einer ganz anderen Ebene liegen:

»Ich habe zuerst an Kugelblitze gedacht, aber die können es auch nicht sein«, sinniert der Filmkritiker Christoph Zenz. »Die gehen ja durch Materie einfach durch, wie nichts.«

Sein Gesprächspartner, der Wissenschaftsredakteur Dieter Meissel, winkt lächelnd ab: »Sowieso nicht, die sind doch bloß optische Täuschungen. Du siehst zu viele Gruselfilme. Ich sag dir, was es sein könnte: Entweder steht ein alles vernichtender Polsprung durch einen Magnetarschauer bevor, oder den Wissenschaftlern sind Experimente mit subatomaren Teilchen im CERN schiefgelaufen ...«

»Und ich sehe zu viele Gruselfilme?«, unterbricht ihn Christoph Zenz beleidigt. Doch als sich Elvira an ihm vorbeidrängen will, setzt er ein charmantes Lächeln auf: »Hallo Elvira, schönste aller Schnittblumen!« Erst jetzt bemerkt er Albert in ihrem Kielwasser und raunt ihr enttäuscht zu: »Immer noch mit diesem Griesgram unterwegs?«

Albert ignoriert ihn und schiebt Elvira weiter. Vorbei an Eddi, einem Filmemacher, der schon einiges getankt hat und nun ebenfalls alle zu übertönen versucht: »Die Schlitzaugen sind's! Die spielen Menschen-Entsorgungs-Roulette mit einer Laserwaffe aus dem Orbit!«

Fiona Neureich, die für eine linke Zeitung arbeitet, würgt ihr Sandwich hinunter und verteidigt das Land der Mitte: »Blödsinn, bei den Chinesen blitzt's doch auch. Es sind diese Veganfundis, die wollen die Menschheit vernichten, um die lieben Tierchen zu retten.«

Sie stellt sich Albert, der sich gerade an ihr vorbeidrängen will, in den Weg: »Oder weißt du vielleicht was Neueres?«

Albert zuckt die Achseln: »Die UNO hat endlich eine internationale Kommission aus wirklichen Experten einberufen.«

Fiona unterbricht ihn gelangweilt: »Das weiß ich auch.«

»Na dann.«

Albert lässt sie stehen und folgt Elvira, die sich genervt nach einem freien Tisch umblickt: »Ich hasse diese Besserwisser, das Bussi-Bussi, das verlogene Abknutschen ... Tisch bekommt man hier auch nie einen ... wieso müssen wir ausgerechnet ...?«

In diesem Moment steuert Petra Binder auf Albert zu und kommt gleich überschwänglich zur Sache: »Also diese U-Bahngeschichte ... das waren Bilder, Herr Ritter ... Dantes Inferno, genauso wie ich es inszenieren würde. Großartig! Großartig!«

Elvira beobachtet erstaunt, wie Albert auf einmal zu strahlen beginnt. Lässig gekleidet, mit burschikosem Kurzhaarschnitt und wenig Rundungen, ist die Dokumentarfilmerin nicht gerade Alberts Traumfrau, doch ihr Lob scheint runterzugehen wie Butter.

»Und vor allem, wie diese beiden ihre verschwundenen Partner gesucht haben!« Petra ist in ihrem Element, ihre Stimme wird ganz leise: »Kalt ist es mir über den Rücken gelaufen, so berührend war das! Da kann man nur sagen: Mutig, mutig, dass Sie sich da hineingewagt haben.«

Endlich eine, die schauen kann, denkt Albert, überspielt aber seine Freude und antwortet trocken: »Sie meinen, ohne gültigen Fahrschein?«

Petra gibt ihm lachend einen Klaps: »Sie Tiefstapler, Sie! Sie sollten beim Weber endlich kündigen, der verheizt doch nur Ihr Talent. Also bei meiner nächsten großen Doku sind Sie fix eingeplant. Aber ich muss jetzt ... so: take care and have a good time!«

Petra verschwindet nach einem abschätzigen Seitenblick auf Elvira im Gewühl. Diese schmiegt sich demonstrativ an Albert und äfft Petra nach: »Take care and have a good time ... fix eingeplant? Nicht fix, sondern ficken, das will die mit dir, sonst gar nichts.«

Albert friert das Lächeln ein, und er macht sich von Elvira los: »Bitte, Elvira, es ist schon eng genug hier.«

Schrecklich, dieser schweißtreibende Körperkontakt, dieses Mitschwimmen im Wohlstandsbrei, dieses Mitschwingen im Takt von Gequatsche und Gelache. Und dieser Lichtblick, die Aussicht auf einen großen Film? Sicher nur leere Versprechungen, denkt Albert und sehnt sich plötzlich nach Ruhe, nach dem Abend, nach der kühlen, schwarzen Luft. Einfach abschalten, beim kühlen, hellen Bier, allein an der Theke.

Plötzlich durchfährt es ihn eiskalt. Der heutige Abend wird anders. Ganz anders. *22 Uhr* steht auf dem Zettel. Und da ist wieder dieses durchdringende Gefühl, schon beim kleinsten Gedanken taucht es auf. Und es ist nicht angenehm, stellt Albert erstaunt fest. Eher wie ein Elektroschock. Es verunsichert – und das ist das Letzte, was er brauchen kann!

Frauen verunsichern mich nicht! Die bereiten mir auch keine schlaflosen Nächte, veranlassen mich nicht zu blödsinnigen Selbstbetrachtungen. Dieses Gefühl gehört nicht zu mir, das kenne ich nicht. Und Albert nimmt auch nicht zur Kenntnis, dass er mittlerweile bereits sitzt und geistesabwesend einen Salat in sich hineingabelt. Elvira schaut ihm dabei zu und ist *not amused*. Als Cutterin würde sie jetzt gerne auf eine erfreulichere Szene schneiden.

5   Ahnungen

Zur gleichen Zeit: Mondnacht und Stille in einer weiten australischen Steppenlandschaft.

Eine dunkle Gestalt klettert über einen steilen Pfad auf das ausladende Plateau eines gigantischen Monolithen. Die Bewegungen des Mannes sind langsam, aber fließend, wie die einer Schlange. Aus der plattgeformten Nase in seinem mit weißen Linien bemalten Gesicht strömt der Atem ruhig und gleichmäßig. Oben angekommen, lässt er sich auf einer flachen Steinplatte nieder und wartet geduldig, bis der Mond seine Reise über den Himmel mit einem purpurroten Abschiedsgruß beendet hat. Nun beginnen seine klaren Augen den Nachthimmel abzusuchen.

Der Mann ist Schamane und seit ewigen Zeiten der Erste seines Volkes, der es wagt, sich hierher an diesen heiligen Ort zu begeben. Ihm ist es gestattet, denn er kennt die Prophezeiungen, er ist einer der wenigen Menschen, die sehen können, was sich von dort draußen, aus dem Weltall, langsam, aber beständig dem Planeten nähert.

Er weiß, dass die Zeit gekommen ist.

Die ersten Vorboten sind schillernde Schlieren, die die Schwärze des Himmels durchziehen. Ein Phänomen, ähnlich den Nordlichtern, und doch ganz anders.

Der Aborigine erkennt darin die Schöpfungsfiguren aus der Traumzeit seiner Ahnen. Sein Geist hebt ab, fliegt wie ein Adler hinaus ins All, um den großen Byamee zu befragen. Der weise Waran hat die Gesetze dieser Welt aus seiner Heimat im Zentrum der Milchstraße zu den Menschen gebracht. Wird er die Erde diesmal erneuern, verändern oder vernichten?

Der Geist des Schamanen blickt aus der Ferne zurück, auf seinen nächtlichen Kontinent, auf den ganzen Erdball. Er beobachtet das unheimliche Wetterleuchten, das Aufzucken dieser Blitze, die die

Menschheit immer öfter in Angst und Panik versetzen. Ihn erschrecken sie nicht, er ist im Einklang mit den Geschehnissen, ist frei von dem Gefängnis der Gedanken, kennt nicht die Erstarrung des Bewusstseins zur festen Materie.

Er weiß, dass verschiedene Wirklichkeiten in einer fortwährenden Schöpfungsgegenwart entstehen und vergehen. Dass sich in Parallelwelten all die ungelebten Möglichkeiten und unerfüllten Wünsche, die nicht beschrittenen Wege und verworfenen Entscheidungen verwirklichen. Er kennt die Orte, wo die Totgeborenen und zu früh Gestorbenen ihr volles Dasein erleben.

Er sieht uns alle gemeinsam von der Raum-Zeitlosigkeit des schwarzen NICHTS durch alle Stadien des Seins in die Formlosigkeit des weißen ALLES gleiten.

Uns alle, die wir nicht nur leben, sondern das Leben sind.

Doch auch die Rationalisten auf der anderen Seite der Erdkugel haben ihre Methoden, um zu sehen, was man eigentlich nicht sehen kann. Auch sie können die Erde von außen betrachten, mit ihren Messstationen im Orbit, ausgestattet mit elektronischen Augen und Ohren, die viel besser als ihre eigenen funktionieren. Die Frage ist nur, ob sie aus den Fakten, die sie mit diesen exakten Apparaten messen, auch die richtigen Schlüsse ziehen werden …

Ines hat den Tag, der so unangenehm begann, endlich hinter sich gebracht und schaut nun, wie mehrmals in der Woche, auf einen Sprung bei ihrer Mutter vorbei. Isolde Tiefenbach ist zwar eine sehr resolute ältere Dame, aber Ines macht sich dennoch Sorgen, wie sie auf diese seltsamen Ereignisse reagieren würde. Unnötige Sorgen, denn die Mutter nimmt nur mehr zur Kenntnis, was sie zur Kenntnis nehmen will. Sie sitzt in einem Lehnstuhl mit riesigen Kopfhörern an den Ohren und dirigiert mit geschlossenen Augen zu einer unhörbaren Musik. Dabei lacht sie ab und zu hämisch auf, schnalzt mit der Zunge oder schüttelt den Kopf. Ines weiß, dass man in so einer Situation besser wartet, bis die Mutter wieder im Hier und Jetzt gelandet ist. Ihr Blick schweift unschlüssig durch das Wohnzimmer, das von einem Konzertflügel und einem Ölgemälde dominiert wird. Weitere Bilder, Fotos und gerahmte Zeitungsartikel aus einem der Musik geweihten Leben bedecken fast jeden Quadratmeter der Wände des großzügigen Bungalows, geplant von einem Star-Architekten zu Anfang der Dreißigerjahre.

Notenbücher, Schallplatten und zerschnittene Zeitungen stapeln sich in kunterbunter Unordnung überall auf Tischen und Kästen und sogar auf dem Boden. Ines widersteht dem Drang aufzuräumen. Nur nichts anrühren! Da hat die Mutter ihr eigenes System, da findet sie immer, was sie gerade braucht.

Eine der neueren Illustrierten liegt auf einem Stoß obenauf, und Ines betrachtet das Cover. Es zeigt ein Foto desselben Mannes, der ihr mit jovialer Miene aus dem Ölgemälde entgegenlächelt: Johannes Tiefenbach, Ines' Vater, der charismatische, international gefeierte Star-Violinist.

Na wenn schon. Immer nur er, er, er!, denkt Ines zornig. Die neueren, sogar neuesten Erfolge der Mutter sind dagegen hier nirgends dokumentiert, als würden sie gar nicht zählen. Dabei sind es Isolde Tiefenbachs bahnbrechende Kompositionen, die überleben werden, nicht die längst abgedroschenen klassischen Violinkonzerte des Vaters.

Ines reißt sich aus den hundertmal gegrübelten Gedanken, geht zum Esstisch, räumt das einzelne Gedeck vom Mittagessen auf ein Tablett und kontrolliert eine Reihe von Pillenpackungen, die sich in einer Obstschüssel türmen.

Die Mutter nimmt die Kopfhörer ab, hält sie Ines hin und sagt mit triumphierender Stimme: »Da, hör dir das an, Ines, wie sich das schleppt und zieht! Er wird alt, ich sag's dir, jetzt wird er alt. Jawohl!«

Ines hält ihr im Gegenzug die Medikamente hin: »Ja, ja, er wird alt, aber du wirst bald in der Grube liegen, wenn du deine Medikamente nicht nimmst.«

Frau Tiefenbach verzieht verächtlich das Gesicht: »Sei nicht schon wieder so streng, ich hasse das Zeug. Also komm und hör dir das an. Dieses fade Vibrato, er ist am Ende.«

Ines nimmt die Kopfhörer auf, lauscht einem Geigensolo und starrt dabei feindselig auf das Bild des Vaters, bis ein greller Lichtblitz ihre Aufmerksamkeit zum Fenster zieht.

Auf der Straße hat ein Alleebaum Feuer gefangen. Er steht einfach da und brennt lichterloh, rot-orange im Blau der Abenddämmerung. Vom Einsturz der Twin Towers, vom Vulkanausbruch auf Island und vielen anderen Katastrophen gab es auch so phantastische Bilder: die Ästhetik des Untergangs – und dazu Vaters pathetisches Violinsolo, denkt Ines. Verwundert über ihre Emotionslosigkeit, lässt sie die Ereignisse der letzten zwei Tage Revue passieren: ein qualmender Liftkabinenklumpen, ein U-Bahn-Chaos, ein nackter, ausgeflippter Bandscheiben-Patient, ein grundlos brennender Baum. Was kommt als Nächstes?

Ein Wasserstrahl aus einem Gartenschlauch macht dem Spuk auf der Straße ein jähes Ende. Ines wendet sich ab, reicht der Mutter die Kopfhörer und nickt dabei zustimmend, um sich nicht in ausufernde Diskussionen verstricken zu lassen: »Ja, du hast recht, es ist ziemlich fad.«

Isolde ist nicht zufrieden mit dieser Antwort. Sie will fachsimpeln, das Stück bis ins kleinste Detail zerpflücken, doch Ines ist nicht bei der Sache. Sie trägt rasch das Tablett in die Küche, kontrolliert die Vorräte und verteilt die Medikamente in die Portionierbehälter.

»So, jetzt muss ich aber …«

Sie schaut nervös auf die Uhr, stopft noch hektisch Schmutzwäsche in einen Sack und zieht ihre Jacke an.

Die Mutter beobachtet sie lauernd: »Du hast eine Verabredung?«

»Nein, ich muss nur ... ich muss ...«, kommt Ines ins Schwimmen.

»Du kannst ja ruhig eine Verabredung haben.«

»Ich hab keine!«

Ines merkt, dass diese seltsame Begegnung absolut nichts ist, was sie mit ihrer Mutter besprechen will, und schon gar nicht das, was sie für heute Nacht *angezettelt* hat. Außerdem: Verabredung kann man es ja auch nicht wirklich nennen.

»Du musst es mir nicht erzählen«, meint Frau Tiefenbach leicht beleidigt. »Aber trotzdem: Lass die Gefüüühle aus dem Spüüüle.«

Ines verdreht lächelnd die Augen und gibt ihrer Mutter einen Kuss auf die Wange: »Keine Gefahr. Du hast mich doch in Drachenblut gebadet.«

Als Ines auf die ruhige Allee des Außenbezirks hinaustritt, sinkt ihre Stimmung auf einen neuen Tagestiefpunkt. Ein Mann beschäftigt ihre Gedanken und Gefühle, den sie mit Sicherheit ihrer Mutter nicht vorstellen würde, den sie sich nicht einmal selber vorstellen will.

Ein Feuerwehrauto rast mit Sirengeheul an Ines vorbei. Der schrille Ton gleicht einer Kreissäge, die ihr verwirrtes Gemüt wie Brennholz zu spalten scheint.

Die Flammen werden immer gefräßiger. Sie lieben die Blitze, die sie hervorlocken und enthemmen. Schreiende, halbnackte Huren und ihre Freier stürzen aus einem brennenden Puff. Die Jacke eines Mannes und die Perücke einer Frau haben Feuer gefangen. Heiße, schwarze Zungen fressen Fotos von Animiermädchen und laszive Werbesprüche aus den Schaufenstern des Etablissements. Feuerwehr, Polizei und Rettung sind bereits im Einsatz. Wasser spritzt in die Flammen. Die notdürftig bekleideten Damen werden von Sanitätern in Decken gehüllt.

Dr. Weber schlingert auf den ebenfalls anwesenden Brandschutzexperten Dr. Meierhofer zu und hält ihm sein Mikrofon unter die Nase. Albert und Ossi folgen mit der Kamera. Der Fachmann versucht sich zwar so deutlich wie nur möglich auszudrücken und scheint dennoch nicht alles sagen zu wollen: »Jedes Mal, wenn das Phänomen auftritt, verschwinden auch Menschen, anscheinend immer zwei auf einmal, das können wir zum jetzigen Zeitpunkt statistisch gesehen sagen«, erörtert er in möglichst wissenschaftlich klingendem Ton. »Meist auf offener Straße, aber auch wie hier aus Bordellen, U-Bahnen, Büros, Krankenhäusern, Diskotheken, Spielplätzen … Wie das vonstattengeht, wissen wir aber noch nicht. Vielleicht durch Berührungen …«

Dr. Weber schüttelt ungläubig den Kopf und er bohrt nach: »Berührungen? Wie ist das gemeint? Was hat das Ganze mit Berührung zu tun und warum gerade paarweise? Gibt es dafür schon Erklärungen? Sind da doch diese fanatisch-religiösen Sittenwächter am Werk?«

Man sieht Dr. Meierhofer geradezu an, dass er bereits mehr weiß, als er preisgeben will: »Es gibt Spekulationen, Theorien, aber darüber kann noch nicht … Sie entschuldigen mich.«

Der Experte gibt vor, einen Anruf auf seinem Mobiltelefon entgegennehmen zu müssen, wendet sich ab und eilt davon. Weber will ihm nachlaufen, doch ein Feuerwehrschlauch versperrt ihm den Weg. »Wozu dann diese ganzen neuen Einsatzzentralen und Koordinationsstellen?«, ruft er dem Fliehenden noch nach.

Als definitiv keine Antwort mehr kommt, wendet er sich frustriert an Albert: »Machen S' noch ein paar Einstellungen von der Situation hier, aber wirklich nur ein paar. Wir sind nämlich nicht in Hollywood.« Damit knallt er Ossi das Mikro in die Hand und eilt davon.

Albert starrt ihm zornig nach: »Er erinnert mich an meinen Vater. Dem hätte ich auch gerne ein paar Zähne pro Tag eingeschlagen.«

Doch gleich darauf schaut er hektisch auf seine Uhr und lädt Ossi die Kamera auf die Schulter: »Mach ein paar ordentliche Schwenks, ich hab einen Termin.«

Albert erwartet keine Antwort, will auch keine hören, und geht rasch auf sein Auto zu. Doch Ossi läuft ihm nach, er scheint sehr besorgt: »Was ist denn los? Das ist jetzt schon das zweite Mal, dass du mir die Kamera ... wieso plötzlich? Dieser Termin, ist das am Ende eine Verabredung mit der Fata Morgana aus dem Krankenhaus? Die du so angestarrt hast, die dich so übermagnetisch angezogen hat?«

Albert will nicht diskutieren und wird ungewöhnlich scharf: »Mach deine Schwenks!«

Doch Ossi lässt nicht locker: »Triff dich lieber nicht mit ihr.«

Albert schaut seinen sonst so coolen, obergescheiten Superassi erstaunt an. Was war das für ein ängstlicher Unterton? Er denkt aber trotzdem nicht daran, stehen zu bleiben, obwohl Ossi jetzt sogar handgreiflich wird: »Kapierst du es denn noch immer nicht?«

»Was denn?«

»Die Menschen, die verschwinden, sind selbst die Ursache.«

»Du spinnst ja.«

»Eben nicht. Mein Onkel hat mir genau erklärt, was los ist. Der ist nämlich den ganzen Experten schon einen Schritt voraus. Also ...«

»Na klar, wie immer, aber ...« Albert will Ossi abwimmeln, doch der lässt nicht locker.

»Also, hör doch zu: In der Atomphysik gibt es bekanntlich Teilchen und Antiteilchen, Gegensatzpaare sozusagen. Die üben eine starke Anziehung aufeinander aus, und wenn sie sich ...«

»Klingt toll.« Albert hat absolut keine Lust auf Ossis Physikvorlesung. »Erzähl mir das morgen!«

Er schaut noch einmal nervös auf die Uhr, wischt sich Ossis Hand vom Ärmel und steigt in sein Auto. Ossi versucht es noch um einiges eindringlicher: »Morgen ist es vielleicht schon zu …«

Die Warnung wird durch den aufheulenden Motor verschluckt. Albert fährt los. Er sieht nicht mehr, dass sich in Ossis jugendlichen Zügen der Schmerz eines großen Verlustes abzeichnet, wie damals, als er vom Unfalltod seiner Eltern erfahren hat.

6   Die Überraschung

Albert hat schon am Vorabend ausgekundschaftet, wo *SIE* wohnt, und findet nun sofort einen Parkplatz direkt vor ihrem Haus. Doch für dieses Rendezvous hätte er ebenso ein Halteverbot mit Abschleppwahrscheinlichkeit in Kauf genommen. Die Haustür ist offen. Die Umgebung, das Haus, der Mief – nicht gerade die feinste Adresse, doch Albert lässt diese Äußerlichkeiten nicht bis in die kritischen Bereiche seines Gehirns vordringen. Er findet die Wohnungstür, verspürt dabei wieder einen dieser gar nicht angenehmen, unbekannten Elektroschocks in der Herzgegend, vergleicht noch einmal das Türschild mit der Notiz in seiner Hand, atmet tief durch und drückt auf den Klingelknopf.

Nervöses Auf-und-ab-Gehen, eine Ewigkeit lang. Jedenfalls lange genug, um Albert auf den Gedanken zu bringen, er hätte Blumen kaufen sollen. Bis endlich Schritte zu hören sind, ist dieser Geistesblitz jedoch schon längst unter »absolut lächerlich« abgebucht. Und dann geht die Tür auf. Eine Frau im seidenen Schlafrock steht im fahlen Ganglicht. Albert bleibt das Herz stehen. Es ist nicht die *EINE*, die ihn da lasziv anlächelt. Es ist ... die Andere. Er fasst sich so schnell er kann, hält ihr mit steifen Fingern die Notiz hin und versucht seiner Stimme einen normalen Klang zu geben: »Sie? Guten Abend. Albert Ritter. Ich möchte zu Frau Schneider.«

Die Andere hingegen ist gar nicht erstaunt: »Ja, ich weiß: Freitagabend um zehn Uhr, und wie pünktlich Sie sind. Kommen Sie doch herein. Wollen Sie einen Drink?«

Verunsichert betritt Albert die Wohnung. Der Versuch, sich ein Lächeln abzuringen, wirkt nicht sehr überzeugend: »Danke, äh, danke nein! Ich will nur Frau Schneider sprechen.«

Die Andere lässt sich Zeit, kommt näher an ihn heran und schaut ihm dabei tief in die Augen. »Ja, das tun Sie bereits. Ich bin Frau Schneider, aber Sie dürfen Elli zu mir sagen, Albert …«

Überrumpelt fällt er in den Fauteuil, zu dem Elli ihn geschickt hinmanövriert hat. »Ihr Nacken, Sie scheinen mir sehr verspannt.«

Albert reibt sich wie auf Befehl den Hals: »Ja genau, vom Kamera-Schleppen, ich bin nämlich … aber …«

Er will aufstehen, doch Elli ist bereits hinter ihm und befühlt seine Nackenmuskulatur. Ihre Stimme klingt dabei nicht gerade physiotherapeutisch: »Wenn Sie die Jacke ausziehen, bekommen Sie eine Gratismassage.«

Albert streift Ellis Hände ab und katapultiert sich aus dem lähmenden Erstaunen hoch. »Nein danke«, presst er hervor. »Wo ist sie? Ihre Kollegin? Diese, diese … Versteckspielerin!«

Albert hat keine Lust mehr, sich Zwang oder Höflichkeit anzutun, er reißt alle Türen auf und durchstöbert die Wohnung, wobei ihm Elli – immer noch relativ gelassen – zuschaut. Und während sie sich eine Zigarette anzündet, blitzt ihr Busen aus dem zufällig leicht aufgegangenen Schlafrock. »Die Mühe können Sie sich sparen, sie ist nicht hier. Aber ich bin da. Ist das nix?«

»Ja, ein blöder Witz!«

»Das ist kein Witz!«

Albert baut sich nun direkt vor Elli auf. Nein, wirklich – kein Witz. Es ist ihm auch nicht zum Lachen zumute. »Sondern?«

Elli beugt sich vor und lässt Albert noch etwas mehr von ihren großen Brüsten in gewagter Spitzenumrahmung sehen. Wenn das nicht wirkt, denkt sie gespannt, bleibt dabei äußerlich aber immer noch gelassen und antwortet zwischen zwei langen Zügen absichtlich gedehnt: »Vielleicht ein Test.«

Albert schüttelt ungläubig den Kopf: »Ein Test?!«

Elli wendet sich ab, schlendert zur Hausbar und schenkt Whisky in zwei Gläser: »Diese Versteckspielerin glaubt, wenn du erst mal hier bist, würdest du auch bleiben.«

Albert bekommt die ganze Situation immer noch nicht in seine Gehirnwindungen: »Was? Wieso?«

Elli dreht sich herum, ihr Schlafrock hat sich nun ganz geöffnet und lässt ihre üppigen Rundungen in sehr gewagter Unterwäsche sehen. Sie hält ihm eines der Gläser hin und schaut ihn herausfordernd an. »Weil ich doch auch nicht übel bin.« Albert ist sprachlos.

Ines trägt keine Spitzendessous. Ein ausgeleiertes T-Shirt und eine bequeme alte Baumwolljersey-Hose sollten für diesen Abend reichen. Sie sitzt im kaum beleuchteten Wohnzimmer auf der Couch, zupft nervös an den Saiten einer Geige herum und starrt das Telefon an, erschrickt aber trotzdem, als es zu läuten beginnt, und hebt hektisch ab.

»Ja?«

Elli geht mit dem Telefon am Ohr zur Hausbar zurück, gießt den Whisky aus dem einen Glas in das bereits leere andere und nimmt einen großen Schluck. Ihre Laune ist nicht gerade die beste.

»Er heißt zwar Ritter, ist aber ein Rüpel.«

Also ein Rüpel, denkt Ines und ist nicht besonders erstaunt. Da verwundert es sie schon eher, dass sie trotzdem sehr daran interessiert ist zu erfahren, was ihre Kollegin und auserwählte Testperson zu dieser Einschätzung veranlasst. Elli versucht auch sofort, Ines, aber eigentlich mehr noch sich selbst, die Begegnung mit diesem rüpelhaften Mann zu vermiesen.

»Na, grob, unhöflich, aufbrausend. Hat einfach die ganze Wohnung durchsucht. Und geduscht ist er auch nicht. Aber er ist auf dem Weg zu dir! Also viel Vergnügen!«

Und Albert fährt tatsächlich bereits die Straße in diesem viel edleren Stadtviertel entlang, sucht nach Ines' Hausnummer und bleibt zufrieden lächelnd stehen, nun wirklich im strengsten Halteverbot. Hoffentlich werde ich hier abgeschleppt, denkt er trotzig, sozusagen als gerechte Bestrafung für diese Nacht, die mir eigentlich gar nicht zusteht und die sowieso nicht passieren wird.

Ines hört, wie sich das näherkommende Motorgeräusch mit ihrer Pulsfrequenz synchronisiert. Bremsgeräusch und Motorausschalten lassen ihren Atem stocken. An der plötzlichen Stille verschlucken sich ihre Gedanken. Das Zuschlagen der Autotür wirkt wie ein Schlag auf den Kopf und löst die eingetretene Erstarrung. Sie murmelt ein »Dankebismorgen« in das Schnurlostelefon, drückt die Austaste und nähert sich dem Fenster.

Dort beobachtet sie, wie Albert, an sein Auto gelehnt, etwas von einem Zettel abliest und in sein Handy eintippt. Reflexartig zieht sie den Vorhang vor und späht nur noch seitlich hinaus. Das Telefon, das Ines noch in der Hand hält, beginnt zu läuten. Sie erschrickt und meldet sich zögernd: »Ja?«

Ines horcht einen Moment lang mit angehaltenem Atem, um gleich darauf zornig aufzuseufzen: »Mama! … im Radio? … ein Porträt von ihm … ja, ich schalt gleich ein … nein, also heute wirklich nicht mehr … nein, es geht nicht … nein, bitte … ich erwarte gerade einen Anruf … also gute Nacht.«

Ines zieht mit einem Ruck den Vorhang vom Fenster weg.

Albert lehnt am Auto und horcht auf das Besetztzeichen. Da bemerkt er Ines am Fenster, die auch gerade den Hörer vom Ohr nimmt und zu ihm herunterblickt. Beide starren einander an, als wollten sie sich gegenseitig hypnotisieren, beide scheinen nicht fähig, den nächsten Schritt zu tun. Nun läutet Alberts Handy und auch er erschrickt: »Ossi? Natürlich lebe ich noch, was soll der Blödsinn?«

Ines verschwindet hinter dem Vorhang. Albert bemerkt es, nimmt das Handy vom Ohr und tippt hektisch darauf herum. Da öffnet sich die Haustür und ein eleganter Herr wird von zwei Windhunden in die Nacht hinausgezogen.

Albert schießt durch den Kopf, dass er hier in dieser Nobelgegend eigentlich nichts verloren hat, doch da drüben schließt sich eine sehr verlockende Tür mit schicksalhafter Langsamkeit. Er sprintet über die Straße und kann gerade noch ins Haus schlüpfen. Das Licht geht aus, und Albert tastet sich Stufe für Stufe im dunklen Treppenhaus die Stiegen hoch. Er kommt zwar an einigen Lichtschaltern vorbei, doch er will sie gar nicht so genau sehen, die Jugendstildekoration, die geschliffenen Gläser und blankgeputzten Messingteile, diese ganze viel zu hochgestochene Atmosphäre, die so gar nicht seine Welt ist. Jedenfalls nicht in seinem Privatleben. Sehnt er sich bereits nach Ellis wohlvertrautem Vorstadtmief?

Er drückt auf die Wiederholungstaste. Das Freizeichen ertönt, doch es meldet sich niemand. Das wäre es dann, denkt Albert, aber da hört er, wie das Läuten eines Telefons durch das Treppenhaus weht, und folgt dem Klang bis zu einer Tür, die einen Spalt breit offen steht. Er klopft leise und betritt zögernd die Wohnung.

Hier geht also das Versteckspiel weiter.

Albert schließt die Tür und schleicht wie ein Dieb durch das geräumige Vorzimmer auf das Wohnzimmer zu. Die Schlafzimmertür steht einen Spalt breit offen. Albert spät hinein, doch hier wartet die Rätselhafte nicht auf ihn. Eine Art Hausaltar lässt den Raum wie eine Kultstätte erscheinen, geschmückt mit Kerzen, Federn und Ketten, einem Buddha und einer Kali-Figur, ein Foto von James Dean, diesem längst verstorbenen Jung-Star, und eines von einem indischen Weisen, unter dessen interessantem Gesicht mit schöner Handschrift geschrieben steht: *Die Zukunft ist wie ein mäandernder Fluss, auch sie bahnt sich immer wieder einen neuen Weg.*

Interessant, denkt Albert, doch ein spanisches Plakat mit einem verwegen aussehenden Flamencogitarristen lenkt ihn von weiterem Nachdenken ab.

Ines' Welt ist so anders als alles bisher Gesehene. Dezent gedimmte Lichtgestaltung, wenige, sorgfältig ausgewählte Möbelstücke und durchscheinende Vorhänge aus indischen Seidenstoffen verleihen den großen hohen Räumen einen ätherischen Charakter. Im Wohnzimmer angelangt, bemerkt Albert eine Geige auf einem Stapel Notenblätter, die ihn besonders irritiert. Die Welt der klassischen Musik hat sich ihm nie wirklich erschlossen. Und diese Geige sieht noch dazu sehr alt und auch verdammt teuer aus. Der Schaft endet nicht in dem üblichen Kringel, sondern in einem geschnitzten Löwenkopf! Gibt es denn so etwas auch?

Und dieses verdammte Telefon klingelt immer noch, bis Albert endlich klar wird, dass es in seiner Macht liegt, dies zu beenden. Er stellt sein Handy ab und sofort hört auch das Läuten von Ines' Telefon auf.

Stille.

Still-Leben! Ordnung und Sauberkeit. Nirgendwo ein Stäubchen. Das Leben macht Schmutz, hatte Alberts putzsüchtige Mutter immer gestöhnt. Wird hier nicht gelebt, nur geträumt? Blödsinn! Die märchenhafte Bewohnerin dieses verwunschenen Appartements verfügt offenbar über bestes Personal. Albert kommt von seinen Grübeleien in die Realität zurück. Die wesentliche Frage ist doch: Wo ist sie, diese Versteckspielerin? Vielleicht liegt sie längst im Schaumbad und wartet auf seinen Auftritt?

Doch das einzig hörbare Geräusch führt Albert zur Küchentür. Und als er Ines entdeckt, ist ihm augenblicklich klar, dass er für die Schaumbadnummer vorher an der richtigen Adresse gewesen wäre. Ines hat nichts Erotisches für Albert im Programm, weder in ihrer Aufmachung noch in ihrer Tätigkeit. Und trotzdem ist er sofort wieder in ihrem Bann, und der Elektroschock in sämtlichen seiner Organe fällt noch drastischer aus als bisher.

Dabei steht diese Frau einfach in der dunklen Küche, nur das Licht aus dem geöffneten Eiskasten wirft einen silbrigen Schein auf sie, und löffelt Eis aus einem großen Becher. Ohne aufzuschauen spricht sie Albert an: »Mögen Sie Eis?«

Albert ist sofort klar, dass Ines nicht auf ihren »Scherz« mit der Kollegin Elli eingehen will. Aber ganz so einfach möchte er es ihr doch nicht machen: »Mögen ja, jetzt essen ... danke, nein ... und? Wollen Sie sonst noch etwas testen?«

Ines gefällt die Antwort, doch das wird sie ihm nicht auf die Nase binden. Sie schaut ihn plötzlich herausfordernd an: »Man sagt, Sie sind ein Rüpel.«

Albert geht langsam auf Ines zu. »Man sagt: Gegensätze ziehen sich an.«

Sie stellt ebenso langsam den Eisbecher zurück und schließt die Eiskastentür. Nur mehr ein Lichtstreifen von der Straße und einer aus dem Wohnzimmer erhellen den Raum. Genug Licht für das Leuchten in den Augen.

Wie bei der ersten Begegnung versinken die beiden im Augenblick – im Augen-Blick des anderen.

Wieder verwischen sich die Grenzen, die Zeiten, die Räume, die Welten. Nun geht auch Ines, wie magisch angezogen, dem absolut fremden und doch so vertrauten Mann entgegen.

Albert versucht zwar locker zu bleiben, doch ein Gedanke kriecht wie eine Giftschlange in ihm hoch und lässt ihn ins Stocken geraten.

»Gegensätze ziehen sich an!«, wiederholt er und versteinert.

Die Schlange hat zugebissen, und ihr feuriges Gift wirkt wie eine nie gekannte Angst, die plötzlich seinen Brustkorb umklammert und seine Atmung lähmt. Stimmlos murmelt er in sich hinein: »Sie ziehen sich an ... und wenn sie sich berühren, dann ...«

Albert macht plötzlich panisch einen Sprung von Ines weg nach hinten und stößt dabei an die Abwaschtasse. Ein Berg Geschirr gerät mit lautem Klappern ins Rutschen, edles Porzellan und geschliffene Gläser poltern zu Boden und gehen zu Bruch.

Ines starrt Albert sprachlos an.

Er deutet ihr hektisch, nur ja nicht näherzukommen, bückt sich dabei zu dem Scherbenhaufen, hilflos um Wiedergutmachung bemüht, während Ines einen Lichtschalter betätigt. Die blaue Stimmung wird von einem roten Fleck zerstört. Grellrotes Blut, das aus Alberts ungeschickten Fingern auf den Boden tropft.

Ines will ihm zu Hilfe kommen, doch er weicht noch einmal ruckartig zurück: »Stopp! Nicht weiter! Wir dürfen uns nie, nie wieder sehen, nie wieder! Haben Sie verstanden?! *Nie wieder!*«

Albert versucht Ines mit Blicken und Gesten zu bannen, als wäre er irrtümlich in den Käfig eines hungrigen Raubtieres geraten, und tappt, ohne Ines aus den Augen zu lassen, rückwärts bis zur Eingangstür. Erst dort dreht er sich um und verschwindet dahinter.

Die Tür fällt laut dröhnend ins Schloss.

Ines steht da, wie vom Blitz getroffen. Kommt dieses markerschütternde Sirenengeheul aus der äußeren oder aus ihrer inneren Welt?, fragt sie sich benommen.

Und auch in Alberts Welt heulen die Sirenen, als er zwischen zwei Einsatzfahrzeugen auf sein Auto zuläuft. Vor dem Einsteigen kann er es aber doch nicht lassen, noch einmal zu Ines hinaufzublicken. Im Blaulichtgewitter der vorbeirasenden Feuerwehr- und Polizeiautos starren sich die beiden noch einmal an, bevor Albert davonfährt.

7   Die Nachricht

Die Fahnen flattern und knattern, als wollten sie sich gegenseitig übertönen. Einige wollen den anderen weismachen, dass sie diese Neuigkeit, die jetzt erst lautstark verkündet wird, schon längst von den Spatzen pfeifen gehört hätten. Ähnliches behaupten natürlich auch die Reporter, die in Horden durch die Eingänge all dieser wichtigen, von Fahnen bewachten Institutionen zu diversen Pressekonferenzen eilen. Auch wenn sie es schon längst geahnt hatten, jetzt wollen sie die Details, die Auswirkungen, die Zukunftsdeutungen erfahren. Sie stellen sich in Position, halten die Mikros mit dem Logo des jeweiligen Fernsehsenders an den Mund und geben sie von sich: die Nachricht, die ausnahmslos ALLE betrifft.

Diese unglaubliche Nachricht, die die Welt aus den Angeln hebt.

Die sich im Sturm- und Wellenwind verbreitet, hinauf ins All schießt, von dort zurückgeworfen wird, verteilt auf Millionen Satellitenschüsseln und Fernsehantennen an Zinshäusern, Villen, Wolkenkratzern, Strohhütten. Überall flackert das kalte blaue Licht der TV-Apparate aus den Fenstern, so ganz anders als das warme, gelb-rote Leuchten des Herdfeuers früherer Zeiten. Zeiten, die endgültig vorbei sind.

Und das normale Leben auf den Straßen, wo ist es geblieben?

Die pulsierenden Adern der Weltstädte sind plötzlich blutleer. Diese Nachricht wirkt wie ein Aderlass.

Nur die Zeitungsverkäufer stehen mit ihren fettgedruckten Schlagzeilen an den Straßenecken und halten vergebens Ausschau nach Käufern. Und ein paar pflichtbewusste Lehrer blicken in kinderlose Klassenzimmer, auf leere Schulhöfe, verstreutes Spielzeug, ungeworfene Bälle.

Sehr langsam, sehr zögerlich wagen sich die Menschen dann doch wieder auf die Straßen. Nach dem ersten Schock meldet sich die

Angst vor Entlassung, das Pflichtgefühl oder der Hunger. Und irgendwie muss es ja weitergehen, das Leben – solange man eben noch lebt.

Peter Nemec gelingt der Versuch, cool zu bleiben, an diesem Morgen auch nicht so recht. Im Warteraum der Physiotherapie verursacht er mit dem Erteilen von Verhaltensregeln, der Ausgabe von Merkblättern und Checklisten ein hysterisches Durcheinander. Die spärlich anwesenden Mitarbeiter müssen Sitzbänke umstellen, Sperren errichten und Verordnungen aufhängen. Dabei werden die wenigen verängstigten Patienten hin- und hergescheucht.

Ines hat sich verspätet. Aus dem Nebel der vergangenen Nacht heraus beobachtet sie das seltsame Treiben. Erst als eine ihrer älteren Patientinnen verstört umherirrt, greift sie ein und führt die Frau zu einem Sitzplatz.

»Also machen S' schon«, kommandiert Nemec. »Männer und Frauen dürfen auf keinen Fall mehr gemeinsam auf einer Bank sitzen.«

Sein Blick fällt auf Ines, die beruhigend die Hand der zitternden Patientin tätschelt, er ruft zu ihr hinüber: »Ah, Frau Tiefenbach, haben Sie sich doch noch aus dem Haus getraut?!«

Ines hat absolut keine Lust, sich blöd anreden zu lassen, und nützt die Gelegenheit, um ihrer aufgestauten Gesamtwut Luft zu machen: »Hören Sie, Herr Verwalter, wenn Sie hier was verändern wollen, dann bringen Sie gefälligst Ihre Leute dafür mit, anstatt die Kollegen und die Patienten herumzukommandieren.«

»Keine Zeit für zarte Saiten, meine Liebe«, wischt Nemec ihre Kritik vom Tisch. »Ab nun dürfen Männer nur mehr Männer und Frauen nur mehr Frauen behandeln. Außer es geht gar nicht anders.«

Nemec deutet Ines, mitzukommen. »So, und jetzt zeige ich Ihnen die Testplätze, kommen S' alle mit!«

Er eilt zielstrebig durch die weitläufigen Gänge des Krankenhauses. »Welche Testplätze, bitte schön?«, fragt Ines entgeistert. Sie hat nicht nur Mühe, mit ihm Schritt zu halten, sondern auch zu verstehen, was er ihr dabei erklärt: »Sie müssen mit jedem neuen Patienten auf einen Testplatz gehen, weil nur dort die erste Berührung stattfinden darf.«

Ines fällt aus der Rolle: »Was soll denn das? Bist du wahnsinnig?«

Jetzt ist es Nemec, der über Ines' Unwissenheit erstaunt ist:

»Ja, lebst du hinterm Mond, Ines? Liest du denn keine Zeitungen? Hörst du keine Nachrichten? Man weiß endlich, was los ist: DIE MENSCHHEIT HAT SICH GESPALTEN … POLARISIERT. Verstehst du: Jetzt gibt's solche und solche: MENSCHEN und ANTIMENSCHEN. Und wenn jemand auf sein Gegenselbst, seinen oder seine Anti trifft, werden beide von einem starken Sog erfasst, und bei der kleinsten Berührung: ein grellweißer Energieblitz … und von dem Paar keine Spur mehr. Weg. Ausgelöscht. Gegenseitig vernichtet. So sieht es aus!«

Ines' kraftvolle Finger verkrampfen sich in den Arm des Verwalters und zwingen ihn, stehen zu bleiben. Dabei stammelt sie: »Gegensätze ziehen sich an … ein Mann und eine Frau … ein starker Sog?«

Ines starrt vor sich hin. Der spiegelglatte, blaue Plastikboden des Ganges wird zu einem See, in dem ihr wasserlöslich gewordenes Selbst zu zerrinnen scheint. Aber gleich darauf ist alles glasklar!

Nemec registriert, wie ein seltsames, undeutbares Lächeln über ihr Gesicht huscht. Ines fängt seinen fragenden Blick auf, sieht die verwirrten Gesichter der Kollegenschaft, beginnt – erst dezent verhalten, dann immer offener – zu lachen, bis ihr Tränen über die Wangen laufen. Die Umstehenden blicken einander an, stumm fragend, ob dieser hysterische Anfall ein ärztliches Eingreifen erforderlich mache.

Der Verwalter fasst sich am schnellsten. Er glaubt zu wissen, was die Situation erfordert, nimmt Ines zärtlich an den Schultern und flüstert ihr beruhigend ins Ohr: »Das gilt aber offensichtlich nicht für Paare, die sich schon … länger kennen.«

Der auffordernde Unterton in seiner Stimme ist nicht zu überhören. Ines macht sich mit einem Ruck von Peter Nemec los. Das soll jetzt womöglich der Grund sein, um unsere Beziehung wiederzubeleben?, denkt sie dabei angewidert. Da kannst du lange warten, du Feigling. Ohne zu antworten, wendet sie sich ab und ihre Aufmerksamkeit dem Geschehen draußen auf dem Hof zu.

Hier befinden sich also die Testplätze. Ein übertriebener Ausdruck für die improvisiert abgeschirmten Stellen im Freien, die mit Messgeräten bestückt sind und von Videokameras überwacht werden. Auf einem dieser Testplätze streckt gerade ein junger Arzt zögerlich einer Patientin die Hand entgegen. Nach der kurzen Berührung zucken beide zurück, obwohl gar nichts geschehen ist, und blicken sich dann verlegen an.

Ines nickt vor sich hin, als wäre ihr der restliche Lauf der Welt, oder zumindest der Rest ihres Lebens, ein offenes, bereits ausgelesenes Buch.

Auch in der Pension Bel-Étage hat sich die Nachricht breitgemacht, wie eine Wolke von verbranntem Frühstückstoast. Die Bewohner, die sich sonst kaum etwas zu sagen haben, lassen vor aufgeregter Diskussion den Kaffee kalt werden. Nur Albert beteiligt sich nicht daran. Er sitzt an seinem üblichen Platz in der Küche – nur er darf an Frau Ebenbauers Tisch sitzen – und schweigt. Es ist eine Art Schweigen, die Mila Ebenbauer beunruhigt. Sie weiß, dass Albert keine Angst vor diesem Phänomen hat, wäre ja lächerlich, er, der schon ganz andere Gefahren gemeistert hat! Auch ist sie sicher, dass ihm diese ungeheuerliche Tatsache schon einige

Tage früher bekannt war. Was geht also in diesem Mann vor? Da hebt Albert den Kopf und blickt Frau Ebenbauer seltsam direkt an.

»Was war das Allerbeste in Ihrem Leben, Frau Ebenbauer? Was würden Sie unbedingt noch einmal machen wollen, oder woran erinnern Sie sich am liebsten?«

Frau Ebenbauer lässt, verblüfft über diese ungewöhnliche Frage, ihre Küchenarbeit stehen, versucht in Alberts Mimik zu ergründen, wie ernst ihm die Antwort sein könnte, und setzt sich dann nachdenklich ihm gegenüber an den Tisch. Die Erinnerung, die dabei hochkommt, malt ein kindliches Lächeln in ihr faltiges Gesicht.

»Ich glaube, Sie würden mich auslachen, Herr Albert.«

Albert schüttelt den Kopf. »Nein, ganz bestimmt nicht. Bitte, erzählen Sie es mir.«

Frau Ebenbauer windet sich noch ein bisschen, streicht sich die Haare glatt und antwortet. Zuerst zögernd, dann immer lebhafter: »Sie wissen ja, ich bin nicht von hier, von einem kleinen Fischerort, heute geht es dort wahrscheinlich sehr touristisch zu, aber damals gab's ja nichts. Jedenfalls kein Kino. Da sind wir Kinder auf der Mole gesessen und haben die Wellen beobachtet, und dann haben wir – wie soll ich sagen – wir haben ihnen Stimmen gegeben. Also ungefähr so: Eine große Welle rollt heran und wir machen: Brrgrrrchrrrmrr, so tiefe Geräusche eben. Total gefährliche. Die ganz großen Wellen waren richtige Monster, die haben dann geknurrt: Ich fresse euch alle auf! Oder so ähnlich. War eine richtige Mutprobe, sitzen zu bleiben. Und dann zerschellten sie an der Mauer und tausend, kleine, lustige Tropfen sprangen hoch in die Luft und freuten sich über ihre Freiheit. Und wir freuten uns mit ihnen und machten alle: Hiiihaaahiii, und die Tropfen kitzelten unsere Zehen und riefen: Ätschipätsch, alles nur Spaß!«

Albert nickt versonnen: »Und dann fallen die Tropfen wieder zurück. Aus mit der Freiheit, aus mit dem Spaß. Aber ich glaube, die nehmen das lockerer als … als …«

Frau Ebenbauer ahnt, worauf Albert hinaus will, und unterbricht ihn leichthin: »Ja sicher, jedenfalls hat sich kein einziges Tröpferl bei uns beschwert.«

Die beiden lächeln vor sich hin. Albert zeichnet eine Welle auf seine Papierserviette und trommelt mit dem Kugelschreiber die einzelnen Tropfen dazu.

»Ein wunderschönes Spiel. Ich glaube, das würde dem Pauli auch gefallen.«

»Ja, einmal noch ans Meer, das wäre was.«

»Wieso sind Sie denn überhaupt weg von dort?«

»Da gab's nichts zu verdienen, und der Vater war kein Parteimitglied, darum hat er keine Zimmer vermieten dürfen. Wir sind dann von der ersten Gastarbeiterwelle hierhergespült worden. Das war dann kein Kinderspiel mehr.«

»Aber Sie haben es geschafft. Sie haben sich hier etwas aufgebaut. Das ist doch was.«

Frau Ebenbauer ist nun richtig verunsichert. So viele Worte hatte sie mit Albert noch nie gewechselt. Da stimmt doch was nicht mit diesem Mann. Da ist irgendeine seelische Veränderung im Gange. Ihre Antwort kommt schroffer, als sie eigentlich wollte. »Nix hab ich aufgebaut, Herr Albert, geerbt hab ich. Einfach geerbt. Vom Herrn Ebenbauer.«

»Ja, klar, Sie sind ja die Frau Ebenbauer, ist doch normal.«

»Nicht so ganz, nicht so ganz.« Mila Ebenbauer steht auf und wendet sich wieder ihrer Arbeit zu. Nur nicht zu viel in die Karten schauen lassen. Ein Hauch von Unergründlichkeit steht jeder Frau gut zu Gesicht.

Albert kann sich Mila Ebenbauer nicht als Kind vorstellen. Sie ist aber auch keine alte Frau für ihn, sie hat einfach nur etwas sehr

Erwachsenes. Er muss ihr Leben nicht kennen, um sie als Frau zu sehen. Da ist Nähe, da ist Verständnis ohne Worte. Nichts klebrig Mütterliches, nichts weiblich Manipulatives, einfache Geradlinigkeit – sein Halt in diesem Wahnsinn. Ob sie sich über Blumen freuen würde? Zum zweiten Mal dieser lächerliche Einfall! Albert steht entschlossen auf und stapft auf sein Zimmer zu. Es gibt überhaupt keinen Grund, plötzlich ein anderer Mensch zu werden. Geh und mach deine Arbeit!

Frau Ebenbauer schaut ihm nach, angelt sich dann die bekritzelte Serviette und verwahrt sie wie einen Schatz.

8   Das Weiterleben

Die schicksalhaften Lichtblitze zucken und zischen längst schon über alle Kontinente und fordern wahllos ihre Opfer von Armen und Reichen, von Naturvölkern genauso wie von Slum-Bewohnern oder vorsichtigen Wohlstandsbürgern. Überall auf der Welt verschwinden Menschen, und dennoch haben die Bestattungsunternehmen kaum etwas zu tun.

Gefordert sind nach wie vor die Wissenschaftler. Jetzt, da das *Was* gelöst ist, müssen sie dringend Antworten finden, wie das Phänomen zu enträtseln, zu stoppen oder zumindest in den Griff zu bekommen ist. Die Labors sind vollgeräumt mit den aberwitzigsten, rasch improvisierten Versuchsanordnungen. Hobbyforscher und Scharlatane haben Hochbetrieb. Viel Geld wird in die Hand genommen und viel davon verbrannt.

Die ernsthaften Forscher wissen zwar, wie ähnlich die Vorgänge in der Welt der kleinsten Teilchen, dem Schauspiel da draußen im Weltall sind. Sie glauben auch zu wissen, dass dieses Universum aus dem Nichts durch Quantenfluktuation in der Leere entstanden ist – eine rein zufällige Asymmetrie ergab einen Überschuss an Materieteilchen, die sich nicht gegenseitig auslöschten, was zum Urknall geführt haben soll, durch den zuerst der Mikrokosmos und nach der Phase der kosmischen Inflation auch der Makrokosmos entstanden ist. Es ist also hinlänglich bekannt, wie wichtig die polaren Kräfte der Anziehung und Abstoßung für das flexible Gleichgewicht des Ganzen sind.

Aber der Mensch und sein Gegenpol?

Die ganze Dimension des menschlichen Lebens gehört doch nicht in das Forschungsfeld physikalischer Wissenschaften.

Diese Dimension passt da nirgends hinein.

Eine Kraft, die derart hochkomplexe Lebewesen anzuziehen und zu verschmelzen imstande ist, die kann es doch gar nicht geben!

Woher sollte die plötzlich kommen? Weder der Elektromagnetismus noch die schwache oder starke Kernkraft, und nicht einmal die neuentdeckten Gravitationswellen kommen dafür infrage.

Es kann sich also nicht um eine dieser grundlegenden Kräfte handeln, deren rein objektive Beobachter und Erforscher die meisten Wissenschaftler immer noch zu sein glauben und für die sie alle fieberhaft nach der *einen*, der vereinheitlichten Formel – der Weltformel – suchen.

Albert zwingt sich dazu, seine übliche Routine beizubehalten. So betritt er bald nach dem Tag der erschütternden Nachricht wieder sein Stammlokal. Diesmal verharrt er jedoch an der Eingangstür und blickt sich zuerst erstaunt, dann mit ironischem Schmunzeln um. Nichts mit Happy Hour heute!

Das Lokal gähnt vor Leere. Auf der Straße hinter ihm fährt ein Lautsprecherwagen vorbei, und Albert beeilt sich, die Tür zu schließen. Die abwechselnd freundliche, dann wieder strenge und sogar beschwörende Stimme aus dem Megafon ist aber trotzdem nicht zu überhören:

»Meiden Sie Menschenansammlungen und Gedränge. Bleiben Sie wenn möglich in Ihren Wohnungen. Verzichten Sie auf jede Art der Berührung von unbekannten Personen. Halten Sie sich besonders von Menschen fern, die eine wie immer geartete Anziehung oder Sogwirkung auf Sie ausüben. Geraten Sie aber keinesfalls in Panik. – Meiden Sie Menschenansammlungen und …« Albert setzt sich an die Theke und lächelt dem deprimierten Barkeeper aufmunternd zu. »Keine Angst, Karli, die kommen schon wieder.«

»Hoffentlich«, murmelt dieser nicht wirklich überzeugt und versucht vergeblich im Radio einen Sender zu finden, der nicht die Leier der bereits endlosen Liste von Vermissten herunterbetet.

Dabei murmelt er mit unüberhörbarem Missfallen: »Und bitte nennen Sie mich Charles, wie alle anderen auch.«

»Klar, lieber Charles, aber glaube mir, die kommen. Man gewöhnt sich doch an alles«, lenkt Albert scheinbar bestens gelaunt ein. »Und es hat ja auch Vorteile.«

Charles kann nur mit großer Mühe sein Gefühl der Panik unterdrücken: »Dieser Horror?! Ärger als Krieg, heimtückischer als …«

»Ja, aber *nie* wieder das alberne Bussibussi und *nie* wieder feuchte Hände schütteln müssen!«

Der Barkeeper versucht mit einem sehr schwachen, eher kläglichen Lächeln auf Albert einzugehen. Der merkt, dass der Scherz nicht so gut angekommen ist, und gibt ihm zu verstehen, dass er für sie beide Wodka einschenken soll. Das bringt Karli, der lieber Charles genannt werden will, wenigstens ein bisschen auf Trab. Er schenkt großzügiger ein, als er dürfte, und schiebt Albert sein Glas hin. Die beiden prosten einander kurz zu und trinken in einem Zug aus.

Jetzt erst bemerkt Albert die beiden Gäste im dunkleren Teil, auf der anderen Seite der Theke: Fiona Neureich im flirtenden Geplänkel mit einer eher männlich wirkenden Fremden. Fiona scheint seinen Blick zu spüren und blickt zu ihm herüber. Sie streckt die
Faust in die Höhe und ruft: »Gleichheit!«

Albert wendet sich ab und murmelt dem Barmann zu: »Meint sie Gleichheit oder Geilheit?«

»He, Albert«, setzt Fiona kämpferisch nach, »ist das nicht toll? Jetzt sind wirklich alle gleich. Alle haben die gleiche Angst!«

»Ziemlich pervers, deine Freude, und ziemlich unberechtigt, es gibt immer welche, die gleicher sind«, knurrt Albert und bestellt wortlos noch eine Runde. Er weiß aus eigener Erfahrung, dass Fiona auch heute noch nach dem längst veralteten linken Prinzip lebt: Wer immer mit demselben pennt, gehört zum Establishment. Doch ist *lesbisch oder schwul* jetzt die gängige Alternative? Und ist Sex nicht immer die Vereinigung von Gegensätzen? Albert gerät ins Grübeln. Sind gleichgeschlechtliche Paare wirklich gleich? Oder liegen die Unterschiede nur nicht so deutlich sichtbar an der Oberfläche wie bei …?

Alberts Gedanken machen einen Sprung in eine Richtung, die er sich eigentlich streng verboten hat. Um sich abzulenken, legt er sein Handy auf die Theke und dreht es mit dem Zeigefinger im Kreis. Wie zufällig gleiten die anderen Finger dabei über die Tasten. Wie zufällig kommt dabei ein Name zum Vorschein: Ines. Sogar der Name ist ungewöhnlich, denkt Albert. Eine Ines ist ihm noch nicht untergekommen. Klingt französisch. Wahrscheinlich war sie in einem Internat in der französischen Schweiz. Hat all diese Benimmregeln gelernt. Geht sicher nur in die schicksten Lokale, wo zu jedem Gang ein anderer Wein serviert wird. Doch der Versuch, sich Ines als versnobte höhere Tochter vorzustellen und auf diese Weise auszureden, scheitert kläglich. Seine Phantasie gerät in ein ganz anderes Klischee und lässt sie in seidenem, winddurchwehtem Abendkleid in einem sizilianischen Palazzo ihr Versteckspiel weitertreiben. Und er verfolgt sie mit der Steadycam und der Weichzeichner-Linse – wie in einem Werbefilm – für das teuerste Parfum der Welt.

Ines sitzt in ihrem schwach beleuchteten Wohnzimmer und zupft auf ihrer Geige herum, unschlüssig, ob sie nach den vielen Jahren selbst auferlegter Abstinenz wieder ernsthaft zu üben beginnen sollte. Es wäre doch das Beste, in die Musik zu versinken und die Welt zu vergessen. Das konnte sie früher ja so gut. Warum hat sie eigentlich aufgehört? Nur um den Vater zu ärgern, ihm einen Strich durch die Rechnung zu machen? Oder war es Spanien, hat dieses Erlebnis damals den Ausschlag gegeben?

Ines nimmt die Geige an die Schulter, versucht den Bogen über die Saiten gleiten zu lassen. Doch die Finger gehorchen nicht richtig und auch sonst … sie ist einfach nicht bei der Sache. Ihr Blick fällt auf einen dunklen Fleck am Teppich. Blut? Alberts Blut! Sie geht in die Hocke und nähert zögernd einen Finger der dunkelroten Stelle. Knapp vor der Berührung schrillt das Telefon und Ines fällt vor Schreck nach hinten. Langsam fasst sie sich wieder, rappelt sich hoch und meldet sich mit einem knappen »Jabitte«. Am anderen Ende ist zwar eine Raumatmosphäre zu hören, sogar Atemgeräusche, aber im Übrigen herrscht Schweigen in der Leitung.

»Hallo? Sprechen Sie doch!«, sagt Ines, etwas gereizt.

Albert lauscht in sein Handy, unschlüssig, ob er antworten soll. Ihre Stimme klingt unaufgeregt. Erwartet sie einen Anruf? Hat sie seinen erwartet? Da betritt Elvira das Lokal und stöckelt in besonders sexy High Heels auf Albert zu. Rechtzeitig, bevor sie zu sprechen beginnt, schaltet er das Telefon ab. Sie begrüßt ihn mit gespielter Überraschung: »Halli, hallo, da schau ich aber, so leer gefällt es dir hier auch?«

Albert lächelt gequält. »Noch viel besser.«

»Dann kann ich ja wieder gehen. Tschüüüß!«

Elvira wendet sich zum Gehen, schaut dann aber noch einmal lockend über die Schulter zurück. Albert zahlt, deutet Charles mit leichtem Achselzucken an, dass das Schicksal und die Hormone gesprochen haben, und folgt ihr.

Ines stellt ebenfalls das Telefon ab, wobei sie bedauert, dass ihr veraltetes Festnetzgerät keine Nummern anzeigt. War er es, der da angerufen hat? Und warum sollte er? Dazu gibt es doch keinen Grund mehr. Oder? Mit diesem Fragenbouquet geht Ines ruhelos in der Wohnung herum. Schließlich lässt sie sich unwillig auf die Couch fallen, schaltet den Fernsehapparat ein und zappt lustlos durch eine Reihe von Programmen, die durchwegs nur Meldungen über das Phänomen bringen, bis sie schließlich bei einer Diskussionssendung hängen bleibt. Ein katholischer Geistlicher, der Chefredakteur Ulrich Pichler, eine Hausfrau und ein bleicher junger Mann versuchen sich gegenseitig zu übertönen. Die elegante Diskussionsleiterin Anna Kaiser schafft Ruhe und erteilt dem Geistlichen, der sich mit hochrotem Kopf ereifert, das Wort: »Man muss eben auf der Hut sein. Fahrlässigkeit ist selbstmörderisch. Das kann man nicht oft genug betonen. Das kommt für uns einem Selbstmord gleich.«

Ines' Aufmerksamkeit schweift von der Mattscheibe zu einem Telefonbuch hin. Es stammt aus dem vorigen Jahrhundert. Findet man darin denn überhaupt noch gültige Nummern? Sie zieht es zu sich heran und beginnt zu blättern, während der junge Mann im Fernsehen patzig erwidert: »Na und? Wenn man Schluss machen will, denkt man nur ans Aus, und das Verschmelzen ist mit Abstand die beste Methode. Zack und weg, und niemand braucht einen einzugraben.«

Die Hausfrau zeigt erregt auf, als wäre sie in der Schule: »Mein Mann wollte sicher nicht Schluss machen. Es ist unverantwortlich, wenn man jemand anderen da hineinzieht. Das sind nicht nur Selbstmörder, sondern auch Mörder ... und womöglich kommt er jetzt nie zur Auferstehung.«

Ulrich Pichler schüttelt den Kopf: »Aber glauben Sie denn wirklich, dass man dorthin – wo immer das sein soll – einen verwesten Körper mitschleppen muss?«

Der junge Mann wartet die Antwort der Hausfrau nicht ab: »Ich glaub, wenn es geschieht, dann haben's beide wollen. Das ist nicht, wie wenn man einen Entgegenkommenden mit dem Auto abschießt.«

Ines hat Alberts Telefonnummer gefunden und murmelt vor sich hin: »Ritter, Albert, Kameramann.«

Sie starrt eine Weile unschlüssig auf ihr Telefon. Diese Nummer kennt er, denkt sie dabei. Aber Ines besitzt natürlich auch ein Handy. Sie kramt es aus der Tasche, gibt sich einen Ruck und wählt. Nach kurzer Stille ertönt das Freizeichen. Ines erschrickt. Habe ich das wirklich gewollt?

Albert und Elvira wälzen sich schon halb ausgezogen auf dem riesigen Bett in Elviras leopardengemustertem Schlafzimmer. Doch diesmal ist es anders als sonst. Sie muss sich ziemlich viel Mühe geben, um den nicht gerade feurigen Mann auf Touren zu bringen. Und da beginnt zu allem Überfluss auch noch sein Handy zu läuten.

Elvira springt zornig hoch, greift nach Alberts Jacke, zieht das Handy hervor und drückt die Sprechtaste:

»Ah, ah, ah, ja, das ist gut, weiter, weiter!«, stöhnt sie dabei ins Telefon und blickt Albert herausfordernd an. Nach einer Schrecksekunde rollt sich dieser aus dem Bett und entreißt Elvira das Telefon.

»Hallo? Hallo?« Albert steht wie versteinert da und horcht, doch da ist niemand mehr in der Leitung …

Ines hat aufgelegt und lacht bitter. Nur ganz langsam wendet sie sich wieder der Fernsehdiskussion zu.

»Die einzige Entschuldigung mag die seelische Verwirrung sein, die angeblich durch diesen teuflischen Sog entsteht«, predigt gerade der Geistliche, und Ines hört plötzlich sehr aufmerksam hin.

»Es gibt aber auch Augenzeugenberichte, wonach Menschen sehr klaren Geistes aufeinander zugegangen sein sollen«, wendet Ulrich Pichler ein.

»Genau!«, triumphiert der Junge. »Die tun sich doch gegenseitig bloß etwas Gutes, indem sie sich auslöschen. Da braucht man niemandem nachzuweinen. Was bringt denn das Leben schon? Verluste, Verluste, Verluste.«

Ines starrt betroffen auf das bleiche Bürschchen, das seinem Leben lieber heute als morgen ein Ende setzen würde und bereits verzweifelt auf der Suche nach seinem Antimenschen zu sein scheint – und dies offensichtlich bei klarem Verstand!

Albert versucht sich anzuziehen, obwohl Elvira wie eine Klette an ihm hängt. Sie zerrt an seinem Hemd und kreischt ihm dabei ins Ohr: »In meiner Wohnung muss ich nicht die Anrufe von deinen Weibern ertragen! Jetzt sei nicht so …«

Doch Albert schüttelt nur stur den Kopf. »Das war beruflich«, presst er hervor. »Ich bin auf Abruf!«

»Wenn das so ist …« Elvira versucht es sofort wieder auf die sanfte Tour. »Die probieren es schon noch einmal … Albert, bitte … du hast doch sonst mehr Humor … stell dir vor, es war der Dr. Weber, dein Weberknecht … das wäre doch zum Schreien komisch.«

Albert lässt sich nicht umstimmen, macht sich los und ist schon bei der Tür draußen. Elvira schreit ihm nach: »Der grellste Lichtblitz soll dich treffen, damit du endlich auftaust, du gemeiner, alter Eiskasten! Und komm ja nicht wieder angekrochen!«

Dabei weiß Elvira bereits, dass er nicht mehr kommen wird. Nie mehr. Und das Ärgerlichste: Sie findet keinen anderen Schuldigen als sich selbst und kann daher nur mehr lautstark die Tür zuknallen.

Alberts Auto hält vor Ines' Wohnhaus im bequemen Halteverbot. Es ist schon sehr spät nachts, die Straßen sind herrlich leer und verlassen. Albert steigt aus, lehnt sich an seine Kühlerhaube und starrt zu Ines' Fenster hinauf. Ihr Schatten wandert hinter den leichten Vorhängen ruhelos hin und her. Und in ihrer Hand, an ihrer Schulter befindet sich ein Gegenstand – die Geige.

Durch ein offenes Fenster dringen Töne zu Albert herunter. Keine schönen Töne, atonale Geräusche, schrill, wie zornige

Schreie, verzweifelt und sehr passend. Albert befindet sich in genau der gleichen Stimmung. Spiel, bis uns beiden nicht nur das Trommelfell, sondern auch die Seele platzt!

Er greift zum Telefon, wählt die zuletzt angenommene, aber ihm unbekannte Nummer. Er hört es bei Ines läuten – sie war es also wirklich! Sie besitzt natürlich auch ein Mobilfon. Doch sie meldet sich nicht.

Nur die Geige schweigt einen Moment lang, geht dann auf den Klingelton ein, erwidert ihn, äfft ihn nach. Ein zorniger Dialog. Albert schaltet das Handy aus und drückt in einem verzweifelten Impuls auf die Hupe.

Der Schatten im Fenster erstarrt – dann verlöscht das Licht.

Ist jetzt alles gesagt?

9   Das Phänomen im Griff

Kurz vor Sonnenaufgang besteigt der Muezzin das mittelalterliche Minarett einer kleinen Wüstenstadt. Und während seine gutturale Stimme zum Gebet ruft, beleuchten die ersten Sonnenstrahlen seltsam schillernde Schlieren in der Morgenluft. Dem Ausrufer scheint es, als würde eine riesige Seifenblase direkt aus seinem Schalltrichter kommen.

Was hat das zu bedeuten?

Die sonst so wohlmodulierten Laute des Muezzins geraten ihm zu einem gehüstelten Krächzen. Er setzt den Trichter ab, um ihn von allen Seiten zu inspizieren.

Ist dieses viel zu neumodische Gerät ein westliches Teufelswerk? Doch das seltsame Schauspiel ereignet sich überall um ihn herum.

Eine Fata Morgana? Ein Zeichen Allahs?

Der Muezzin starrt einen Moment lang schweigend in den Himmel, bevor er sich fasst und seine Stimme wieder über die betende Stadt tönt. Allahs Wege sind unergründlich, denkt er dabei, aber immer gerecht.

Im Westen denkt man pragmatischer über die neue Menschheitsgeißel. Hier müssen Lösungen gefunden und der Normalzustand wieder hergestellt werden. Spätestens seit den vielen Umweltkatastrophen ist man sehr geübt im Verdrängen, im Herunterspielen von Gefahren oder – noch besser – im Kapital-daraus-Schlagen.

»DAS PHÄNOMEN IM GRIFF – DIE KATASTROPHE AUF DISTANZ«, heißt das erste – natürlich wissenschaftlich fundierte – Ratgeberbuch, das von geschäftstüchtigen Leuten auf den Markt geworfen wird.

Ein riesiger Bücherberg aus frisch gedruckten Exemplaren türmt sich in der Eingangshalle eines großen Kaufhauses. Das Buch wird auch sofort eifrig gekauft, wobei sich die Kunden automatisch in eine Frauen- und eine Männerschlange einreihen und sich dennoch ängstlich um Abstand zum Nächststehenden bemühen.

Der Verkäufer hat es besser, er kann sich hinter einem ungewöhnlich hohen Verkaufspult verschanzen und benützt zur Übergabe von Ware und Wechselgeld bereits einen eleganten, ausfahrbaren Greifarm. Das übliche Kaufhausgedudel wird immer wieder durch eine offiziell klingende Stimme unterbrochen:

»Das Phänomen im Griff, die Katastrophe auf Distanz – dieses Buch wird Ihr Leben verlängern. Zögern Sie nicht zuzugreifen. Die Expertenkommission der Weltgesundheitsorganisation hat alle Fakten zusammengetragen und analysiert. Alle Verhütungsmaßnahmen und Verhaltensregeln, alle neuen Gesetze und Verordnungen, alle Beratungsstellen und Tests sind hier erfasst. Versäumen Sie auch nicht, als verantwortungsvoller Mensch unsere brandneuen Berührungsschutzgeräte oder unsere Sicherheitsbekleidungen zu erstehen, denken Sie vor allem an Ihre Kinder …«

Ja, Christiane denkt an ihr Kind. Sie und – gezwungenermaßen – auch Albert sind mit Pauli hier, um für den Kleinen einen Berührungsschutzanzug zu kaufen. Die Verkäuferin steht in einem abgezäunten Bereich, schiebt die verschiedenen Anzüge durch eine Schleuse und ist ansonsten nur mit Aufmunterungen und Ratschlägen dienlich.

Christiane steckt den verängstigten Pauli in eines der käfigartigen Gestelle und blickt dann zu Albert hin. Auch der Kleine schaut fragend zu seinem Papa, der die Prozedur kopfschüttelnd beobachtet. Die Verkäuferin merkt, dass sie noch Überzeugungsarbeit leisten muss, und wendet sich mit sanfter Stimme an Pauli: »Wenn du das anhast, brauchst du keine Angst mehr zu haben. Du wirst dich ganz schnell dran gewöhnen, glaub mir.«

Albert lächelt Pauli aufmunternd zu: »Wer sagt Ihnen denn, dass er Angst hat?«

Dabei probiert er eine viel einfachere Konstruktion aus: einen Stock mit Haltegriff, dem auf Knopfdruck ein Schutzballon entspringt.

»Da schau, Pauli, ein Luftpuffer, das ist doch wenigstens lustig. Damit kannst du dir alle vom Leib halten. Das genügt doch.«

»Aber nicht für ein Kind«, kontert Christiane genervt. »Er braucht einen allseitigen Schutz.«

»Ja? Und du bist sicher, dass ihn dieser Affenkäfig wirklich schützt?«

Plötzlich aggressiv, reißt Albert Pauli das Gestell vom Körper und wirft es der Verkäuferin hin. »Wie ist denn das ganze Glumpert je getestet worden? Na, können Sie uns das sagen? Das ist doch hier alles nur ausgefuchste Geschäftemacherei.«

Pauli wirft sich aufschluchzend an Christianes Hals.

»Albert, bist du wahnsinnig? Warum bist du so verdammt aggressiv?«

Albert will etwas sagen, starrt aber plötzlich an Christiane vorbei auf eine Frau, die den nächsten Gang entlanggeht. Dieses Lächeln, das galt doch ihm! Das ist sie doch. Ines! Sofort sprintet er der Erscheinung nach und kann sich dabei nicht zurückhalten, ihren Namen zu rufen. Zwei Stellagenreihen weiter hat er sie eingeholt. Die Frau merkt, dass sie verfolgt wird, und wendet sich erschrocken, mit abwehrenden Handbewegungen, zu Albert um.

Es ist nicht Ines, auch die Ähnlichkeit ist nicht gerade frappant. Verwirrt murmelt Albert eine Entschuldigung und dreht sich weg. Kopfschütteln. Werde ich jetzt verrückt, kann das so weitergehen? Wird es sogar noch ärger?

Albert trottet zurück zu Exfrau und Kind und ist mit allem einverstanden, was Christiane zu Paulis Sicherheit für notwendig hält. Ihre fragenden Blicke entgehen ihm dabei nicht, doch auch er hat sich längst einen Schutzanzug angelegt – einen inneren.

Im ehrwürdigen Lesesaal der Nationalbibliothek ist noch nicht viel von der allgemeinen Panik zu merken. Nur, dass Männer und Frauen jetzt, so wie fast überall, in getrennten Sektoren sitzen müssen und die Stille noch deutlicher im Widerspruch zur sirenenverheulten Außenwelt steht.

Isolde Tiefenbach wühlt in einem Stapel ausländischer Zeitungen, während Ines seltsam angespannt in einem Medien-Almanach blättert. Als sie findet, was sie sucht, geht ein Ruck durch ihren Körper, und sie blickt sich verstohlen um, als würde es sich bei ihrer Lektüre um abartige Pornografie handeln. Die Seite enthält jedoch bloß eine kurze Vita samt leicht unscharfem Foto von Albert Ritter, Kameramann. Mit dezentem Räuspern reißt Ines das Blatt aus dem Band.

Einige Leserinnen in der näheren Umgebung blicken zwar irritiert auf, doch niemand glaubt wirklich an so eine Unverschämtheit. Ines' Mutter ist ohnehin zu sehr mit ihren internationalen Kulturseiten beschäftigt.

»Ha, das ist gut!«, sagt sie plötzlich ungeniert laut zu ihrer Tochter, die aus der Betrachtung von Alberts Foto hochschreckt. »Hör zu, das hat er verdient: Tiefenbachs Interpretation war völlig uninspiriert und zerfahren! Einmal hat er sogar richtiggehend den Einsatz verpasst. Ha, ha, ha …«

Durch diese Unverfrorenheit der zwei seltsamen Damen fühlen sich die anwesenden Leserinnen und sogar einige der Männer hinter der Geschlechtersperre nun wirklich gestört. »Ruhe! Pssst! Unerhört! Kein Benehmen!«, zischelt es durch den Saal. Frau Tiefenbach wendet sich belustigt an die verärgerte Leserschaft: »Nur keine Aufregung, ihr Affen. Freude hält gesund.«

Damit reißt sie den Artikel ebenso skrupellos, wie zuvor ihre Tochter, aus der Zeitung, verstaut ihn mit majestätischer Langsamkeit in ihrer Handtasche und erhebt sich. Ines steckt ihre Beute ebenfalls rasch ein und folgt ihrer Mutter. Dabei murmelt sie mehr zu sich selbst: »Ob das auch für Schadenfreude gilt?«

»Sei nicht schon wieder so erwachsen«, wirft ihr die Mutter über die Schulter zu und schreitet erhobenen Hauptes Richtung Ausgang.

Ines will aufholen, muss eine Gruppe Frauen umrunden und gerät dabei auf die Männerseite. Ein entgegenkommender Leser, der einen Bücherstapel vor sich herträgt, gerät in Panik und wirft eines seiner Bücher auf Ines: »Abstand halten! Verdammt! Sind Sie noch bei Trost?«, schreit er dabei hysterisch. »Verschwinden Sie! Das hier ist die Männerseite!«

Der Leserchor antwortet wieder mit empörtem Ruhe-PsssstGezische. Doch Ines packt die Lust, sich abzureagieren, da kommt ihr eine kleine Bücherschlacht gerade recht. Sie fängt das Buch auf und wirft es zurück.

»Machen Sie sich nicht in die Hose, Sie Feigling!«

Die Mutter lächelt Ines angriffslustig zu und kommt ihr wie ein Schlachtschiff als Verstärkung zu Hilfe. Dabei klingt ihre dunkle Stimme befehlend durch die Halle: »Und scheren Sie sich von meiner Tochter weg, Sie Antimensch, Sie.«

Ausgelassen werfen die beiden alle weiteren Bücher, die der Mann schleudert, auf den Angreifer zurück, bis dieser, der nicht mit derart viel Gegenwehr gerechnet hat, die Flucht ergreift. Inzwischen sind die meisten der Anwesenden aufgesprungen. Sie trauen sich zwar nicht den beiden enthemmten Frauen entgegenzutreten, fordern aber – diesmal ebenfalls lautstark – Ruhe, Ordnung und am besten gleich die Polizei. Doch einige verfallen dem hysterischen Rausch, heben die herumliegenden Bücher auf oder werfen mit ihren eigenen.

Die Bibliothekare und Aufsichtspersonen erstarren einige Schrecksekunden lang, dann geht ein Ruck durch ihre Reihen, auf den eine ähnliche Spaltung wie bei den Lesern folgt: Die einen versuchen eher zaghaft – man will sich ja nicht selbst gefährden! –, dem Treiben ein Ende zu bereiten, die anderen sprengen mit Gejohle ihre kulturellen und ökonomischen Fesseln und beteiligen sich lustvoll-aggressiv an dem Spektakel.

Regale werden geplündert. Es gibt ja noch viel mehr Bücher – voll mit Lebensweisheiten, religiösen Gesetzen, philosophischen Thesen und ökologisch-soziologischen Spekulationen, die im Moment so absolut nichts nützen. Auch die Bestseller für die kleinen Fluchten aus dem Alltag fliegen durch den Saal, Liebesgeschichten mit oder ohne Happy End, Sex that sells, spitzfindige Krimis und all die brutalen Crime- und Gruselstorys, voll mit abartigem Sex, Leichen über Leichen, meist Frauen, zerstückelt, geschändet und gehäutet, frisch oder verwest, Mörder über Mörder, mit und ohne Grund, psychopathisch, rachsüchtig, berechnend – Papierballungen, schräg gestylt oder einfach nur gut vermarktet.

Aber wozu braucht man jetzt, wo die echte Bedrohung vor der Tür steht, noch all die Millionen gruseliger Worte? Und die große Literatur, die Geschichten für die Ewigkeit – wer wird sie bewahren, wenn die Ewigkeit schon so deutlich mit einem Ablaufdatum versehen ist?

Ines fängt »Das grüne Gesicht« von Gustav Meyrink auf. Sie hält einen Moment lang inne. Da ging es auch um den Weltuntergang, erinnert sie sich. Als Gegenmittel, so wird darin beschrieben, sollte man die Lehre von der Achtsamkeit üben. Nur: Die verbleibende Zeit könnte nicht mehr zum Erlernen dieser Technik ausreichen. Trotzdem lässt sie das Buch in ihre Tasche gleiten und geht ihrer Mutter nach, die es plötzlich eilig zu haben scheint. Im Vorraum muss sie beobachten, wie sich Isolde Tiefenbach taumelnd und schwer atmend auf eine Bank fallen lässt. Besorgt läuft Ines zu ihr hin und kramt dabei in ihrer Tasche nach der Notfallmedizin. Die Mutter winkt jedoch ab, steht übertrieben stramm auf und zischt: »Du glaubst doch nicht, dass ich schlappmache. Nicht vor ihm! Auf gar keinen Fall!«

Alberts Stammlokal ist halbwegs gut besucht. Einige der alten Gäste trauen sich doch wieder her. Manche von ihnen tragen bereits Berührungsschutzanzüge oder hantieren mit Luftpuffern, die meisten legen diese sperrigen Teile allerdings am Eingang ab. Dennoch sind fast alle auf genügend Abstand bedacht. Sie machen möglichst große Bogen umeinander, grüßen mit kleinem Winken, schütteln sich in bizarren Gesten selbst die Hand, schicken Küsse durch den Raum und wenn sie einander zuprosten, stoßen sie mit ihren Gläsern nicht an den anderen Gläsern, sondern an der Tischplatte an.

Albert lehnt an der Theke, trinkt Schnaps und beobachtet mit leichtem Schmunzeln die Veränderung der Umgangsformen.

Nur Bill Becker scheint nichts von Abstand zu halten. Er macht sich an Albert heran und flüstert ihm verschwörerisch ins Ohr: »Albert, Kumpel, dir kann ich es erzählen, du bist keiner von denen hier, die den anderen ihre Ideen stehlen.«

Er macht eine bedeutungsvolle Pause, und da Albert nichts erwidert, nimmt er dies als Zeichen der Zustimmung: »Also horch zu: Ich hab mir *die* super Geschichte ausgedacht, besser als Romeo und Julia. Stell dir vor: Ein Mann und eine Frau verlieben sich, so von der Ferne, das muss noch ausgearbeitet werden, wie das geht, na, jedenfalls kommen die beiden drauf, dass sie so ein Anti-Paar sind und sich nicht berühren dürfen …«

Albert unterbricht ihn mit rauer Stimme: »Erzähl diesen Kitsch doch Linda, die macht den nächsten Fortsetzungsroman in ihrem Frauenblattl draus.«

»Bist du wahnsinnig? Das wird ein Drehbuch, das ist ein Stoff für Hollywood!«

Nachdenklich geworden nickt Albert: »Vielleicht hast du recht.« Er wendet sich dem Schriftsteller ganz zu und flüstert ihm nun ebenfalls ins Ohr: »Aber zuerst müsstest du ein ganz, ganz tolles, gefinkelt überraschendes Happy End erfinden.«

Bill Becker starrt Albert einen Moment lang an und klopft ihm dann auf die Schulter: »Respekt!« Damit zieht er sich in den hinteren Teil des Lokals zum Nachdenken zurück. Und Albert braucht eine Weile und ein paar Schnäpse, um sich den verlockenden Gedanken, dass ein Happy End wirklich möglich wäre, aus dem Kopf zu schlagen.

Dadurch entgeht ihm, wie Elvira mit strahlendem Lächeln und Christoph Zenz im Schlepptau ihren Auftritt zelebriert. Der Filmkritiker wirkt etwas verunsichert. Er hat zwar schon seit Längerem ein Auge auf die fesche Cutterin geworfen, weiß aber jetzt nicht so recht, wie er zu der unerwarteten Ehre kommt. Elvira platziert sich strategisch günstig an der Theke und scheint sich köstlich, und gar nicht auf Abstand bedacht, mit ihm zu amüsieren. Dabei ignoriert sie Albert derart auffällig, dass sogar Zenz bald merkt, was hier gespielt wird. Aber Filme, in denen diese Ich-mach-dich-eifersüchtig-Szenen vorkommen, hat er meist als zu unglaubwürdig abgeurteilt. Und auch Elviras Rechnung scheint nicht aufzugehen, denn Albert schaut nicht ein einziges Mal zu ihr hin.

Erst als sein Assistent auftaucht und ihm stolz einen neuerworbenen Luftpuffer präsentiert, kommt Albert in die Realität zurück. Das übertechnisierte Ding will aber nicht und nicht funktionieren, und Ossi muss sich schließlich mit einem Seufzer an das Studium der Gebrauchsanweisung machen.

Kopfschüttelnd versucht Albert ihn abzulenken: »Lass doch den Blödsinn. Hier brauchst du das Zeugs eh nicht. Schau dich lieber um. Ist doch komisch: Die kennen sich alle, haben sich sicher schon hundertmal berührt, in dem Gedränge früher und wer weiß wo sonst noch, und trotzdem haben die meisten dieser Affen jetzt Angst voreinander, wo doch nicht die geringste Gefahr …« Da betritt – wie auf Stichwort – ein Unbekannter das Lokal. Die Anwesenden erstarren. Alle Gespräche verstummen. Misstrauische Blicke taxieren den Fremden, der jedoch ohne auf den Stimmungsumschwung der Gäste zu achten weiter auf die Theke zugeht. Elvira sieht ihre Chance, sich bemerkbar zu machen. Sie springt vom Barhocker, zückt eine niedliche Damenpistole, richtet sie auf den Eindringling und kreischt theatralisch: »Stehen bleiben, oder ich kann für nichts garantieren.«

»Elvira, bitte beruhige dich doch«, versucht ihr Begleiter einzulenken. »Das ist jetzt aber schon ein bisschen übertrieben, meinst du nicht?«

»Gar nicht übertrieben! Ich spüre den Sog! Diese Anziehungskraft! Raus! Raus! Verschwinden Sie! Sofort!«

Nun springen auch andere Gäste auf, einige zücken ebenfalls Waffen oder verlassen fluchtartig das Lokal. Der Fremde bleibt zwar stehen, ruft aber ungerührt zum Barkeeper hinüber: »Bekomm ich bei Ihnen Zigaretten?«

Charles nickt und wirft ihm die gewünschte Marke zu. Der Mann legt das Geld auf den Boden und geht rückwärts, mit übertrieben erhobenen Händen und sarkastischem Grinsen, aus dem Lokal. Mitten hinein in die betretene Stille lacht Albert auf und knallt dabei sein Schnapsglas lautstark auf die Theke. Alle Waffen richten sich ruckartig auf ihn. Elviras Pistole geht los und das Projektil trifft eine Campariflasche in Alberts Nähe. Peng! Während grellrote Flüssigkeit auf die Theke schwappt, starren sich die beiden feindselig an.

10   Die Versuchung

Albert wird langsam, aber sicher klar, dass er sich so rasch wie möglich eine neue Freundin, Partnerin ... na, eben eine Neue suchen müsste. Elvira ist nicht ganz unbequem gewesen. Reich geschieden. Allzeit bereit. Schöne Wohnung und immer Gutes im Eiskasten. Schrecklich nur ihr Geplapper in seine innere Leere hinein. Nie wieder so eine, grübelt Albert vor sich hin, während er geradewegs zu Ines' Haus fährt. Diesmal parkt er nicht ganz so auffällig. Es ist Samstag zur Mittagszeit. Vielleicht kommt sie ...

Und da kommt sie auch wirklich zur Tür heraus. Wieder hat sie eines dieser schlichten, wie Wasser fließenden Gewänder an, zu dem die abgewetzte, sperrige Einkaufstasche einen interessanten Kontrast bildet. In der Nähe ihrer Wohnung befindet sich ein früher sehr belebter, sehr beliebter Markt, mit Obst und Gemüseständen, aber auch eine Gourmetzeile. Urig und chic zugleich. Da geht sie sicher hin, kombiniert Albert, holt seine Ausrüstung aus dem Kofferraum und schraubt ein mächtig langes Zoomobjektiv auf seine Kamera. Damit versucht er Ines auf ihrem Einkaufsweg zu filmen, sorgfältig auf Abstand bedacht.

Die meisten Marktstandler haben bereits ausgeklügelte Systeme aufgebaut, um beim Waren- und Geldaustausch nicht mit den Kunden in Berührung zu kommen. Auch hier wurde ein Fußgänger-Einbahnsystem mit Geschlechtertrennung eingerichtet. Berührungsgeschützte Polizisten beiderlei Geschlechts halten Wache, regeln Fußgängerkreuzungen und verbreiten durch Megafone die üblichen Warnhinweise.

Ines bewegt sich im Gegensatz zu den anderen Menschen locker und angstfrei. Sie plaudert freundlich mit einem türkischen Gemüsehändler, kauft einen Berg Gemüse und bezahlt ungeniert mit Handberührung.

Jawohl, denkt Albert sofort, wir beide brauchen keine Angst zu haben, wir können sie alle berühren. Nur wir müssen Abstand halten. Wir sind dazu verdammt!

Während dieser Grübelei ist Ines aus Alberts Blickfeld verschwunden, und es dauert eine ganze Weile, bis sie wieder im Sucher seiner Kamera auftaucht. Sie steht vor einem Blumenladen und betrachtet gedankenverloren die Rosen, die Tulpen, die vielen anderen Gewächse, deren Namen Albert nicht kennt. Lächelt sie? Ist sie traurig? Albert würde viel dafür geben, um ihre Gedanken und Gefühle zu kennen. Hat er solche Nebensächlichkeiten vorher je von einer Frau wissen wollen?

Plötzlich ein greller Lichtblitz und das entsetzliche, durch Mark und Bein gehende Zischgeräusch. Die Menschen kreischen auf, rennen wie aufgescheuchte Hühner durcheinander, verlassen fluchtartig den gesamten Marktbereich.

Rauch verbreitet sich von dort her, wo Ines kurz zuvor eingekauft hat. Sekunden später schlagen auch schon Flammen aus dem türkischen Gemüsestand.

Albert wird von seiner professionellen Routine mitgerissen, schwenkt von Ines weg auf das Geschehen hin und pirscht sich dabei näher heran. Ein paar Nachbarstandler versuchen bereits, mit Schläuchen, Feuerlöschern oder Wasserkübeln den rasch ausufernden Brand zu löschen. Da erscheint Ines ein weiteres Mal in Alberts Objektiv. Langsam, mit einem Strauß Chrysanthemen, nähert sie sich dem brennenden Stand, verharrt dort nachdenklich und wirft die weiße Blumenpracht einzeln in die Flammen.

Albert beobachtet sie verwundert, umrundet den Stand, um sie besser ins Bild zu bekommen, zoomt näher, findet aber durch den Rauch und die aufsteigende Heißluft nicht gleich die Schärfe. In der Unschärfe wirkt Ines aber erst recht wie eine Fata Morgana, eine Fee, ein Wesen nicht von dieser Welt, denkt Albert und zoomt noch näher auf ihr Gesicht zu.

Ines riecht an der letzten Blume und lächelt dabei seltsam. So, als wäre sie eine Priesterin bei einer heiligen, heilenden Handlung.

Telefonläuten.

Albert greift rasch zu seinem Handy und verschwindet gleichzeitig hinter einem Stapel Gemüsekisten. Ines dreht sich nach dem Klingelton um, als wäre es ein Weckerläuten, das sie aus ihren Träumen in die Wirklichkeit zurückholt. Was irritiert mich jetzt?, denkt sie beunruhigt. Kann es sein, dass ich beobachtet werde? Sie schüttelt energisch den Kopf und kann doch nur schwer leugnen, die ganze Zeit diesen einen, diesen unerlaubten Blick gespürt zu haben.

Das Telefonat beordert Albert zu einem neuen Einsatz. Als er am Ort des Geschehens eintrifft, ist ihm sofort klar, dass es hier nicht mehr nur um das Verschwinden zweier Einzelpersonen geht. Hier scheint bereits der helle Wahnsinn ausgebrochen zu sein. In dem schäbigen Vorstadtgasthaus herrscht nicht das übliche rauchgeschwängerte Chaos nach einer Verglühung, hier muss etwas viel Entsetzlicheres geschehen sein.

Zwei Funkstreifen mit Blaulicht und einige Rettungsfahrzeuge versperren den Eingang. Polizisten verwehren den Reportern, darunter auch Dr. Weber und Petra mit ihrem Team, den Zutritt. Einige aufgebrachte Menschen, deren Neugier und Sensationslust immer noch größer sind als ihre Ängste, befinden sich ebenfalls vor dem Gasthaus. Verdächtigungen machen die Runde, obwohl niemand weiß, was da drinnen wirklich geschehen ist.

Albert und Ossi sondieren das Terrain und sind sich ohne viele Worte schnell einig, wie sie zu informativen Bildern kommen könnten. Um die Ecke, in der Seitengasse, steht ein Lieferwagen, mit Dachgalerie! Schon ist Ossi oben, und Albert reicht ihm die Kamera hinauf. Dann klettert auch er – nicht mehr ganz so jugendlich flink – auf das Wagendach.

Von hier aus können die beiden durch eine zersplitterte Fensterscheibe ungehindert aufnehmen, was in der Gaststube vor sich geht: Menschen liegen blutüberströmt und regungslos auf dem Boden, Verwundete stöhnen, Angehörige weinen, über leblose Opfer gebeugt. Die Rettungsleute wissen kaum, wen sie zuerst versorgen sollen.

Das Außergewöhnlichste an diesem Inferno spielt sich jedoch in der Mitte des schäbigen Raumes ab: Ein wild um sich schlagender, hysterisch kreischender Polizist in voller Uniform wird von einigen seiner Kollegen mühsam festgehalten. Nur zu fünft scheint es ihnen überhaupt gelungen zu sein, den Tobenden auf einen Stuhl zu drücken und mit Handschellen zu fesseln. Andere Polizisten müssen mehrere wütende Zeugen und leicht verletzte Opfer von dem uniformierten Täter fernhalten.

Ganz am Rande der schaurigen Szene wischt eine Küchenhilfe apathisch das Blut von den Wänden. Sie scheint, ähnlich wie Ines, in einer anderen Welt zu leben, denkt Albert, zoomt auf sie zu, weiß aber im selben Augenblick, dass Weber diese Einstellung nicht verwenden wird.

Und während Albert das schreckliche Szenario filmt, ahnt er nicht, welcher Gefahr Ines und ihre Kolleginnen vor einigen Tagen ausgesetzt waren: Der Amokläufer ist niemand anderer als Herr Schreier, der ausgerastete Bandscheiben-Patient. Das Schicksal hat es so gewollt, dass er an jenem Tag seine Dienstwaffe nicht dabei hatte ...

Mit dem Abtransport des Täters ist die Vorstellung vorbei, und sofort werden Albert und Ossi von Dr. Weber in Anspruch genommen. Während die beiden vom Dach des Lieferwagens herunterklettern, bemerkt Albert Petras neidisch-hochachtungsvollen Blick. Ihr Team war offensichtlich nicht so erfolgreich, und sie würde gerne mit ihm ins Gespräch kommen.

Dr. Weber lässt Albert jedoch nicht aus den Augen, sondern vergattert ihn zu einem Interview mit dem Oberinspektor, der offensichtlich knapp davor steht, ebenfalls die Nerven zu verlieren. Dicke Schweißperlen stehen auf dessen Stirn, doch davon lässt sich der Redakteur nicht abhalten, seine bohrenden Fragen zu stellen:

»Fälle wie dieser häufen sich in letzter Zeit erschreckend. Es sterben ja schon bald mehr Menschen durch Schießereien als durch das Phänomen. Und jetzt richtet sogar ein Polizist …«

Der Oberinspektor unterbricht Dr. Weber aggressiv: »Ja, glauben Sie denn, wir sind keine Menschen? Auch ein Polizist kann schließlich auf seine Anti treffen. Die Leute haben sich zu rasch bewegt, der Mann war berührungsgefährdet! Das war Notwehr, naja, Notwehrüberschreitung wahrscheinlich …«

»Doch eher ein Amoklauf!«

»Das wird alles genau untersucht. Ich kann zum jetzigen Zeitpunkt einfach nicht mehr sagen …«

Der Oberinspektor ergreift die Flucht. Dr. Weber gibt Albert das Zeichen, dass der Einsatz beendet ist, und reicht Ossi das Mikro. Die beiden sind froh, diese neue Dimension an Scheußlichkeit hinter sich gebracht zu haben. Während sie zum Auto gehen und die Ausrüstung verstauen, herrscht Schweigen. Schließlich platzt es aus Albert heraus:

»Was sagt denn dein wissenschaftlicher Onkel? Gibt es denn gar keinen Hoffnungsschimmer?«

Ossi verzieht das Gesicht. Er braucht etwas länger als sonst für die Antwort: »Es schimmert ziemlich dunkelgrau. Du solltest auf Umstellung und Anpassung setzen.«

Albert könnte merken, dass Ossi etwas verschweigt, wenn nicht in diesem Moment die »Umstellung« in Gestalt von drei nicht übel aussehenden Huren an ihnen vorbeischlendern würde. Eine zwinkert Albert zu, erkennt ihre Chance und macht sich zu Ossis Empörung doch glatt an seinen Chef heran. Sie kommt immer näher und näher, gefährlich nahe, bis ein Flüstern reicht: »Na, wie wär's mit einer ganz speziellen Berührung? Du traust dich noch, das seh ich dir an, du bist nicht so ein Feigling.«

Sie deutet mit dem Kopf zum Gasthaus zurück. Albert schaut sie herausfordernd an: »Und du, meine Süße? Gar keine Angst?«

Ossi funkt dazwischen: »Das hab ich aber nicht gemeint mit Umstellung!«

Die Süße, eher Bittersüße, überhört Ossis Einwand, ihr Blick hat sich bereits an Albert festgesaugt: »Ich?!«, fragt sie gedehnt. »Lieber heute als morgen ... Peng! ... schöner, fremder Mann, und wir sind im Paradies!«

Albert schaut sie seltsam berührt an. Sie deutet es als Aufforderung weiterzusprechen und hält ihm ihre Hand mit einer Kette hin. Auf einem kleinen Plättchen ist ihr Name eingraviert. »Kennst du das schon? Eine Hundemarke aus hitzebeständigem Edelstahl. Eines Tages liegt die da auf dem Beton, in der Mitte von einem rußschwarzen Fleck. Das wird mein schönster Tag sein!«

Albert schweigt einen Moment lang, ganz mit diesem neuen Gedanken beschäftigt. Doch dann reißt er sich von dem Traumbild, das im Entstehen begriffen war, los und mustert die Bittersüße lächelnd: »Aber der ist leider noch nicht heute ...«

»Doch ein Feigling!«, will sich die Frau enttäuscht abwenden, aber da streckt ihr Albert auffordernd die Hand hin.

Die Bittersüße grinst lasziv und hebt ebenfalls ihre Hand. Ossi schüttelt den Kopf, entfernt sich sicherheitshalber ein wenig und hält den Atem an. Die beiden berühren einander mit einem kurzen Abklatschen.

Nichts ist geschehen! Natürlich nicht, denkt Albert, man könnte also rasch eine Nummer schieben. Doch da fährt Dr. Weber mit seinem Auto vorbei und quengelt heraus: »Hopp auf, Herr Ritter, wir haben noch einen Termin. Mit Ihren Schwestern können S' ja später plaudern.«

Auf der Fahrt zum nächsten Termin blickt Ossi immer wieder verstohlen zu seinem Boss. Albert weiß offenbar wirklich, wer seine Anti ist, denkt er dabei. Natürlich. Es ist die aus dem Krankenhaus, die so ganz andere. Ist das gut oder schlecht? Hat sie ihm einen Korb gegeben? Oder hat er sie damals doch nicht getroffen? Wird er sich zurückhalten können? Oder werden die beiden *ES* tun?

Ossi ist fast neidisch. Eigentlich wollte er ja Astrophysik studieren, wie sein Onkel. Weniger wegen der physikalischen Fakten als wegen der interessanten Fragen nach dem Ursprung und Sinn der Existenz. Und eine ganz bewusste Verglühung würde vielleicht echte Einsichten bringen, über den Urknall zum Beispiel. Immerhin weiß man heute, dass es nur Nanosekunden dauerte, um das ganze Universum zu erschaffen. Vielleicht entstehen wir ja nach so einer Verschmelzung in einem anderen Universum sofort wieder neu – ein Urknall in menschlichem Format?

Vielleicht sind wir dann besser, zumindest anders, hoffentlich aber wissender, grübelt Ossi und fragt sich, ob sein Leben derzeit auf dem richtigen Gleis dahinläuft. Alles ist so rätselhaft, und es wäre so wahnsinnig wichtig, weiter zu forschen!

Warum eigentlich ist ihm der Job bei Albert in die Quere gekommen? Will er denn wirklich Filmemacher werden? Wird er eines Tages diese beiden Interessensgebiete in supertollen, blitzgescheiten Science-Fiction-Filmen vereinen können? Hätte er denn überhaupt das Zeug dazu, Regie zu führen? Und wenn ja, sollte er sich dann nicht schon längst an einer Filmschule bewerben? Aber ist er dafür nicht schon zu weit abgedriftet? Was ist es, das ihn festhält und in ein schwarzes Loch zu ziehen droht? Das lockere Lebensgefühl, die Sensationsgier, das Menschliche – eigentlich hauptsächlich Unter-Menschelnde, wie gerade eben in dieser Vorhölle?

»Wozu ist diese ganze Scheiße eigentlich gut? War doch auch so schon schwierig genug«, murmelt Albert. »Was soll das alles für einen Sinn haben?«

Ossi erwacht aus seiner Selbstbefragung. Wenn schon nicht für sein eigenes Leben, so hat er auf naturphilosophischem Gebiet fast immer eine Antwort parat: »Mein Onkel sagt, der Sinn des Ganzen liegt in der Zukunft, und wir erfüllen ihn einfach durch unser Dasein. Irgendwann wird dann alles perfekt sein.«

»Wie soll das gehen? Wir können doch nichts perfekt machen, wenn wir nicht wissen, was …«

Sieh da, denkt Ossi irritiert, will Albert plötzlich ein besserer Mensch werden? Am Ende gar wegen dieser Schönen? Doch der Stolz, seinem Boss die Welt erklären zu können, verdrängt die aufkommende Besorgnis, und er beginnt zu dozieren: »Das Komplizierte an der Sache ist, dass es eigentlich gar keine Zukunft in dem Sinn gibt, wenn man das mit der Krümmung der Raum-Zeit versteht. Aber ich erkläre es dir einfacher: Auf einer Filmrolle ist der ganze Film. Stimmt's?«

Ossi wartet auf Zustimmung, doch Albert ist nicht klar, worauf er hinaus will, und schweigt.

»Na, alles schon da! Nur wir sehen bei der Vorführung einen Kader nach dem anderen. Klar?«

»Okay, aber an einem fertigen Film kann ich ja nichts mehr ändern. Da bin ich ja nur Zuschauer.«

»Naja, eben ein interaktiver Film, mehr so ein Videospiel. Da gibt es ja auch Parallelwelten, für verschiedene Entscheidungen.«

»Also, nicht keine Zukunft, sondern verschiedene Zukünfte?«

Ossi kommt ins Schwimmen: »Vielleicht besser ein anderer Vergleich: Es ist wie ein Puzzle, von dem wir die Teile sind. Verstehst du das jetzt?« Albert schüttelt etwas geistesabwesend den Kopf. »Na geh, ist doch einfach: Von einem Puzzle gibt's natürlich auch das ganze Bild, es war immer schon da, wird immer da sein.«

Ossi macht eine Pause und gerät ins Schwärmen: »Und stell dir vor, irgendwer findet dieses Bild im Hier und Jetzt, hat dadurch Einblick, was falsch läuft, und kann die Menschheit retten … oder so ähnlich …« »Das ist *jetzt* aber nicht dein Ernst?!«

»Doch, ist eine Idee von mir, für einen Science-Fiction-Film. Könnte aber auch in der Wirklichkeit …«

»Ja, toll. Das erklärt aber nicht, was wir im Hier und Jetzt dazu tun können«, wirft Albert ein.

Ossi verdreht ungeduldig die Augen zum Himmel: »Dadurch wird doch glasklar, dass die Zukunft gar nicht existiert. Es gibt einfach nur die Gegenwart … oder die Gegenwarten.«

Ossi merkt, dass ihn Alberts Fragen aus dem Konzept bringen. Wenn der Onkel die Welt erklärt, ist alles so klar und plausibel. Warum ist es so schwer, diese einfachen Tatsachen weiterzuvermitteln? Gerne würde er das Gespräch in andere Bahnen lenken, doch Albert lässt nicht locker. Er scheint wirklich Antworten hören zu wollen.

»Ossi, du Gescheiter, wenn ich ein Puzzleteil bin, kann ich doch auch nichts ändern!«, presst er schon ziemlich genervt heraus. »Das ist dann doch mein Scheißschicksal.«

»Ändern musst du auch nichts«, Ossi gewinnt langsam wieder an Sicherheit, »aber du musst darauf schauen, dass dein Puzzleteil so bleibt, wie es deinem ursprünglichen Wesen entspricht. Weil nur so passt es ins Ganze. Deswegen ist doch jeder Einzelne so wichtig. Stell dir vor, auch nur ein einziges Teilchen passt nicht.«

»Wenn es mir eh entspricht, warum sollte es nicht passen?«

Mit diesem Gleichnis lässt sich was anfangen, denkt Ossi. Damit kann ich es ihm so richtig reinsagen.

»Weil man sein wahres Wesen ja leider verbiegen kann, oder verdrecken, zerbrechen, übertünchen, zumüllen, verlieren, verhuren und was weiß ich, was noch alles …«

»Aber ich kenne doch weder das Ganze noch mein wahres Wesen. Wie soll ich da …«

»Doch«, unterbricht ihn Ossi triumphierend. Durch die Diskussion ist ihm ein Geistesblitz eingeschossen: »Du kennst das Ganze, weil jedes Teilchen in Reinform ein Hologramm ist!« »Wie … Hologramm?«, stammelt Albert ratlos.

»Na, so wie die DNA den ganzen Menschen enthält, enthält der Mensch das ganze Universum.«

»Haha! Ich bin also das ganze Universum?!«, staunt Albert, um den Gedanken sofort wieder zu verwerfen. »Dann bin ich aber von der Reinform noch sehr weit entfernt und seh auch nicht, wie sich das ändern soll.«

So viel Einsicht, denkt Ossi schmunzelnd und gibt seiner Stimme einen zuversichtlich beschwörenden Klang. »Du musst einfach nur auf deine innere Stimme hören, die kennt das ganze Puzzle *und* dein ureigenes Wesen in seiner reinsten Form und weiß immer, was du tun und lassen sollst.«

»Ja, du Oberlehrer«, lenkt Albert resignierend ein. »Deine innere Stimme sitzt im Kopf, meine sitzt ziemlich viel tiefer.«

Ossi schnappt nach Luft. »Aber zu Huren gehst du doch deswegen nicht?«

»Sind auch Frauen, und jetzt ist eh schon alles egal.«

»Nix ist egal«, will sich Ossi empören, doch Albert unterbricht ihn.

»Irgendwie werde ich das Gefühl nicht los, dass dir das Weibliche … wie soll ich sagen … vielleicht nicht ganz geheuer ist?«

»Willst du andeuten, dass du mich für schwul hältst?«

»Was immer du bist, Ossi, leb es! Verstehst du? Ich glaube fast, du sitzt wirklich nur bei deinem Onkel rum und starrst ins Ofenloch … äh … ins All.«

Diese Wahrheit will Ossi gar nicht hören. Und wenn schon. Albert hat ja keine Ahnung von den wirklich wichtigen Dingen des

Lebens. Er beschließt, ihm nicht böse zu sein. Der Arme weiß ja gar nicht, was ihm alles entgeht.

»Da wird nicht gestarrt, sondern geforscht! Und das ist einfach wahnsinnig interessant«, erläutert Ossi mit wissenschaftlichem Ernst. »Du kannst dir gar nicht vorstellen, was die gerade wieder herausgefunden haben über den Urknall zum Beispiel, die daraus entstandene Verschränkung der Teilchen. Da wird einem genau *das* klar: dass alles mit allem zusammenhängt!«

»Ossi, der Urknall war auch nur eine große … Knallerei … äh, Befruchtung meine ich.«

Ossi schaut Albert empört an, beginnt dann aber laut zu lachen. »Du bist ja wahnsinnig gescheit, Albert! Genau so ist es: Das Hintergrundpotenzial ist das Weibliche … das Weltenei sozusagen, die männliche Quantenfluktuation führt zur Befruchtung, daraus entstehen die physikalischen Kräfte als gegensätzliche Zwillingspaare: Plus-Minus-Pol – Abstoßung – Anziehung …«

Auf dieser Ebene könnte Ossi noch lange und leidenschaftlich über Sex reden. Nur über die eigene Sexualität nachzudenken fällt ihm schwer. Dabei verspürt er oft diese Sehnsucht. Es fehlt ihm jemand …

11   Himmel oder Hölle

So sind die Menschen. *Ein* lebensgefährliches Phänomen genügt ihnen nicht. Es genügt aber, um die Vernunft völlig außer Betrieb zu setzen. Bald sind mehr Menschen Opfer der kopflosesten Kurzschlusshandlungen als Opfer des eigentlichen Phänomens. Die Angst ist eine hysterische Hochrechnerin. Vor allem in den Megacitys bricht das normale Leben – oder das, was bis dahin als normal galt – fast völlig zusammen. Spätestens jetzt rächt sich die weltweite zynische Politik, Menschen auf viel zu engem Raum zusammenzuzwängen. Man muss seinen Ängsten und Aggressionen Luft verschaffen können. Wer das nicht kann, wird paranoid. Dann gaukelt die Phantasie einen Ausweg vor, eine breite, ebene Straße ohne Hindernis – die Straße, auf der Amok gelaufen wird. Wer wild um sich schießt, läuft nicht Gefahr, berührt zu werden. Pumpgun-Salven sind viel effektiver als Luftpuffer. Durchlöcherte Körper fallen einen nicht an, sie fallen von einem weg. Diese Logik besticht. Rote Blutlachen und gar nicht mehr so viele schwarze Flecken prägen immer öfter das Straßenbild.

Hochsaison hat aber auch der einfache Selbstmord – ausgelöst durch Vereinsamung, Panikattacken und Depressionsschübe.

In vielen der überhitzten Gehirne spukt außerdem jede Menge an politischen und religiösen Motiven herum, um Schuldige zu finden, um Rache zu nehmen oder um sich heldenhaft zu opfern. Die Zahl der Selbstmordattentäter wächst. Auch sie treiben den Wahnsinn der Menschheit auf eine ungeahnte Spitze zu.

In den nicht allzu großen, zivilisierteren Städten und den kleineren Ortschaften kann man dagegen beobachten, wie viel an für nötig gehaltenen Wegen, an persönlichen Treffen und größeren Zusammenkünften sich locker einsparen lassen. Man bleibt zu Hause. Man lernt und arbeitet via Internet. Man telefoniert länger und öfter. Ja, sogar Telefonsex wird gesellschaftsfähig – mit Skypen klappt es besonders gut, und auch die neuen Sendungen für Erwachsene sind nicht ohne. Lieferdienste für Alkohol, Psychopharmaka und einige inzwischen rasch legalisierte Drogen machen lukrative Geschäfte. Und auch die Treue hat wieder Saison…

Zu jeder Bewegung entsteht aber bald auch eine Gegenbewegung. Und die erzeugt einen Auswuchs der ganz besonderen Art:

Der Tag war lang. Albert schleppt sich ausgelaugt zu seinem Stammlokal hin und stößt gegen eine verschlossene Tür. Durch die Fenster sieht er, dass im Inneren umgebaut wird: Absperrungen, Trennwände und Sicherheitszonen verunstalten das früher so gemütliche Lokal. Der Barmann steckt in einem Arbeitsoverall, in dem er sich sichtlich unwohl fühlt, und versucht seine kostbaren Flaschen und Gläser mit Abdeckfolien vor Staub zu schützen. Albert klopft und deutet Charles, ihm eine Flasche Wodka herauszubringen. Der schüttelt nur lustlos den Kopf. Nach einigem Hin- und Hergestikulieren zückt Albert einen größeren Geldschein, und Charles verschwindet unter Plastikbergen.

Während Albert gespannt wartet, ob die Flasche zum Vorschein kommt oder ob Karlis Tauchgang etwas anderes zu bedeuten hat, bemerkt er die drei Rollschuhfahrerinnen nicht, die auf ihn zurasen. Ohne abzubremsen berühren ihn die Mädchen – eine nach der anderen – mit einem raschen Tapser an der Schulter, murmeln dabei so etwas wie eine Botschaft, oder doch nur eine Entschuldigung?, und rasen weiter. Albert schaut ihnen verblüfft nach.

Sind das nur kindische Mutproben, fragt er sich dabei, oder wird Berühren womöglich zum Volkssport? Vielleicht steckt auch der

Glaube dahinter, von dem die Bittersüße gesprochen hatte: »Peng – und wir sind im Paradies.«

Als Albert dann doch den Wodka entgegennehmen kann, vergisst er in seiner Verwirrung beinahe zu zahlen.

»He, wo bleibt das Scheinchen?«, fordert der Barkeeper. »Kredit gibt's keinen mehr. Man weiß ja nicht …«

Albert nickt verständnisvoll und hält den Geldschein hoch.

»Angeblich wartet ja das Paradies auf uns, lieber Karli, da brauchen wir dann alle kein Geld mehr.«

Ohne die Miene zu verziehen, schnappt sich der Barmann den Schein, während Alberts unbeholfener Tröstungsversuch im Getröte eines Lautsprecherwagens untergeht.

Die Botschaft und die Instruktionen sind zwar die gleichen wie immer, doch das Fahrzeug, das jetzt durch die nächtliche Straße rollt, hat sich verändert. Es ist rundum gepanzert und mit Wasserwerfern und Suchscheinwerfern ausgestattet. Albert weiß aus Erfahrung, was dies zu bedeuten hat: Bei jeder Katastrophe kriechen bald auch die Plünderer und Besetzer aus ihren Löchern. Die müssen natürlich aufgespürt und verscheucht werden, mit großer Beleuchtung, Tränengas und Wasserstrahl. Besitz zu schützen ist ja viel wichtiger, als Leben zu retten, denkt Albert sarkastisch, warum nicht gleich auch mit Maschinengewehren? Was fällt den Menschen wohl noch alles ein, um die Sache auf die Spitze zu treiben? Das riecht hier alles schon sehr nach Krieg.

Und Kriege hat Albert schon einige erlebt und überlebt, immer nahe am schrecklichen Geschehen und doch, als Berichterstatter, wie unter einem Glassturz, als wenn es einen selbst nicht wirklich etwas anginge, als wenn es einen nicht persönlich treffen könnte, weil man ja keiner der kämpfenden Parteien angehört. Man ist immun.

Ein ähnliches Gefühl verspürt Albert auch jetzt wieder. Er weiß um das *Eine*, weswegen alle anderen Menschen – außer Ines und er – in Angst und Panik leben müssen.

Ich bin im Leo, das heißt … nicht ganz, aber ich kann mich schützen, denkt Albert mit einer gewissen Überheblichkeit, doch gleich darauf muss er sich eingestehen, dass auch er nicht weiß, wohin das Phänomen die Menschheit noch führen wird. Sitzen doch alle in einem Boot? Sind diesmal wirklich alle gleich? Wird es Rettung oder Untergang – Himmel oder Hölle – für alle sein? Alle, ohne Ausnahme? Werden keine politische Macht, keine uneinnehmbaren Bunker, kein Konto auf der richtigen Insel und kein einzigwahrer Glaube jemanden bewahren?

Mit diesen Gedanken und der Flasche Wodka ist Albert zu Hause angekommen, in seinem möblierten Zimmer, in der Vorstadtpension, wo er seit der Scheidung wohnt und wo er eigentlich auch hingehört. Dieser Raum, diese Umgebung, die passen wirklich zu mir. Nicht der Nobelbezirk, nicht die Wohnung in der *echten* Bel-Étage, und vor allem nicht diese Stradivari oder wie man solche Dinger nennt.

Was Albert nicht weiß: Es ist eine Violine aus der Werkstatt von Jacobus Stainer, und dieser Tiroler Geigenbauer lebte sogar noch vor Stradivari. Albert ist auch nicht so gebildet, dass er Ines' Familiennamen mit dem des Stargeigers Tiefenbach in Beziehung setzen könnte, obwohl ihm der große Künstler schon einige Male vor die Linse gekommen ist und ihn auch öfter von Plakatwänden von oben herab angelächelt hat.

Alberts Musik, das sind der Blues und der Jazz, laid back und cool – weiches Saxophon, schleppende Gitarre und geile Stimmen. Eine dieser CDs legt er sich jetzt auf, öffnet sein Hemd und einige Knöpfe seiner Jeans und setzt sich auf den Boden vor seinem Bett. Er nimmt einen tiefen Zug aus der Schnapsflasche und starrt in die Leere seines Fernsehbildschirms. Jetzt erst kommen ihm die Aufnahmen, die er von Ines gemacht hat, wieder in den Sinn. Panik!

Wo ist das Material? Am Ende hat er es Dr. Weber in den Schneideraum mitgeliefert!

Albert springt auf und durchwühlt seine Jackentasche. Ich hab sie doch auf meine private Speicherkarte aufgenommen. Und wo ist die hin? Die schlimmsten Befürchtungen rasen im Schnellgang durch sein Gehirn: Nicht auszudenken, die blöden, feixenden Kommentare des zynischen Redakteurs. Der herablassende Sager über die »Schwestern« hat Albert schon beinahe ausrasten lassen. Was würde das Arschloch erst über Ines sagen? Auf jeden Fall etwas, wofür Albert ihn totschlagen müsste.

Doch dann Entwarnung. Erleichtert hält er die Speicherkarte zwischen den Fingern, legt sie in den Adapter ein und schaltet das TV-Gerät an. Aufatmend lässt er sich wieder neben dem Bett auf den Boden fallen und drückt die Fernbedienung:

Da geht sie, dieses rätselhafte Wesen. Eine verwunschene Prinzessin, die in eine Gazelle verwandelt wurde. Nein, umgekehrt. Nein, Blödsinn. Bloß eine wunderschöne, offensichtlich auch recht selbstbewusste, Geige spielende Physiotherapeutin.

Seltsame Gefühle steigen in Albert hoch. Irgendetwas passt da für seine Menschen- beziehungsweise Frauenkenntnis nicht zusammen, dieses Elitäre, diese höhere Tochter und dieser Dienstleistungsberuf. Sie hat offensichtlich keine Scheu, Menschen, auch hässliche und alte, zu berühren – was ihm selbst ziemlich widerlich wäre –, andererseits lebt sie allein …

Albert drückt einige Male auf die Stehkadertaste, um Ines' Gesicht, ihre Bewegungen, ihre Figur zu studieren. Einige dieser einzelnen Kader druckt er auf Papier aus, bis er über ihr seltsames Lächeln beim brennenden Gemüsestand endgültig in der Betrachtung versinkt. Wie in Hypnose greift er zum Handy. Und siehe da: Trotz der späten Stunde meldet sich Ines relativ rasch, und Albert kommt ohne Umschweife zur Sache:

»Sie schlafen auch noch nicht? Sie denken darüber nach, wie es wäre, wenn wir es täten, stimmt's?«

»Sie?! Ich hab gedacht, meine Mutter, sonst hätte ich nicht mehr abgehoben … Sie sollen mich doch nicht …«

»Zeigt Ihr Telefon das nicht an?«

»Nein, dieses nicht … lassen Sie mich in Ruhe.«

Ines steht in einem leichten, durchscheinenden Nachthemd an ihrem Hausaltar. Sie ist gerade dabei, Kerzen zu entzünden, und wollte dann über Gustav Meyrinks westliche Version von Meditation und Erleuchtung grübeln. Jetzt aber starrt sie wie ertappt auf Alberts Bild, eine Vergrößerung des Fotos aus dem Almanach, das sowohl James Dean als auch den Roma-Gitarristen an den Rand gedrängt hat.

Albert tastet sich vorsichtig weiter: »Nur die eine Frage … durchs Telefon kann ja nichts passieren.«

Ines ringt mit sich und flüchtet dann in eine Gegenfrage: »Warum glauben Sie, dass ich darüber nachdenke?«

»Wie Sie diese Blumen ins Feuer geworfen haben …«

Albert spricht langsam und zeichnet dabei Ines' nackten Körper in einen der Foto-Ausdrucke ein.

»Sie haben mich beobachtet? Ich hab es gespürt, diesen Sog, das ist doch gefährlich …«

Ines läuft zum Fenster und kontrolliert, ob Albert unten steht. Doch der sitzt immer noch neben seinem Bett und zeichnet seine nackte Phantasie-Ines. Seine Stimme wird dabei immer dunkler und weicher: »Weiß ich auch, aber Sie sagen es ja selbst: Es ist der Sog, der verdammte …«

Beide schweigen. Albert betrachtet seine Zeichnung. Er ist mit der Linienführung noch nicht ganz zufrieden und räuspert sich, wissend, dass seine nächste Frage ein glattes Tilt sein könnte. »Was haben Sie gerade an?«

Ines schluckt und gibt keine Antwort. Dabei zieht es sie unbegreiflicherweise zu dem großen Wandspiegel hin, und dort betrachtet sie sich, als sähe sie sich mit Alberts Augen. Bin ich denn verrückt, denkt sie dabei. Wieder starrt sie auf sein Foto, unfähig, das zu tun, was der Verstand ihr zubrüllt: Ausschalten!

»Sind Sie noch da?«, fragt Albert sanft, fast ängstlich. »Vielleicht kehren wir besser zur Frage eins zurück ...«

Ines muss unwillkürlich schmunzeln: »Ja, und? Was glauben denn Sie, wie es wäre ... vielleicht ist es ja gar nicht das Ende ...«

»Was denn sonst? Das Paradies?«

»Vielleicht?«

»Zusammenschmelzen mit jemandem?« Albert lacht auf. »Da ist man doch nicht mehr man selbst ... da ist man dann doch irgendwie ein ... ein Gefangener, ein ewiger noch dazu. Das ist doch eher die Hölle. Glauben Sie nicht?«

Bei dieser neu aufgekommenen Vorstellung muss Albert einen sehr großen Schluck aus der Flasche nehmen, während sich Ines verstört von ihrem Hausaltar abwendet und zornig ins Telefon schreit: »Ich weiß es doch auch nicht.«

Albert nimmt noch einen tiefen Schluck und versucht Ines zu beruhigen: »He, he, wir werden es ja nicht tun. Wir sind doch nicht blöd! Darum müssen wir es auch gar nicht wissen, es kann uns einfach egal sein. Also, was haben Sie an? Wollen Sie es mir nicht doch sagen?«

»Nein, wozu?«

»Damit ich mir vorstellen kann, wie Sie es ausziehen ...« Albert beißt sich auf die Lippen. Das war zu direkt. Jetzt legt sie auf.

Doch Ines' Augen verengen sich bloß zu schmalen Schlitzen, sie atmet tief ein, geht wieder zum Spiegel und lässt das Nachthemd über die Schultern gleiten. Wenn er sie jetzt sehen könnte ...

In seiner Vorstellung hat sie das Telefon vom Ohr genommen und ist knapp davor aufzulegen. Er kann aber nicht mehr zurück, legt einen verführerischen Klang in seine Stimme und gibt sich der Illusion hin, in ihr wirkliches, wohlgeformtes Ohr zu flüstern: »Und damit ich mir vorstellen kann, wie ich Sie berühre ...«

Dabei sieht er förmlich, wie die zarten Härchen an ihrem Hals im Lufthauch seines Atems vibrieren und wie seine Lippen weiterwandern.

Und Ines spürt, wie die Stimme aus dem Telefon eine Gänsehaut in ihrem Nacken erzeugt, und dreht sich rasch vom Spiegel weg, um diese Empfindung abzuwürgen. Gereizt, aber auch irgendwie atemlos, stößt sie hervor: »Ich hätte gedacht, Sie wollen mich nicht berühren ...«

»Doch ... Sie verstehen mich nicht ... ich ... ich ... würde gerne ... ich möchte mit Ihnen alles ... nur nicht ...«

Albert hört den Unmutslaut und merkt, dass er schon zu betrunken ist, um diese gefährliche Stromschnelle zu umschiffen.

Ines gibt sich Mühe, nur den Zorn und nicht die Enttäuschung in ihre Antwort zu legen: »Ich verstehe Sie ganz genau ... nur nicht auf Dauer ... mal kurz Sex ... und dann ... könnte ich mich zum Teufel scheren! Das ist es doch, was Sie wollen. Also scheren Sie sich zum Teufel!«

Sie drückt auf Aus, knallt das Telefon hin, reißt Alberts Foto vom Altar und zerknüllt es. Die Tränen in den Augen gehen niemanden etwas an.

Albert hört das Klicken in der Leitung und sackt in sich zusammen. »Scheiße!, verdammte ...«

Dabei ahnt er, dass die Seele dieser Frau hinter einer schier unüberwindlichen Mauer aus Verlusten und Verletzungen eingesperrt ist. Also, lass das Ganze, befiehlt er sich streng. Sauf dich an und such dir eine einfache Nummer!

Ines hingegen beschließt, nichts und niemanden mehr zu suchen. Niemals mehr. Es geht ja doch immer schief. Das kleine

Intermezzo fällt ihr ein, eigentlich gar nicht des Erinnerns wert. Ihre Mutter gab damals noch diese Hausmusikabende mit dem Hintergedanken, Ines mit einem Musiker zu verkuppeln, um sie von der Physiotherapie-Marotte zu ihrer eigentlichen Bestimmung, der Musik, zurückzuführen. Zwar fand die damals noch sehr junge Ines diesen Heiratsmarkt peinlich, aber dennoch verliebte sie sich in einen Pianisten. Auf einmal waren die Abende keine Pflichtübung mehr. Als er anbot, sie nach Hause zu bringen, um sich dann sogar mit ihr zu verabreden, war sie im Glück. Ein echtes Rendezvous! Er liebt mich auch, dachte Ines und gab ihm zum Abschied einen richtigen Kuss. Doch das war's dann.

Heute ist ihr klar, dass sie gar nicht daran geglaubt hatte, ihn bei der Tür des Cafés, in dem sie sich verabredet hatten, hereinkommen zu sehen.

Doch eine Frage steht plötzlich im Raum: Was ist zuerst da? Die Liebe oder der Glaube daran? Ines verdrängt diesen Gedanken. Ihre Interpretation des Intermezzos war handfester ausgefallen: Sie hätte nicht den ersten Schritt tun dürfen.

Was aber sollte sie dieser ganz neuen Gefahr entgegensetzen? Das Versteckspiel hatte seine Wirkung verfehlt.

In einem unruhigen Traum fühlt sie sich gejagt und sieht sich gleichzeitig selbst als Jägerin. Das Gefühl beim Erwachen, dass Albert sich nun wirklich zum Teufel scheren würde, ist jedenfalls kein angenehmes.

12 Das Beste für alle

Als der nächste chaotische Tag im Westen heraufdämmert, wird es wieder Nacht auf dem großen Felsplateau im australischen Busch. Der Himmel hier schillert und pulsiert immer intensiver in allen Farben und mäandernden, ineinanderfließenden Formen. Der alte Schamane beobachtet das Schauspiel und erkennt in dem Auf und Ab der Wellenbewegungen am Firmament die Ankunft der Regenbogenschlange. Er weiß, dass sie einmal mehr im Begriff ist, das weibliche Element zu verschlingen, um Ganzheit zu erlangen, und sieht, wie sie sich häutet und erneuert. Er ahnt, was dies bedeutet, er kennt die Ein- und Ausgänge von und zu den unterschiedlichsten Welten, bis hin zur Quelle der Existenz.

Die Zeit für den nächsten Schritt ist gekommen. Der Schamane entzündet ein Lagerfeuer und beginnt einem Didgeridoo dumpf pulsierende Töne zu entlocken. Die Vibrationen und kaum hörbaren Obertöne des Instrumentes verbinden seine Seele mit dem großen Känguru, das den Ahnen die Melodien und die Worte zur Erschaffung der Welt geschenkt hatte, um gemeinsam ihre Wirklichkeit zu ersingen. Der Ruf des Didgeridoos schallt hinaus in die Weite der Nacht.

Ein zweiter Mann erscheint mit einer Trommel und nimmt den Rhythmus auf. Die Übereinkunft, den Monolith niemals zu besteigen, weicht einem höheren Ziel. Nach und nach nähern sich von überall her diese dunklen Menschen mit den ernsten, wissenden Augen, die Ureinwohner des Kontinents. Mit ihren einfachen Instrumenten und summenden Gesängen stimmen sich alle in das phänomenale Ereignis ein. Ihre Körper sind über und über mit leuchtend weißen Punkten bemalt, sodass sich im Dunkel der Nacht die menschliche Struktur der Gruppe in einem Schwarm Leuchtkäfer aufzulösen scheint.

Bald ist es so, als würde der riesige Monolith von den tanzenden und leuchtenden Pünktchen ebenfalls in Schwingung versetzt werden.

All die individuellen Töne scheinen zu einem einzigen Geräusch zu verschmelzen: dem gewaltigen Herzschlag des erwachenden Riesen unter ihren Füßen.

Ines und Elli kommen von einem der wenigen Fortbildungsseminare, die in Zeiten wie diesen noch abgehalten werden. Sie gehen plaudernd zur Straßenbahnhaltestelle und stellen sich bei der Frauenwarteschlange an.

Genau genommen ist es nur Elli, die redet, während Ines eher blass und geistesabwesend wirkt und sich immer wieder verstohlen umschaut. Elli merkt nichts davon. Sie ist zu sehr damit beschäftigt, die Tatsache zu verkraften, dass es durch das Phänomen so schwer geworden ist, an neue, interessante Männer heranzukommen.

»Ich will ja auch nicht unbedingt verglühen«, sagt sie missmutig, »aber so ein Feigling … der wollte doch glatt, dass jeder von uns allein zu sich nach Hause geht und dann Telefonsex …! Kannst du dir das vorstellen? Den Typ kenne ich doch schon ewig. Kann gar nicht sein, dass wir uns noch nie berührt haben. Dem hab ich hundert pro schon einige Male die Hand …«

Da unterbricht eine heranrollende Horde Kamikazes Ellis Ausführungen über den misslungenen Abend.

Die Kamikazes – so werden die Rollschuh fahrenden Antapser inzwischen genannt – rasen auf die Warteschlangen zu, durchbrechen die Absperrungen und versuchen möglichst viele der Passanten zu berühren. Panik bricht aus. Die meisten Menschen versuchen zu flüchten. Andere zücken ihre Waffen, ein ganzes Arsenal kommt da zum Vorschein. Warnschüsse werden abgefeuert. Nur Ines bleibt cool und hält den Kamikazes geduldig ihre Hände zum Berühren hin. Elli will sich instinktiv hinter ihr verstecken, doch im selben Moment wird ihr klar, dass gerade hier der gefährlichste Platz sein könnte, darum sprintet sie zur nächsten Hauseinfahrt.

Inmitten des Tumults ist ein kleiner grauhaariger Mann auf die Sprossen der Absperrung geklettert und versucht beruhigend auf die Passanten einzuwirken.

»Keine Panik! Keine Panik, Leute, ich sage euch, dass sie euch anlügen, euch verwirren und völlig unnötige Ängste schüren.«

Er rudert mit den Armen in der Luft herum, als versuche er nicht nur Worte, sondern auch Geistessamen unter die Leute streuen: »Es ist nicht wahr, dass die Menschheit sich gespalten hat. Glaubt mir! Das Gegenteil ist der Fall: Die Menschheit ist nun endlich in der Lage, sich zu vereinigen! Darum berührt euch, Leute, berührt euch! Ja bitte, berührt auch mich …«

Der Prediger lächelt weltentrückt, breitet die Arme weit aus, als wolle er unter seinem wallenden, alten Regenmantel die ganze Menschheit bergen und mit ihr verglühen. Die Passanten finden den versponnenen Althippie jedoch gar nicht witzig.

»Halten S' Ihr blödes Maul, Sie Wahnsinniger!«, schreit ein biederes Graugesicht. »Wenn Sie der Anstifter von den irren Rowdys da sind, dann gehören Sie aufgehängt und weggesperrt!«

»Die Wahrheit lässt sich nicht mundtot machen!«, versucht der skurrile Prophet Überzeugungsarbeit zu leisten. »Durch die Verschmelzung mit unserem Komplementärwesen gelangen wir dorthin, wo wir alle längst sein sollten: in die …«

Da fliegt ihm auch schon ein Stein an den Kopf. Er taumelt und fällt von der Absperrung. Trotz blutigem Cut auf der Stirn rappelt er sich auf, murmelt noch Unverständliches, schnappt sich seinen bunt verzierten Kindertretroller und fährt den entschwindenden Kamikazes nach.

Der Spuk ist vorbei und Elli wagt sich aus der Hauseinfahrt hervor. Sie baut sich mit strenger Miene vor Ines auf:

»Ines, du spinnst ja genauso wie diese Kamikazes. Dir fehlt ein wichtiger Instinkt: die gesunde Berührungshemmung.«

Ines lächelt müde: »Dafür hab ich ja sonst genug Hemmungen, außerdem … Ich weiß doch, wer mein Anti ist.«

Elli japst nach Luft und fragt mit vor Schreck geweiteten Augen: »Du weißt? Wer?«

Ines deutet mit dem Kopf in Richtung Straßenecke. »Schau unauffällig dort hinüber.«

Elli dreht sich langsam um und bemerkt Albert mit seiner Kamera, gerade noch auf dem Rückzug hinter die Hausmauer.

»Verdammt, der Kameramann!«, bringt sie erschrocken hervor. »Und was macht der dann so nahe? Der soll gefälligst den Kontinent wechseln!«

Ines starrt verzweifelt auf den Boden vor ihren Füßen. »Es geht mir ja genauso. Ich kann nicht mehr klar denken. Eine unsichtbare Kette zieht sich immer enger zusammen …«. Sie wird bei ihrem Geständnis immer leiser und tonloser. »Manchmal denke ich schon, wenn man seinem Anti einmal begegnet ist, dann kann einen sowieso nichts und niemand mehr retten …«

»Blödsinn!« Elli will von solchen Theorien ganz und gar nichts wissen. Doch bevor sie weitersprechen kann, fährt die Straßenbahn ein, und so nützt sie die Gelegenheit, um sofort einen praktischen Plan zu schmieden: »Pass auf, dem erzähl ich was! Fahr du inzwischen nach Hause, ich ruf dich dann an. Das ist dir doch recht?« Dabei will Elli Ines' Antwort gar nicht wirklich hören, so resolut wie sie nun auf Albert zugeht. Ines schaut ihr verunsichert nach, steigt dann aber doch in die Straßenbahn und fährt ab.

An diesem Abend wird Ines lange auf Ellis Anruf warten. Denn diese hat schließlich eine wichtige Mission zu erfüllen. Sie muss Albert über das Objekt seiner gefährlichen Begierde aufklären, und dann … vielleicht …

Elli hat Albert zu diesem Zweck in ihre Wohnung gebeten. Aus echtem Interesse, mehr über Ines zu erfahren, ist er auch bereitwillig mitgegangen. Ohne ihren Redefluss zu unterbrechen, stellt Elli Albert einen Drink nach dem anderen hin, setzt sich, ganz auf Abstand bedacht, in die andere Ecke der Couch, auf der er Platz genommen hat, und prostet ihm lässig zu.

»Ihr Vater ist abgehauen, da war sie noch ein Kind. Er ist dieser berühmte Tiefenbach.«

Albert schaut verwirrt. Muss man den kennen? Elli bemerkt seinen Blick und zuckt mit den Achseln. Was so viel heißen soll wie: Unsereiner muss den natürlich nicht kennen. Und da sie ja wirklich kein name-dropping betreiben will, wirft sie wie eine Nebensache hin: »Na, dieser Geigenvirtuose.« Um dann den eigentlichen Faden wieder aufzunehmen: »Deswegen ist sie wahrscheinlich so schrecklich misstrauisch und hat eine zu enge und – meiner Meinung nach – ungesunde Beziehung zu ihrer Mutter. Das darf man aber nicht laut sagen, das sind so ihre Tabuthemen. Natürlich spielt sie auch selbst toll Geige, war schon auf dem Weg zu einer großen Karriere – warum sie dann umgesattelt hat, auch ein Tabu …«

Albert trinkt und räuspert sich. »Und Männer?«

Elli runzelt die Stirn. Für dieses Thema ist sie nicht gut genug vorbereitet. Lügen will sie aber auch nicht unbedingt und Ines eine toll funktionierende Beziehung andichten. Was also sagen? »Natürlich gibt's Männer. Mit unserem Verwalter Peter Nemec war sie sehr lange … dieser Beziehung hängt sie, glaube ich, noch nach, das ist noch nicht erledigt. Der ist aber auch sehr fesch und sportlich-elegant, hat, glaube ich, sogar in Harvard studiert. Ja, die beiden waren ein extrem schönes Paar.«

Und plötzlich wird Elli wieder sehr lebhaft: »Ah ja, und wie sie zirka siebzehn war, ist sie mit einem Zigeuner durchgebrannt. Hat sie mir selbst erzählt! Ein paar Monate lang hat sie mit diesem –

Roma muss man ja jetzt sagen – im Planwagen gelebt, war ihre tollste Zeit.«

Da war doch dieses Plakat von dem Gitarristen, schießt es Albert durch den Kopf. Den hat sie nicht vergessen. »Und warum ist sie dann zurückgekommen?«

»Angedeutet hat sie, dass er umgebracht wurde. Bei denen gibt's ja noch die Blutrache …«

»Eine Vendetta?!«, fragt Albert erleichtert und würde nun sehr gerne mehr darüber hören. Ines wird durch diese Facette ihres Lebens für ihn noch um einiges interessanter, denn prüde kann sie dann doch nicht sein!

»War sie der Grund? Wurde er wegen ihr …?«, hakt er nach, aber Elli will nicht weiter auf die Geschichte eingehen und zuckt nur die Schultern.

Albert merkt ihre Zurückhaltung: »Noch ein Tabuthema, nehme ich an?!«

Elli nickt, nimmt einen Schluck von ihrem Drink und gewährt Albert dabei einen tiefen Einblick in ihr Dekolleté. War die Geschichte mit dem Zigeuner jetzt klug? Als Abenteurerin wollte sie Ines eigentlich nicht hinstellen, obwohl Elli die Freundin grenzenlos um diese Erfahrung, um diesen Mut beneidet. Ihr Grübeln wird von Alberts nächster Frage unterbrochen. Wie zu erwarten, lässt er nicht locker, denn in Bezug auf Ines' Männer interessiert ihn vor allem die Gegenwart. »Und jetzt? Im Moment?«

»Einige Ärzte sind natürlich hinter ihr her«, antwortet Elli gedehnt. »Die ganze jüngere Götter-in-Weiß-Generation …«

Auf diesen Zug springt Albert sofort auf. Seine Eifersucht ist nicht zu überhören: »Natürlich, in so einem Scheißspital …«

Elli lächelt triumphierend. Jetzt hab ich dich am Haken. Sie setzt eine traurige Miene auf und sagt mit gequält neidischem Unterton: »Klar, so wie sie ausschaut, mit der Bildung und dem Namen, da kann sie sich den Schönsten, Besten und Reichsten aussuchen. Das ist eben eine andere Liga, da spielen wir nicht mit, und wenn sie jetzt auch noch weiß, wer ihr Anti ist … da kann sie sich ja sonst frei bewegen, da brauchen die anderen Männer keine Angst zu haben …«, und verächtlich fügt sie hinzu: »All diese Feiglinge, diese Angsthasen!«

Die beiden schweigen. Albert vermeidet es, Elli, die langsam näher rückt, anzuschauen.

»So, jetzt hab ich Ihnen von ihr erzählt. Und, ich mag Ines wirklich sehr gern, zu mir ist sie ja meistens recht nett und offen, wie eine richtige Freundin, obwohl sie aus einer anderen, sehr verkorksten, sehr steifen Welt ist. Da gibt es eine unüberwindliche Kluft. Da passe ich nicht wirklich hin … und ehrlich gesagt, ich glaube, Sie auch nicht.«

Und einem plötzlichen Einfall folgend setzt sie noch hinzu: »Ja, und wenn ich die Anzeichen richtig deute, wird sie wieder mit dem Nemec zusammenkommen. Da bin ich mir ganz sicher. Also, werden Sie sie jetzt in Ruhe lassen?«

»Ich weiß nicht … dieser Sog …«

Elli schenkt Albert nach und wagt sich dabei noch ein wenig näher an ihn heran. Ihre Stimme ist plötzlich weich und verführerisch: »Wenn ich dir dabei helfen kann … das Angebot für die Gratismassage ist noch aufrecht …«

Albert stürzt den Drink hinunter. »Danke, aber ich …«, presst er hervor und steht auf.

»Du willst lieber verzweifeln als genießen?!«, ergänzt Elli provokant seinen Satz, steht ebenfalls auf und stellt sich ihm in den Weg.

Er blickt zu Boden, um ihr nicht zu zeigen, wie es in seinem Inneren aussieht, dass er sehr wohl mit seinem Gewissen ringt. Er hat zwar schon öfter unter Freundinnen gewütet, aber das hier ist doch etwas ganz anderes.

Warum eigentlich? Ines hat ihn doch zum Teufel gejagt. Er wird, er darf und er will sie ja ohnehin nicht wiedersehen und schon gar nicht berühren. Unvermutet schaut er auf. Und da ist es, dieses herausfordernd anzügliche Lächeln, mit dem er die Sache üblicherweise anzugehen pflegt. Elli hält seinem Blick stand und auch ihr Lächeln ist nicht ohne. Es sagt ganz eindeutig: Wir beide sind doch aus dem gleichen Holz geschnitzt und wissen genau, was uns gut tut.

»Okay, wenn's dir nur darum geht«, murmelt Albert, um sich in dieser Hinsicht abzusichern. »Das kannst du haben.«

Er packt Elli, zieht sie zu sich und küsst sie auf den Hals, als wollte er sie reißen wie ein hungriger Wolf. Sie stöhnt auf und umarmt ihn ebenso wild. Die beiden landen auf dem Wohnzimmerteppich und kommen ohne weiteres Vorspiel zur Sache.

13   Liebe sticht Freundschaft

Ines wartet lange auf Ellis Anruf, aber um nichts in der Welt würde sie zuerst zum Hörer greifen. So wichtig soll die Sache nicht aussehen. Wieso hat sie Elli überhaupt erlaubt, mit Albert zu reden? Was soll so ein Gespräch denn nützen? Noch dazu wo Elli den Kerl überhaupt nicht leiden kann, »ungewaschener Rüpel« hat sie ihn genannt. Was will sie ihm denn erzählen? Ines' völlig uninteressante Lebensgeschichte? Die Story ihrer Niederlagen? Aber die kennt Elli ja nicht wirklich. Sie hatte ihr nie die ganze Wahrheit über ihre wenigen, auch nicht immer so romantischen Beziehungen erzählt. Meist hatte sie die Geschichten so verändert und ausgeschmückt, bis eine halbwegs interessante Vita entstanden war, mit kleinen Andeutungen und beredten Weglassungen. Schließlich kann man auch mit der Vergangenheit Versteck spielen.

Ines kauert sich vor ihren Hausaltar hin, zündet ein paar Kerzen an, starrt auf das Plakat des Gitarristen und vertieft sich in das wilde, dunkle Roma-Gesicht.

Diese Geschichte hatte zumindest einen echten Höhepunkt. Sie war noch nicht ganz achtzehn, als sie das erste Mal allein zu einem Geigenseminar nach Spanien fuhr. Gut behütet von einer befreundeten Familie ihrer Mutter. Riesige Villa, direkt am Meer. Eines Nachts, als sie nicht schlafen konnte und auf die von Bougainvilleen umrahmte Terrasse hinaustrat, hörte sie diese Gitarre, den gutturalen Gesang, das Synkopenklatschen, das Lachen – *Olé* und *Venga*! Sie lehnte sich soweit sie konnte über die Brüstung, bis sie am Strand, hinter den ins Meer ragenden Felsen, den Schein eines Feuers erahnen konnte. Und plötzlich waren da eine Sicherheit und Klarheit, wie sie Ines vorher nur ein einziges Mal – damals in Indien – verspürt hatte. Sie schnappte sich ihre Geige, dieses Instrument, das normalerweise über Nacht in einen Safe gehört hätte, und schlüpfte unbemerkt von ihren Gastgebern durch das kleine Strandtürchen über die in die Felsen gehauene Treppe.

Der feuchte Sand fühlte sich herrlich kühl unter den nackten Füßen an. Die Ausläufer der Wellen berührten ihre Zehen, als sie den Felsen umrundete, der sie von den musizierenden, tanzenden, feiernden Roma getrennt hatte. Ein herrliches Fest war da im Gange. Lebensfreude pur, jede Menge zu trinken und zu essen. Auch einige Touristen waren dabei und wurden von den Roma freundlich bewirtet.

Ines beobachtete das Treiben eine Zeit lang noch schüchtern aus dem Hintergrund. Doch irgendwann begann ihre Geige wie ganz von selbst mitzuspielen. Erst leise und unbemerkt, dann immer lauter und fordernder. Die Menschen um sie herum wurden aufmerksam und hielten mitten im Tanz inne. Die Gespräche und das Tellerklappern verstummten.

Ines fühlte sich von den Augen des Gitarristen wie magnetisch angezogen und trat mit ihm in einen wortlosen, aber umso klangvolleren Dialog. Die Instrumente sprachen ihre eigene Sprache – herausfordernd und leidenschaftlich. Himmlisch, teuflisch, berauschend, wahnsinnig. Alle Anwesenden ließen sich im sonnenwarmen Sand nieder und horchten, horchten bis tief in die Nacht.

Ines und Manuel, der Gitarrist, wussten nicht mehr, wann die Letzten gegangen waren. Irgendwann war ihre Musik nur mehr für sie beide bestimmt. Irgendwann endete sie, und nur noch das Rauschen des Meeres und der Rhythmus ihres Atems beherrschten ihre Welt. Kurz flammte in Ines der Gedanke auf, er dürfe nicht wissen, dass er ihr Erster sein würde. Doch das Meer nahm ihre Angst mit sich fort, und als sie in der Morgendämmerung erwachte, war auch er fort. Weitergezogen zum nächsten Konzert, zur nächsten Afterparty am nächsten Strand.

Ines nimmt das Plakat von der Pinnwand, zerknüllt es und wirft es in den Papierkorb. Mit dem Unterarm schiebt sie noch eine ganze Reihe kleiner Souvenirs aus Spanien nach. Sie ist bereit, diesen zurechtgezimmerten Traum hier und jetzt zu beenden: Es war ein One-Night-Stand. Mehr nicht. Sie war das Groupie. Und aus. Keine lange romantisch-abenteuerliche Beziehung, wie sie es sich selbst und irgendwann auch Elli aufgetischt hatte. Kein Planwagen, sondern alte, verrostete Mercedeskutschen. Kein Zwang seitens seiner Familie. Keine Vendetta, die ihn von ihr gerissen hatte. Wahrscheinlich nur ein Hauch von schlechtem Gewissen, es mit einer jungfräulichen Gadjo getrieben zu haben.

Ihre Geige war immerhin noch da, sie lag im Sand wie angeschwemmtes Strandgut – und genauso wertlos blieb das teure Stück mit dem gruseligen Löwenkopf von dieser Nacht an für Ines.

Als Siebenjährige hatte sie sich genau diese Geige gewünscht, hatte darum gebettelt. Die oder keine! Der Vater musste sehr tief in die Tasche greifen, doch Ines würde mit diesem magischen Instrument umso fleißiger üben. Anfangs war der Löwe auch wirklich Ines' Beschützer, Lehrer und Freund gewesen. Sie konnte mit ihm plaudern, er hatte Verständnis für ihre Patzer, sie lachten darüber. Durch ihn war ihr der Vater auch noch nach der Scheidung immer nahe. Doch nach und nach erkannte sie seine Hinterhältigkeit. Er wurde zum Spitzel. Es schien ihr, als würde er dem Vater melden, wenn sie nicht hart genug übte. Das Biest begann sie in Albträumen zu verfolgen, oft musste sie um ihr Leben rennen. Schließlich empfand sie den Löwen nur mehr als Sklaventreiber und Gefängniswärter. Sie hasste ihn, stellvertretend für die Eltern, die man doch keinesfalls hassen durfte.

Ines kommt in die Gegenwart zurück. Mit trotzigem Lächeln denkt sie: Hoffentlich knirscht dem alten Löwen immer noch der Sand zwischen den Zähnen.

Und weil sie schon dabei ist, wandern auch andere Reliquien und Gefühle aus der Vergangenheit in den Papierkorb. Auch James Dean wird entthront und mit einem wehmütigen Lächeln in einer Lade verstaut. Nur alles Indische darf bleiben. *Die Zukunft ist wie ein mäandernder Fluss ...*

Dieser Satz hatte ihr sehr geholfen, an den Tiefpunkten, wo kein Ausweg mehr zu sehen war. Und wieder nimmt sie sich vor, diesen Roman von Meyrink noch einmal zu lesen und öfter zu meditieren, um ihre innere Ruhe wiederzufinden.

Und was die Männer betrifft, denkt Ines plötzlich resolut, da machst du dir jetzt einfach nichts mehr vor! Dieser Kameramann ist genau die richtige Beziehung für dich. Er wird dich nie verlassen, weil er dich nie bekommen kann. Nachdem diese endgültige Entscheidung getroffen ist, kramt Ines tief unten im Papierkorb das zerknüllte Foto von Albert heraus, streicht es glatt und pinnt es wieder in die Mitte der Holzwand. Albert – nur noch umrahmt von ein paar bunten indischen Gottheiten und einem alten, grauhaarigen Weisen.

Es dauert aber nicht lange, bis Ines ihren Entschluss wieder verunsichert in Frage stellt: Beziehung? Wie soll so eine Beziehung denn aussehen?

Genau in diesen Gedanken hinein läutet ihr Telefon.

Elli ist enttäuscht, dass Albert nicht die ganze Nacht bleiben will und dass er sie eindringlich davor gewarnt hat, ihr »kleines Geheimnis« Ines zu verraten. Das wäre sofort das Ende der Affäre. Elli hätte lieber mit offenen Karten gespielt. Albert hat aber darauf bestanden, dass sie beide einfach nur in ein Café gegangen wären und dort über Ines geredet hätten. Basta.

»Und warum rufe ich sie dann erst jetzt an? Was soll ich ihr sagen?«, hatte Elli daraufhin gereizt gefragt.

»Dein Akku war leer, und du hast noch jemanden getroffen und bist nicht gleich nach Hause gegangen«, war seine pragmatische Antwort. Elli hatte zwar das Gesicht verzogen, war aber bereit, für diesen Mann im Moment einiges auf sich zu nehmen. Nach und nach würde sie ihn schon dorthin bekommen, wo sie ihn haben wollte.

Aber was soll nun aus ihrer Beziehung zu Ines werden? War es denn überhaupt echte Freundschaft, die sie mit ihr verband, oder hauptsächlich Dankbarkeit? Damals, schon Tage vor Ines' Arbeitsantritt, munkelte man, dass eine aufgeblasene höhere Tochter aus gehobenen Kreisen sofort auch eine gehobene Stellung einnehmen werde. Zwar neu, aber gleich Leiterin der Abteilung! Ohne sie zu kennen, war Ines für Elli sofort ein Feindbild. Doch als sie erschien, war von Aufgeblasenheit nichts zu bemerken. Darüber hinaus war Ines mit der viel umfassenderen Ausbildung für die Führungsposition prädestiniert. Und als Elli durch sie die erhoffte Ganztagsstelle bekam, konnte Ines hundertprozentig auf sie zählen. Aber jetzt?

Liebe sticht Freundschaft – Leidenschaft womöglich den guten Arbeitsplatz. Elli überhört die warnende innere Stimme. In Zeiten wie diesen gibt es eben andere Spielregeln. Und wahrlich, Ellis Aufgabe ist es doch, mit allen ihr zur Verfügung stehenden Mitteln das Verglühen ihrer Freundin zu verhindern. Dass sie es gerne tut, geht niemanden etwas an. Dass sie es heimlich tun muss, ist der Wermutstropfen. Aber letzten Endes wird ihr Opfer das Beste für alle sein. Weiter will Elli im Moment nicht denken.

Also erzählt sie Ines jetzt am Telefon die Geschichte vom leeren Handyakku und von der zufälligen Begegnung mit dem Typen, der den Vorschlag mit dem Telefonsex gemacht und dies nun doch bereut hat. Sie wären zu ihm gegangen – tolle Dachwohnung – und hätten supergut Sex gehabt.

»Ja, und diesem Albert Ritter habe ich deutlich gesagt, dass du einige Nummern zu groß für ihn bist und dass seine Nachstellerei nichts bringt. Das hat er eingesehen. Er wird dich nicht mehr belästigen.« Und lachend fügt sie hinzu: »Der wusste ja gar nicht, wer du bist! Hat keine Ahnung von klassischer Musik.«

Ines dankt und legt mit gemischten Gefühlen auf. Er hat nicht gewusst, wer ich bin? Es war nicht der berühmte Name, der ihn angezogen hat? Natürlich nicht, es war ja dieser unbeschreibliche Sog, aber trotzdem … Und, er wird mich nicht mehr belästigen … danke, liebe Elli, denkt Ines sarkastisch, jetzt kann ich auch ihn von der Pinnwand reißen. Sie starrt auf Alberts zerknülltes Gesicht, doch ihre Hände wollen der Anordnung nicht gehorchen.

14   Ein Schimmer Hoffnung

Wieder einer dieser Einsätze. Diesmal war es der GemeinschaftsSelbstmord einer ganzen Familie. Kleine Kinder mit in den Tod nehmen, denkt Albert. Grässlich. Und alles unter dem Motto: Zu Tode gefürchtet ist auch gestorben. Früher gab es die Konvention, Selbstmorde nicht publik zu machen. Wegen der Kettenreaktion, oder der Vorbildwirkung. Schönes Vorbild, wundert sich Albert, weil du dich umbringst, mach ich es auch?

Ossi verstaut die Ausrüstung im Kofferraum, während sein Boss bereits das Auto startet. Der nächste Termin wartet schon. Ossi steigt schweigend ein, und Albert bemerkt, dass sein Assi ziemlich grau im Gesicht ist. »Unser Job ist zumindest krisensicher«, versucht Albert zu witzeln. Doch Ossi scheint mit den Gedanken ganz woanders zu sein. Eine Weile herrscht unnatürliches Schweigen. »Gibt es etwas Neues von der Wissenschaftsfront?«, versucht Albert ein Gespräch in Gang zu bringen.

Ossi antwortet nicht, hüstelt nur, druckst herum.

»Also was? Du willst mir doch etwas sagen. Du weißt, ich hasse dieses laute Schweigen.«

»Ja, eh … ich weiß aber nicht … es kann gut oder schlecht sein … wenn du …«

»Wenn ich was?«

»Wenn du diese streng geheime Info von mir bekommst«, presst Ossi mit einer Mischung aus Stolz und Beleidigtsein heraus.

Albert ist plötzlich sehr hellhörig: »Gibt's wirklich was Neues vom Superonkel?«

»Ja, aber … nicht sicher … sehr gefährlich … und …«

»Und?«

»Und sehr weit weg.«

»Was? Was ist sehr weit weg?« Albert bremst und fährt zurück in eine Parklücke. »So, du erzählst mir das jetzt sofort, und zwar in einer für den Laien verständlichen Kurzfassung.«

Ossi kann nicht mehr zurück, also berichtet er Albert von einem Gespräch zwischen seinem Onkel und einem anderen Wissenschaftler, das er rein zufällig mitgehört hat.

»Es ging dabei um einen Ort irgendwo am Arsch der Welt, in einem furchtbar unwegsamen Gebiet, wo anscheinend ein Antimaterie-Meteorit oder etwas Ähnliches niedergegangen ist und jetzt endlich auch geortet werden konnte. Dieses Ding – man muss sich das als eine Art Schwarzes Loch vorstellen – ist zwar nicht groß genug, um die Erde zu verschlucken, könnte aber die Ursache für die sogenannte Spaltung der Menschheit sein. Es soll nämlich auf einem Erdmagnetmeridian liegen, der die biologische Teilung in Plus und Minus ...«

»Ja? Und was bedeutet das?«, fragt Albert mit wachsender Ungeduld.

»Das weiß man alles noch nicht so genau«, versucht Ossi vage zu bleiben, um dann doch mit der eigentlichen Nachricht herauszurücken. »Nur, was man angeblich schon weiß, ist, dass es in der unmittelbaren Nähe dieses Meteoriten zu Interferenzerscheinungen kommt. Dadurch entsteht ein Nullpotenzial, also eine Art Magnet-Vakuum. In dieser räumlich begrenzten Sphäre verändern sich die Schwingungsmuster der Anti-Paare, und die Gegenpolung der beiden wird aufgehoben.«

Puh!, Ossi ist von seinem langen Sermon richtig erschöpft. »Aber wie gesagt, das habe ich eigentlich gar nicht wirklich gehört und ist wissenschaftlich noch überhaupt nicht geprüft. Mach dir also keine zu großen Hoffnungen.«

Albert starrt seinen Assi einen Moment lang sprachlos und ungläubig an. Dann zieht er ihn zu sich und küsst ihn auf beide

Wangen: »Das ist vielleicht eine Nachricht! Da sind wir … da bin ich doch schon dort.«

Ossi verzieht das Gesicht. Genau diese Reaktion hat er erwartet, und er findet sie nicht gut. Aber die bestehende Gefahr ist auch nicht gut. Und wenn er nichts gesagt hätte und Albert wäre dahintergekommen, dass er ihm diese Information verschwiegen hat – auch nicht gut. Alle Optionen Scheiße. Nur einen Ausweg gibt es vielleicht noch: Albert das ganze Unternehmen madig zu machen und mit überzeugenden Argumenten auszureden.

Ossi setzt wieder seine altkluge Dozierstimme ein. »Erstens wird deine elegante Antidame sicher nicht mit dir dorthin in diese eiskalte, unwegsame Wildnis fahren. Zweitens, ihr müsstet getrennt anreisen. Du könntest sie also nicht einmal beschützen. Und drittens bekommt man für diese Zone als Normalsterblicher sicher keine Zutrittsgenehmigung.«

»He, Ossi, ich bin kein Normalsterblicher. Schon vergessen? Ich bin Journalist. Ich reise im Allgemeininteresse, mein Lieber. Das hat gar nichts mit einer Frau zu tun.«

»Mach nicht den Fehler, mich für blöd zu halten«, unterbricht ihn Ossi patzig, »sonst sag ich gar nichts mehr.«

»Um Gottes willen, wie könnte ich … aber wenn du es eh weißt, dann weißt du auch, wie wichtig das jetzt ist, und klar wird es nicht leicht, da werde ich ordentlich was an Überredungskunst einsetzen müssen. Aber sie wird es einsehen. Und dann …«

Albert startet und fährt so rasant los, als wäre er schon auf dem Weg in die geheimnisvolle Zone. Dabei fällt ihm diese andere Zone ein. Die, in diesem seltsamen russischen Film. Albert hat die Handlung nie ganz verstanden, obwohl er immer noch sicher ist, dass es der beste Film war, den er je gesehen hat. An das Ende kann er sich nicht mehr so richtig erinnern, oder will er nicht? Er weiß nur noch, dass es eine kleine Gruppe war, die zu dieser Zone pilgerte. Eine Idee, die man jedenfalls aufgreifen sollte.

»Wir werden nicht allein reisen«, sagt Albert daher sehr bestimmt. »Wir werden einen Konvoi bilden aus Anti-Paaren, die auch dorthin wollen. Und dann machen wir für die Zeit der Reise einfach Partnertausch. Ich finde für Ines einen verlässlichen Typen, und alles wird kein Problem sein. Mach dir also keine Sorgen, Ossi. In ein paar Tagen ist der Spuk vorbei.«

Ossi ist nicht überzeugt. Aber so schnell wird Alberts Plan ohnehin nicht zu verwirklichen sein.

Es dauert aber nicht lange und im Internet tauchen seltsame Botschaften auf, die sich an verzweifelte Anti-Paare wenden. Es werden Reisen in eben jenes Land angeboten, inklusive geführte Touren zu einem Ort, der schlicht »Begegnungsstelle« genannt wird. Und der Begriff des »schicksalhaften Handshakes« wird bald zum Schlagwort.

Albert ist bewusst, dass es schwer sein wird, Ines zu diesem Abenteuer zu überreden. Er versucht sich erst einmal genau zu informieren, doch Ossi ist dabei keine Hilfe mehr, verschanzt sich plötzlich hinter der Ausrede, dass sein Onkel die ganze Sache für Humbug hält und er deshalb keine weiteren Infos mehr bekäme. Warum tut er das? Ist er etwa eifersüchtig, denkt Albert, der die Botschaften im Internet inzwischen nervös verfolgt.

Dort spricht man eine ganz andere Sprache. Da sind auch Wissenschaftler von wichtigen internationalen Universitäten involviert. In den sozialen Medien kursieren bereits Erfolgsmeldungen. Man muss also möglichst rasch handeln, auch wenn die Sache einiges an Geld im Voraus kostet. Der größere Teil muss – beruhigenderweise – erst vor Ort den Führern übergeben werden.

Albert beschließt Ines vor vollendete Tatsachen zu stellen. Er bezahlt die Reise für sie beide und greift erst dann zum Telefon.

Ines ist erstaunt, doch wieder seine Stimme zu hören. Und wie üblich, wenn Albert etwas sehr wichtig ist, kommt er ohne Umschweife zum Wesentlichen: »Wir machen eine Reise. Das heißt, wir müssen getrennt anreisen, aber dann, an diesem Ort … da wird durch irgendeine Strahlung unsere Anti … Antihaftigkeit aufgehoben. Ist schon ausprobiert und erwiesen. Ist das nicht toll? Hab schon alles bezahlt.«

Ines hört Albert schweigend zu. Das nennt Elli: er wird dich nicht mehr belästigen? Gleichzeitig horcht sie in sich hinein: Ein seltsam positives und ein bekannt negatives Gefühl wippen, wie auf einer Kinderschaukel, auf und ab. Sie weiß sofort, dass sie mitfahren muss, doch sie kann sich ein Danach in keiner Weise vorstellen.

Albert scheint ihre Gedanken zu erraten: »Es geht nur um eine kurze Berührung. Ein einfacher Handshake – und wenn wir dann frei sind von diesem Fluch, dann heißt das nicht, dass wir irgendwelche Verpflichtungen einander gegenüber haben. Dann können wir ganz in Ruhe sehen, wie es weitergeht. Dann sind wir frei. Wenn Sie mich dann nicht mehr sehen wollen, auch okay. Wir geben uns die Hand und … und … was auch immer …«

Was auch immer? Ines erbittet sich Bedenkzeit und will natürlich auch alle Einzelheiten über die Reise wissen. Albert drängt darauf, dass es schnell gehen müsse, bevor alle Welt davon erfährt und die Wartezeiten ewig lang würden.

15   Die Zone

Einige Tage später sitzen Ines und Albert in getrennten Flugzeugen. Zuerst sind es Linienflüge, die sie zu einem der letzten Flugplätze der nordöstlichen Hemisphäre bringen. Ab da werden nur mehr jeweils drei Personen auf einmal in einer alten Propellermaschine weiterbefördert. Es geht zu einem Ort, der auf keiner Landkarte mehr verzeichnet ist. Den ganzen Nachmittag über werden die Passagiere herangeflogen. Als Landepiste dient eine Fläche mit niedergemähtem Steppengras. Zwei weit entfernte, windschiefe Baracken dienen als Warteräume und Übernachtungsstätten. Vor den Hütten parken rostige Militärfahrzeuge, mit denen es zeitig in der Früh weitergehen soll.

Elli wird in den nächsten Tagen sowohl Albert als auch Ines anzurufen versuchen und nicht erreichen können. Beide gleichzeitig unerreichbar!? Bei Tag und Nacht? Schreckliche Bilder werden sich ihrer Phantasie aufdrängen. Sie wird eine Zeit voll Ungewissheit und Angst um Albert (nicht wirklich auch um Ines) durchleben müssen.

Die Kälte in den Baracken ist kaum auszuhalten. Hochprozentiger Fusel zum Aufwärmen macht beim kargen Abendessen die Runde unter den Schicksalsgenossen. Ein netter, harmlos scheinender Mann fragt höflich, ob er sich zu Ines setzen darf. Er berichtet ihr, dass er Albert kennengelernt und ihm versprochen habe, auf sie aufzupassen. Sehr fürsorglich, denkt Ines und hört ihrem Beschützer eine Weile geduldig zu. Seine Vorfreude auf die normale körperliche Vereinigung mit der Frau, die er seine Anti nennt, scheint groß zu sein. Er schwärmt geradezu von ihr, ihrem Charakter, ihrer Schönheit, dabei rückt er immer näher an Ines heran. Bald will er ihre Hände warmreiben, bald sich noch enger an sie drücken, natürlich nur, um eine der wenigen Decken mit ihr zu teilen.

Ines scheint es, als wäre seine Anti problemlos durch sie zu ersetzen. Dabei leert er, wie alle anderen auch, den grässlichen Schnaps in sich hinein.

Bald versteht Ines die Welt nicht mehr. Was hat diese Leute wirklich hierhergetrieben? Nach kurzer Zeit sind die meisten bereits sturzbetrunken, und einige geben ungehemmt lallend zu, dass sie nicht wirklich an die Erlösung durch den Stein der Weisen, diesen ominösen Meteoriten, glauben. Darum: Heute Nacht noch alles erleben, was möglich ist! Menschen im Ausnahmezustand. Schon lässt eine Frau zu, dass der Nachbar ihre Bluse öffnet, und ihre kokette Geilheit enthemmt auch die anderen.

Ein Schreckensszenario für Ines, die das Geschehen völlig nüchtern miterlebt, schon der Geruch aus der Schnapsflasche verursacht ihr Brechreiz. Irgendetwas ist diesem Fusel beigemischt, denkt sie angewidert. So tief sinken doch Menschen nicht, jedenfalls nicht so plötzlich, oder doch? Und Albert?, der ist sicher kein Kostverächter. Sofort schämt sich Ines für diese Einschätzung, aber der Gedanke hat sich bereits festgehakt.

Doch Albert denkt in seiner Baracke, in der es auch nicht anders zugeht, nur an Ines. Er lehnt ebenfalls den Schnaps ab, da er ihr morgen mit klarem Geist und ohne Alkoholfahne begegnen möchte, und bemerkt in seinem grüblerischen Zustand nicht einmal den wohlwollenden Blick einer hübschen Blondine. War es nicht grundfalsch, Ines zu dieser gefährlichen Reise zu überreden?, martert er sein Gehirn. Diese Baracke, diese Kälte, diese enthemmten Menschen hätte ich ihr doch niemals zumuten dürfen, hier übernachten zu müssen, noch dazu gemeinsam mit fremden, geilen Männern! Hoffentlich übersteht sie das alles unbeschadet. Und wenn nicht? Wie auch immer. Sie wird mich sowieso auf ewig hassen. Die Hand wird sie mir morgen vielleicht gerade noch reichen, aber das war's dann.

Nachdem Albert den Ausgang des Abenteuers schon so deutlich vor Augen hat, als wäre es bereits geschehen, nimmt er doch noch den bedürftigen Blick der Blondine wahr und findet sich damit ab, dass sein Leben mit dieser Art von Frauen auch irgendwie zu meistern sein wird. Die beiden suchen sich eine dunkle Ecke, und so nehmen die Dinge in seinem Leben ihren üblichen Lauf.

Das Treiben in Ines' Baracke wird inzwischen immer unerträglicher. An Schlaf ist nicht zu denken. Auf den wenigen Pritschen geht es bereits richtig zur Sache. Die Gefahr, vergewaltigt zu werden, wächst von Minute zu Minute und nicht einmal die Toilette ist absperrbar. Dann lieber unter freiem Himmel erfrieren!

Ines hofft auf die verlangsamte Reaktion der Betrunkenen, windet sich aus den zudringlichen Armen ihres »Beschützers« und stürmt aus dem Raum. Nachdem sie halbwegs sicher ist, dass ihr niemand folgt, versucht sie sich ein Bild von ihren Möglichkeiten zu machen: Die offenen Fahrzeuge bieten keinen Schutz vor der Kälte. Die weite Steppe noch weniger. Die ganze Nacht im Windschutz der Baracke auf und abzugehen, würde wohl die einzige Überlebenschance sein.

Auf der Rückseite des Gebäudes bemerkt Ines eine weitere Tür. Neonlicht scheint aus einem schmutzigen Fenster. Offenbar gibt es hier noch einen Raum. Wahrscheinlich das Büro oder die Schlafstätte der Mannschaft, denkt Ines und ist nicht sicher, ob es eine gute Idee wäre, diese Leute um Hilfe zu bitten. Doch die eisige Kälte in den Gliedern schreit ihr zu, dass sie keine andere Option hat.

Langsam schleicht Ines näher, bleibt aber bald darauf erschrocken stehen. Der Rauch einer Zigarette verrät ihr, dass neben der Tür jemand im Schatten an der Wand lehnt. Ein glimmender Stummel fliegt an ihr vorbei, und gleich darauf löst sich

126

der Umriss eines Mannes aus dem Dunkel. Jetzt gibt es kein Zurück mehr. Ein Lichtstreifen beleuchtet seine Züge. Das Gesicht kommt Ines bekannt vor. Es ist der Pilot, der sie hergeflogen hat, und er lächelt ihr zu, ein freundliches, wärmendes Lächeln. Ines erkennt sofort ihre Chance, doch da kommt ihr der Gedanke an Albert in die Quere. Muss ich nicht seinetwegen hierbleiben?, fragt das Gewissen, doch eine andere innere Stimme schreit auf: Um hier zu verrecken? Vergewaltigungstrauma oder Frostbeulen für den Rest deines Lebens, nur um morgen seine Hand zu schütteln? Dich hierher gelockt zu haben, wirst du ihm sowieso nie verzeihen. Also kannst du ihn auch ohne Handshake einfach nie, nie, nie mehr wiedersehen.

Ines hat sich entschieden. Sie geht auf den Piloten zu, hält ihm die Geldscheine hin, die sie am nächsten Morgen dem Führer übergeben sollte, und bittet ihn, sie zurück zum internationalen Flugplatz zu fliegen. Jetzt sofort. Und es ist nicht gespielt, dass ihre Stimme dabei zittert, dass ihr Tränen über die Wangen laufen, denn sie ist mit den Nerven wahrhaftig am Ende.

Der Pilot betrachtet Ines einen Moment lang schweigend. So eine schöne Frau in solch einer Not! Muss ein richtiger Mann da nicht richtig reagieren? Berührt von ihrer Verzweiflung, gibt er sich einen Ruck, weist das Geld zurück und geleitet sie zum Flugzeug. Beim Start lächelt Ines ihn an. Sie glaubt, ich bin ein Gentleman, denkt er und lächelt ebenfalls. Sie wird diese Nacht nie vergessen. Sie wird mich nie vergessen.

Manchmal tun Männer etwas, einfach um gut dazustehen – sogar dieser Mann, der ganz und gar kein Gentleman ist, der seine Seele längst verkauft hat. Aber jetzt fühlt er den Sternenstaub der schönen Fee und begreift, dass der Teufel ihn noch nicht ganz im Griff hat.

Zeitig in der Früh werden die verkaterten Touristen aus den Baracken gescheucht. Bevor sie auf die Fahrzeuge klettern, werden ihre Namen überprüft und der festgesetzte Geldbetrag für die »Befreiung« wird ihnen abgenommen. Albert versucht vergeblich Ines auf der anderen Seite des Flugfeldes auszumachen. Ein schlechtes Zeichen, denkt er dabei. Sie hat offensichtlich kein Interesse daran, zu mir herüberzublicken. Wahrscheinlich bekomme ich nicht einmal einen Händedruck, sondern eine saftige Ohrfeige.

Die Fahrt, einen nahegelegenen Hügel hinauf, wird überschattet vom plötzlichen Auftauchen eines tieffliegenden Hubschraubers, der die Fahrzeuge offensichtlich zum Umkehren veranlassen will. Immer wieder müssen Stopps unter Felsvorsprüngen oder Bäumen eingelegt werden, um der Luftüberwachung und den warnenden Maschinengewehrsalven zu entkommen.

Wir scheinen hier nicht gerade erwünscht zu sein, denkt Albert mit wachsender Sorge um Ines. Seltsam nur, dass nirgends Einschüsse zu sehen sind und die Fahrer eher gelangweilte Routine an den Tag legen, als echte Angst oder zumindest Anspannung zu zeigen. Ist dies hier wirklich ein militärisches Sperrgebiet, oder könnte das ganze Theater nur eine Farce mit Platzpatronen sein, um den horrenden Schlepperlohn zu rechtfertigen?

Durch das immer surrealer erscheinende Abenteuer wird Albert wieder stark an den russischen Film erinnert. Und jetzt fällt ihm auch das Ende ein: Das Ziel der Reise ist ein Raum, in dem alle Wünsche erfüllt werden, auch die unbewussten – und keiner getraut sich den Raum zu betreten.

Das Ziel dieser Reise ist ein riesiger, halbrunder Krater mit einer weiteren Vertiefung in der Mitte, in die man von der Peripherie aus nicht hineinsieht. Albert erinnert der Ort eher an einen alten Steinbruch, und es beschleichen ihn Zweifel, ob es sich hier wirklich um den Einschlag eines Meteoriten handelt. Ein äußerst neu aussehendes Tor aus glänzendem Stahl, das in der Mitte der aufragenden Felswand in das Innere des Berges zu führen scheint, passt so gar nicht hierher. Im Gegensatz dazu waren die Baracken alt und sicher nicht erst nach dem Meteoriteneinschlag aufgestellt worden.

Da stimmt doch alles rundherum nicht zusammen! Hier wird kein Theater gespielt. Die Gefahr ist echt. Gefühle, wie er sie aus seinen Einsätzen in Kriegsgebieten kennt, verbeißen sich in Alberts Muskeln.

Inzwischen sind auch die Fahrzeuge der anderen Gruppe auf der gegenüberliegenden Seite angekommen. Über Lautsprecher wird erklärt, dass sich die beiden Gruppen nun aufeinander zubewegen sollen, um in der Vertiefung in der Mitte zusammenzutreffen.

Die Paare beginnen aufeinander zuzugehen. Manche langsam und zögerlich, immer noch schwankend vom Restalkohol, andere hastig, einige laufen sogar aufeinander zu. Die ersten verschwinden bereits in der Tiefe.

Albert hält nach Ines Ausschau, doch er kann sie nirgends finden. Und während sich alle anderen dem Treffpunkt in der Mitte nähern, läuft er am Rand entlang auf die andere Seite zu. Der Fahrer eines der Jeeps bemerkt ihn und holt ihn ein. Herrisch, geradezu hysterisch schreit er Albert an und deutet ihm barsch, sich wie die anderen ins Zentrum zu begeben. Albert versucht dem Mann mit Gesten und Wortfetzen klarzumachen, dass er seine Partnerin suche. Da wird der Streit der beiden plötzlich von Zischgeräuschen und infernalischem Geschrei übertönt. Albert wirbelt herum. Aus der Mitte des Kraters zucken Licht blitze durch die Morgendämmerung, Rauchsäulen steigen aus der Vertiefung, brennende Menschen taumeln daraus empor und wälzen sich auf dem Boden, andere stolpern bei ihrer kopflosen Flucht über die lebenden Fackeln. Doch Fliehen ist nicht im Preis inbegriffen,

Maschinengewehrsalven knattern in das Inferno. Und diesmal mit scharfer Munition!

Wer seinen Antimenschen in der verhängnisvollen Grube doch nicht berühren wollte, weil die Aufhebung der Gegenkräfte hier ganz und gar nicht stattfindet, wird erbarmungslos abgeknallt.

Die tödlichen Schüsse kommen aus dem Dunkel jenseits der nun offen stehenden Stahltür.

Niemand sollte hier überleben!

Keine glücklichen Paare werden von hier aus in die Welt zurückkehren.

Das Verglühen ist die vom Reiseveranstalter erwünschte, die einzig geplante Form der Heimreise!

Albert schaltet schnell und skrupellos. Jetzt nützt ihm seine Erfahrung als Kriegsberichterstatter. Er schwingt sich auf den Wagen, tritt den Fahrer mit beiden Füßen vom Sitz, klemmt sich hinter das Lenkrad und steigt auf das Gaspedal. Der Überrumpelte kann nicht schnell genug reagieren. Der höllische Lärm verhindert es zudem, dass er auf den Flüchtenden aufmerksam machen kann. Bis die Verfolgung endlich aufgenommen wird, hat Albert bereits einen beträchtlichen Vorsprung herausgeholt.

Die Chance zu entkommen ist aber dennoch sehr gering. In den Bäumen hat Albert Überwachungskameras registriert, und er ist nun sicher, dass der Zweck der Luftüberwachung mittels Hubschrauber genau dazu dient, um einen Ausreißer wie ihn zu jagen. Instinktiv schlägt er nicht den geraden Weg ein. Nur nicht bei Tageslicht auf die freie Steppe hinausfahren! Aber was dann? Wie lange wird man ihn verfolgen? Und was, wenn Ines im Zentrum der Katastrophe nach ihm sucht?! Was, wenn er sie doch hätte retten können, anstatt feige die Flucht zu ergreifen? Was ist dann sein Leben noch wert?

Albert verbietet sich weiterzudenken. Er ist schließlich Kriegsberichterstatter. Er muss auf jeden Fall in die Zivilisation zurückkehren, um aufzudecken, was an diesem schrecklichen Ort

130

wirklich vor sich geht. Aber wer würde ihm dieses ungeheuerliche Verbrechen glauben, das er nicht im Kamerachip, sondern nur im Kopf gespeichert hat. Darüber hinaus quälen ihn Schuldgefühle und Scham, auf diese plumpe Verführung hereingefallen zu sein. Diese heimtückische Organisation hatte offensichtlich die Expertisen von renommierten Wissenschaftlern gefälscht. Warum hat er nicht besser recherchiert? Nur Ossis Onkel war wieder einmal einen Schritt voraus gewesen.

Da besitze ich ohnehin nur einen echten Freund, muss Albert sich eingestehen. Warum habe ich Ossis Warnungen nicht ernst genommen, ihm nicht vertraut, ihm falsche Motive unterstellt, ich Trottel. Weil mich diese Anziehung verrückt macht, oder weil ich schon immer von schlechten Ausreden gelebt habe? Und was werde ich Ines sagen? Aber diese Frage stellt sich ja gar nicht mehr, durchzuckt es Albert brennend heiß, weil Ines nicht mehr lebt …

Das Fahrgeld in die Hölle, das der Gentleman-Pilot abgelehnt hatte, macht es möglich, dass sich die Totgeglaubte inzwischen in der ersten Klasse eines Linienflugzeuges entspannen könnte. Die freundliche Stewardess will ihr sogar Champagner reichen, doch Ines lehnt ab. Auch sie quält eine brennende Frage, die das genaue Gegenteil von Feierstimmung bewirkt.

Wie geht es Albert jetzt?

All die anderen Leute würden, zwar verkatert, aber doch über glücklich, ihre Handshakes hinter sich haben und ein neues Leben beginnen können. Mit ihrem Partner oder zumindest befreit von der Last der teuflischen Anziehung.

Diese teuflische Anziehung! Da ist sie immer noch.

Ines war sich so sicher, dass es nach der Zumutung dieses Abenteuers leicht sein würde, Albert so schnell wie möglich zu vergessen. Doch kaum ist das Flugzeug gelandet, wählt sie seine Nummer. Vergeblich.

Auch als sie schon wieder zu Hause ist, in ihrem Alltag, in ihrer Routine, versucht sie mit steigender Nervosität Kontakt zu Albert aufzunehmen. Aber natürlich nur, um ihn … ja, was? … gehörig zu beschimpfen?

Alberts Weg zurück in die Mobilfunk-Zivilisation wird zu einem langen, mühsamen und schmerzvollen Abenteuer. Den ganzen ersten Tag ist kaum ein Weiterkommen möglich. Er kann nur aus einem halbwegs gut tarnenden Gestrüpp dem Knattern der Hubschrauberflügel und dem zornigen Motorengeheule der Jeeps lauschen. Als er das gestohlene Fahrzeug nach Waffen und etwas Essbarem durchsucht, findet er Geld! Sehr viel Geld. Dazu die Namensliste seiner Anti-Gruppe. Auch sein Name steht darauf und auch jener der blonden Susanne, mit der er gestern noch … und die heute mit Sicherheit nicht mehr lebt.

Ines' Name ist nicht dabei. Natürlich nicht. Der wird auf der anderen Liste stehen. Dort wo sie den Obolus fürs Sterben geleistet hat.

Albert wünscht sich auf der Stelle zu erfrieren. Doch er lebt noch, als die totbringenden Geräusche endlich verebbt sind und die endlose Steppe im Dunkeln liegt.

Mit Hilfe eines Minikompasses an seiner Armbanduhr schlägt Albert die Richtung nach Südwesten ein. Irgendwann, mitten in der Nacht, ist der Tank leer, und die erste von vielen tagelangen Wanderungen beginnt. Da nützt auch das Geld nichts, das Blutgeld. Würde er wirklich so weit gehen, es auszugeben, um sein Leben zu retten? Doch da ist weit und breit nichts, wofür man es hätte eintauschen können. Gut so!

Trotzig nimmt Albert die schmerzenden Füße, den knurrenden Magen, die klirrende Kälte in Kauf, weil es ihm recht geschieht. Er schleppt sich einfach weiter, weil es sein muss. Mit blutigen, abgefrorenen Zehen die Menschheit retten, nachdem man die

EINE, die einzig Wahre, aus egoistischen Motiven in den Tod geschickt hat, ist eine milde Strafe.

Als die ersten windschiefen Hütten in Sicht kommen, getraut sich Albert nicht, sich bemerkbar zu machen. Von hier könnten immer noch einige der Verfolger stammen. Er verkriecht sich in einem leeren Stall. Am nächsten Morgen, nach tiefem Schlaf, findet er sich in eine Decke gehüllt, und ein dampfender Teller steht auf einem Holzblock neben ihm. Von der nahen Hütte aus beobachtet eine alte Frau, wie er die Suppe gierig hinunterlöffelt. Dankbar versucht Albert ihr einen Großteil der Banknoten aufzudrängen. Die Frau will aber die Scheine nicht annehmen und steckt ihm auch noch ein großes Stück Brot zu. Albert umarmt die einsame Alte, drückt sie lange an sich.

Was gibt man, wenn Geld keinen Wert hat?

Als ihn nach einigen Tagen archaische Ochsenkarren und kreischende Mopeds weiter befördern, macht Albert ähnliche Erfahrungen. Seine Geldscheine werden nicht geschätzt. Auch in den klapprigen Bussen, auf den weiteren Etappen, teilen die Mitreisenden großzügig Schnäpse und Proviant mit ihm – doch eine finanzielle Gegenleistung ist nicht erlaubt. Sogar die Wirte scheinen richtiggehend beleidigt über allzu großzügiges Trinkgeld zu sein.

Haben in dieser verlassenen Gegend Gastfreundschaft, Hilfsbereitschaft und Stolz einen so viel höheren Stellenwert als Geld, oder riecht man das Blut und die Asche, die daran kleben?

Albert gerät immer mehr in einen paranoiden Gemütszustand. Warum werde ich diese Scheine nicht los? Bleiben sie an mir hängen, um mich zu verhöhnen, um mir klarzumachen, dass ich nicht besser bin als diese Mörderbande? Immerhin habe ich ja auch getötet! Ich bin keines der Opfer, ich bin ein Täter! Diese Reise soll und muss ein Bußgang sein. All diese fremden Menschen sollten nicht so freundlich sein. Die sollen mich gefälligst hassen!

Aber warum eigentlich?, fragt eine mildere Stimme.

Wollte *SIE* es nicht auch?

Wollten sie sich nicht beide von der tödlichen Anziehung befreien?

Albert kennt sich selbst recht gut. Das egoistische Motiv, jenseits der physikalischen Anziehung, ist nicht zu leugnen: Ich habe sie getötet, weil ich Sex mit ihr haben wollte, ist seine logische Schlussfolgerung. Normalen Sex, wie mit einer normalen Frau?, bohrt eine andere innere Stimme nach. Ines ist doch keine normale Frau! Kannst du ihr deine Art Sex denn überhaupt zumuten? Bist du überhaupt ein guter Liebhaber? Diese Frage kam Albert noch nie in den Sinn, es hat sich ja keine je beschwert! Doch die innere Stimme antwortet anders als erwünscht: Ein Egoistenschwein bist du, mehr nicht!

Und der erste Anruf, den er am Rande der Zivilisation empfängt, passt genau zu dieser Selbsteinschätzung. Er ist von ... Elli!

Auch etwas, wofür du dich schämen musst, schießt es Albert durch den Kopf. Nur jetzt nicht mit ihr reden müssen. Er drückt den Anruf weg.

Gleich darauf läutet es wieder. Um Elli loszuwerden, beschließt er abzuheben und etwas von Dienstreise zu murmeln. Doch da ist eine andere Stimme in der Leitung. Ines!

Albert will sein unfreundliches »Hallo« am liebsten wieder verschlucken. Er empfindet ein nie gekanntes Glücksgefühl, aber außer erstaunt ihren Namen zu sagen, fällt ihm nichts ein.

Ines weiß auch nicht, was sie sagen soll. Die Vorwürfe wollen nicht so recht heraus. Eine Entschuldigung scheint ihr ebenfalls nicht angebracht. Oder doch?

»Albert, es tut mir leid, aber ich habe es dort nicht ausgehalten. Das war Sodom und Gomorrha, in dieser Baracke ... und die Kälte ... die waren alle besoffen und haben ... und da bin ich geflohen ... der Pilot war ein echter Kavalier, der hat mich zum Flughafen zurückgeflogen ... ich ... ich ...«

»Deshalb leben wir noch. Und zwar *nur* wir beide. Alle anderen sind tot.«

Beide schweigen. Ines aus Sprachlosigkeit, Albert, weil er nichts will, außer den Glücksmoment auskosten: Ines hat das Abenteuer halbwegs gut überstanden! Und sie hat ihn das erste Mal mit seinem Vornamen angeredet! Vielleicht hat sie sich sogar ein wenig um ihn gesorgt. Irgendwie wird es doch weitergehen …

16   Ellis Plan

Seit Männer und Frauen systematisch getrennt werden, wo immer es möglich ist, ereignen sich weitaus weniger Verglühungen. Sogar die Kurzschluss- und Wahnsinnsreaktionen haben nachgelassen, seitdem Beruhigungsmittel und Antidepressiva in rauen Mengen unter die Leute gebracht werden. Dadurch funktioniert das Leben, zumindest das Überleben, in den meisten Kulturländern schon wieder ganz gut.

Doch plötzlich schnellt die Zahl der Verglühungen wieder in die Höhe. Man hat sich zu früh zu sicher gefühlt. Nach und nach wird erkannt, dass es auch andere, sehr unterschiedliche Arten von Anti-Paaren gibt – vielleicht sogar genauso viele wie all die Gegensätze, die diese Welt hervorgebracht haben. Als ein Mann mit einer Hündin in die schicksalhafte Berührung gerät, ist dies noch nicht sehr verwunderlich. Doch als dann auch einzelne Bäume und sogar Edelsteine die starke Anziehung und das Verglühen mit manchen Menschen bewirken, muss allgemein weitergedacht werden: Nicht nur das Männliche und das Weibliche, auch Stark und Schwach, Ordnung und Chaos und alle anderen denkbaren Gegensätze scheinen sich im großen Lichtblitz auflösen zu wollen.

Geht das ganze Universum der Selbstvernichtung entgegen?

Abgesehen von solchen – derzeit noch – ungewöhnlichen Einzelfällen, ist es eine große Menschengruppe, die ein sehr ernstes Problem darstellt: die Homosexuellen. Wider Erwarten gibt es ausgerechnet unter diesen besonders viele Anti-Paare. Albert scheint mit seiner Vermutung recht zu haben, dass auch bei Schwulen und Lesben nicht gerade die Gleichheit die anziehende Kraft für eine Beziehung ist. Hier müssen ganz neue, ganz andere Lösungen gefunden werden. Eine Kennzeichnungspflicht steht plötzlich im Raum, wird sogar von der Weltgesundheitsorganisation propagiert. Die verängstigten »Normal«-Bürger sind natürlich dafür, obwohl sofort Vergleiche mit der Nazizeit im Raum stehen.

Die Betroffenen wehren sich gegen eine derartige Stigmatisierung mit lautstarken Demonstrationen, Aktionstagen und Regenbogenparaden – was wiederum vermehrt zu Verglühungen führt.

Und wieder kriechen die Ewiggestrigen aus ihren Löchern, sie schüren Angst und Hass, geifern gegen Frauen und provozieren gewaltsame Auseinandersetzungen. Wieder sterben Menschen, nicht im großen Lichtblitz, sondern in den kleinlichen Kämpfen der Spießbürger und Extremisten.

Die seriöse Wissenschaft kann dem irrationalen Treiben nichts entgegensetzen, denn leider ist das Phänomen kaum zu erforschen. Wirkliche Erfahrungen und Daten könnte man nur auf den mit Messgeräten ausgestatteten Testplätzen sammeln. Aber es gibt kaum freiwillige Testpersonen, und gerade zwischen ihnen passiert am wenigsten. Auch Serienbluttests und Tierversuche bringen keine brauchbaren Ergebnisse. Die internationale Zusammenarbeit wächst zwar beständig, die Ratlosigkeit steigt im gleichen Maß.

Einige Tage vor dem erlösenden Telefonat mit Albert entschließt sich Ines, ihre übliche Routine im Krankenhaus wieder aufzunehmen. Elli fällt zumindest *ein* Stein vom Herzen: Die beiden sind also nicht miteinander verglüht! Ihre Begrüßung ist dementsprechend überschwänglich, und ihre Fragen nach dem Grund der Abwesenheit sind bohrend wie Zahnschmerz. Ines erscheint Ellis
Reaktion total übertrieben. Sie war doch auch früher immer wieder mal ein paar Tage weg. Elli merkt Ines' Befremden und es wird ihr klar, dass sie sich beinahe verplappert hätte. Schließlich darf Ines ja nicht wissen, wie oft sie Albert in den letzten Tagen zu erreichen

versucht hatte. Also schaltet sie auf Vorwurf um: »Warum wunderst du dich, dass ich mich so freue? Du warst plötzlich unerreichbar! Also hättest du ja auch verglüht sein können. Da macht man sich halt Sorgen.«

Ines ist gerührt über Ellis freundschaftliche Gefühle und tischt ihr – mit schlechtem Gewissen – die Geschichte von einer plötzlich unaufschiebbaren Reise mit ihrer Mutter auf. Ein Gerichtstermin in London, wegen einer Tantiemen-Streiterei. Da dieses Thema schon einmal zur Sprache gekommen ist, scheint Elli mit der Erklärung zufrieden zu sein.

Ines geht also wieder ihrer Arbeit nach, auch wenn es scheint, dass die meisten Patienten aus lauter Angst auf ihre Leiden vergessen haben. Auch den Eisbecher hat sie beim Betreten des Krankenhauses nach der Mittagspause meist dabei. Vielleicht rettet er ihr ja wieder einmal das Leben …

In der Eingangshalle zeugen Brandflecken und geborstene Glasscheiben von Verglühungen und den kopflosen Reaktionen auf gefährlich anziehende Begegnungen. Ines schlängelt sich routiniert durch Absperrungen und Einbahnsysteme, die in den meisten Bereichen des Spitals beinahe unnötig geworden sind, da man hier kaum noch Menschen sieht. Patienten gibt es zwar nach wie vor, doch der Besucherstrom ist gänzlich versiegt. Das Telefon ist längst an die Stelle von persönlichen Kontakten getreten.

Ines blickt sich in den fast leeren Räumen der Physiotherapie um, deutet dann Elli, dass sie über das Handy zu erreichen ist, und macht sich auf den Weg durch lange Gänge und weitere Sperren hinüber zur Notaufnahme.

Hier bietet sich ihr ein ganz anderes Bild. Hier sieht es aus, als herrsche Krieg. Warteschlangen verletzter Menschen, Notbetten und Tragbahren blockieren die Durchgänge zu den Behandlungsräumen. Die meisten Patienten sind Opfer von

Schussverletzungen, Schlägen mit harten Abwehrgegenständen oder von Verbrennungen. Nervöse Ärzte und überlastete Schwestern quälen sich durch die stöhnende Menge. Unter ihnen befindet sich auch der Prediger von der Straßenbahnhaltestelle. Er pendelt mit blutigem Mantel und ebensolchem Kopfverband zwischen der Männer- und der Frauengruppe hin und her und hält immer noch feurige Reden: »Sie sind nicht tot! Ich schwöre es euch, sie leben, sie sind mitten unter uns. Sie blicken uns mitleidig an.«

Er bemerkt Ines. In seinen Augen blitzt Wiedererkennen auf und er segelt auf sie zu: »Und wieso kann man sie dann nicht mehr wahrnehmen? Das fragst du dich und mich. Stimmt's?

»Stimmt«, antwortet Ines geradeheraus. Irgendetwas ist an dem skurrilen Männchen, das sie nicht unter *total verrückt* abtun kann.

»Dann sag ich es dir«, flüstert der Prediger ihr vertraulich zu, während Ines seinen durchdringenden Blick meidet und stattdessen nur das blutrote Rinnsal anstarrt, das ihm unter dem Verband heraus über die Wange läuft. »Weil sie sich auf einer höheren Schwingungsebene befinden, durch die Verschmelzungsenergie. Ist doch klar! Und weil ihr Normalmenschen keinen Empfänger für diese hohen Frequenzen habt, deshalb behauptet ihr, die Verglühten seien tot. So ein Blödsinn!«

Mit einer schwungvollen Drehung wendet sich der enthusiastische Prophet von Ines ab und steigert sich wieder in seine Begeisterung hinein: »Sie leben, sie leben und sie lieben – ich sage es euch! Sie leben glücklich vereint, in der Fünften Dimension!«

Ein Pfleger packt den blutenden Prediger unsanft, treibt ihn zu einem Behandlungsraum hin und schnauzt ihn dabei genervt an: »Reden S' doch keinen solchen Blödsinn. Das können S' doch gar nicht wissen.«

»Natürlich weiß ich es. Ich war ja dort. Ich bin wiedergekehrt. Ich bin ein Avatar. Ich will euch helfen, euch leiten. Darum sage ich euch: Es ist nicht genug, wenn nur einige erlöst werden. Die ganze Erde muss ... wird ... wir alle werden ...«

Die Tür zum Behandlungsraum hat sich längst geschlossen, doch Ines steht immer noch am selben Fleck – nachdenklich, betroffen, verwirrt.

Als Ines zurück in die Physiotherapie kommt, herrscht immer noch gähnende Leere. Sie kontrolliert sicherheitshalber auch den Warteraum, ob vielleicht der eine oder andere Patient übersehen wurde. Nachdem auch hier niemand zu finden ist, begibt sie sich seufzend zum Büro. Dort wird sie von Elli freudestrahlend, aber auch irgendwie verlegen empfangen. »Rate mal, rate mal, du hast Besuch.«

Ines erstarrt und wirbelt herum. Draußen im Behandlungsraum lehnt Peter Nemec lässig an einem Massagebett. Der soll mein Besuch sein, denkt Ines. Sie entkrampft sich wieder, geht auf ihn zu und kommt sofort zur Sache: »Gut, dass Sie da sind, ich wollte sowieso mit Ihnen reden.«

»Ja, was gibt's denn, meine Liebste?« Nemec versucht offensichtlich mit einem Lächeln und besonderer Freundlichkeit ihre Förmlichkeit aufzuweichen.

»Können wir nicht in der Notaufnahme eingesetzt werden, solange hier so wenig los ist? Da unten geht's ja zu wie in einem Feldlazarett, die brauchen jede Hilfe, und hier braucht uns kaum noch jemand.«

Diese selbstlose, aber selbstverständliche Anfrage nach Personalumschichtung, die er sich als Verwalter längst hätte stellen müssen, überfordert Nemec einen Augenblick lang. Es gibt offensichtlich einen anderen Grund für seinen Besuch. Doch nach einem unverständlichen Längst-in-Planung-Gemurmel hat er sich wieder so weit gefasst, dass er auf sein eigentliches Vorhaben zurückkommen kann.

140

Er hält Ines wie hergezaubert zwei Eintrittskarten hin, lächelt dabei in Vorfreude wegen seiner gelungenen Überraschung und sagt einschmeichelnd: »Besprechen wir das doch nach dem … Konzert.«

Ines schaut erstaunt zu Elli hinüber, die ihr aufmunternd zunickt. »Danke, aber ich …«

Elli merkt Ines' Widerstand und flüstert ihr streng von hinten ins Ohr: »Du gehst mit ihm da hin, Ines. Du musst dich ablenken.«

Nemec schnellt mit einem Ruck vom Behandlungsbett und kommt auf Ines zu. Seine Stimme hat fast etwas Flehendes: »Weißt du, wie schwer es ist, Karten zu bekommen? Die vergeben ja nur mehr ein Viertel der Plätze.«

Ines ist dieser seltsame Sinneswandel ihres Ex-Freundes ebenso wenig geheuer wie die plötzlich beengende Sandwichstellung zwischen ihm und Elli. Sie antwortet entsprechend ausweichend: »Meiner Mutter geht's nicht gut, und außerdem … Musik macht mich nervös.«

Elli und Nemec lachen ungläubig. Ines zuckt die Achseln und verschwindet im Waschraum, um sich umzuziehen.

Was soll das jetzt?, denkt sie auch noch später, während sie ihre einzige Patientin massiert. Sicher, sie hat diesen Mann vor einigen Jahren sehr geliebt und mit ihm – zugegebenermaßen – eine wunderschöne Zeit verbracht. Ja, es war sogar schon vom Heiraten die Rede gewesen. Umso schmerzvoller war dann das Erwachen. Schon als er immer launischer wurde, immer öfter fadenscheinige Ausreden für sein Fernbleiben bemühte, hätte sie es ahnen können. Doch sie wollte es einfach nicht wahrhaben. Erst als man ihr die Hochzeitsanzeige hinterbrachte – für seine Hochzeit, aber nicht für ihre –, da ergab sein Verhalten endlich Sinn. Die Tochter eines Politikers war plötzlich seine große Liebe, oder eher die viel bessere Partie für seine Karriere. Jetzt war auch das schon wieder passé. Der Politiker längst abgewählt, die Scheidung inklusive Rosenkrieg ebenfalls Geschichte.

Elli beobachtet Ines in den nächsten Tagen sehr genau. Wird es klappen? Werden Ines und Peter Nemec wieder zusammenkommen? Der Auftakt war nicht gerade vielversprechend, und Elli weiß, dass sie nicht zu großen Druck machen kann. Ines darf ihre Absicht auf keinen Fall durchschauen, der Plan muss einfach gelingen.

Die Gefahr, Albert zu verlieren, das ist Elli glasklar, geht nicht nur von ihm, sondern genauso stark auch von Ines aus. Sie spürt schließlich auch diesen Sog und könnte unüberlegt handeln. Sie daher wieder mit ihrer ehemaligen großen Liebe zusammenzubringen, scheint Elli der beste aller möglichen Pläne.

Albert, der sich nach einer längeren »Dienstreise« endlich wieder gemeldet hat, ist in diesen Plan natürlich nicht eingeweiht. Er soll sich über Ines nur ja keine Gedanken mehr machen. Er soll sich bei Elli wohl- und am besten gleich wie zu Hause fühlen. Vielleicht – so träumt sie – wird er demnächst sogar bei ihr zu Hause sein. Wer wohnt denn schon auf ewig in einem schäbigen Pensionszimmer? Elli würde sogar auf ihr Ankleidekabinett verzichten, um ihm einen eigenen Arbeitsraum zu schaffen.

Von diesen praktischen Überlegungen weiß Albert nichts und Elli hat auch vor, ihm diese tiefgreifenden Veränderungen seines Lebens nur in homöopathischen Dosen einzutröpfeln. Zuallererst viel und guten Sex, dann gutes Essen und seine Lieblingsgetränke.

Und natürlich ist es der Sex, der Alberts quälende Selbstvorwürfe und den hehren Vorsatz, Elli nicht mehr zu treffen, schon kurz nach seiner Rückkehr in tiefere Seelenschubladen verschwinden lässt.

17   Die Schutzhaft

Wieder einmal sitzt Albert nach dem wesentlichen – und wenn es nach ihm ginge, einzig nötigen – Programmpunkt, nämlich dem Sex, an Ellis schön gedecktem Esstisch. Sie trägt den geschmeidigsten ihrer seidenen Schlafröcke und bedient ihn mit erlesener Aufmerksamkeit. Trotzdem würgt er nur ein paar Bissen hinunter und starrt vorbei an Ellis Rundungen auf den Flatscreen. Ein Nachrichtensprecher berichtet gerade über die neuesten Ereignisse, die das Phänomen hervorbringt:

»… in einigen Fällen wurden bereits Häuser, Grundstücke und Bankkonten konfisziert, obwohl sich die Besitzer nur auf Reisen befanden. Dennoch wird die wöchentliche Meldepflicht aus Datenschutzgründen auf das Schärfste bekämpft. Und eben kommt eine Meldung von Interpol herein: Ein international agierender paramilitärischer Betrugsring, der die Gutgläubigkeit von Anti-Paaren in mörderischer Weise ausgenützt hatte, wurde gesprengt…«

Albert wendet sich beschämt ab. Auch wenn er zur Aufdeckung dieses abscheulichen Verbrechens einiges beigetragen hat, sieht er sich doch immer noch als einen dieser gutgläubigen Trottel. Dabei ist der private Reinfall nicht einmal der einzige Grund für seine Selbstvorwürfe. Warum hat er, dessen Selbsteinschätzung das Etikett »Hartgesottener Kriegsberichterstatter« trägt, nicht einmal *ein* Foto von dem Inferno mit seinem Handy geschossen?! Wenigstens *ein* Dokument, das gezeigt hätte, wie die Menschen, teils sogar brennend, aus dem Krater direkt in die Maschinengewehrsalven hineingeflohen waren. Und dieses Bild des perfiden Schlachtfeldes, das ihm selbst noch oft den Schlaf raubt, würde über jeden Sender flimmern und in jedem Printmedium auf der ganzen Welt abgedruckt werden. Auch der Worldpress-Award wäre in greifbare Nähe gerückt – jedenfalls würde es seinen Urheber reich gemacht haben. Da wäre eine Privatschule für Pauli drin oder ein mehrkarätiges Geschenk für …

Wie immer versucht Albert, die quälende Vorwurfsstimme mit Gegenargumenten zu unterdrücken: Er hatte doch keine Sekunde Zeit gehabt. Er musste sein Leben retten, und das Blutgeld hatte er sofort nach der Rückkehr anonym einer Organisation für jugendliche Hinterbliebene von Verglühungsopfern gespendet. Seine Informationen waren es schließlich, die zur Ergreifung der Mörderbande geführt hatten. Was will man mehr?

Albert war es nicht leichtgefallen, Ossi recht zu geben und ihm das ganze Ausmaß des Verbrechens zu schildern. Aber nur so konnte er die Peinlichkeit vermeiden, selbst an die Öffentlichkeit gehen zu müssen. Er wusste, dass sein schlauer Assi auf diskrete Weise die Wege zur internationalen Polizei, in die Medien und zur wissenschaftlichen Aufklärung finden würde. Dadurch konnte er sich heraushalten, bis auf eine polizeiliche Befragung, bei der er zugeben musste, in eigener Sache vor Ort gewesen zu sein. Die Identität seiner Partnerin konnte er jedoch geheim halten, aus Datenschutzgründen, wie sein Anwalt ihm geraten hatte. Doch diese Information hätte niemand jemals aus ihm herausprügeln können.

Und jetzt, da Ines auf Alberts innerem Bildschirm erschienen ist, hält er es keine Sekunde länger bei Elli aus. Gespielt erschrocken schaut er auf seine Uhr: »Oh, das hätte ich beinahe vergessen. Ich kann doch nicht bleiben … ich muss … ich hab noch einen Dreh … einen Nachtdreh …«, schiebt er heraus, wissend, dass seine Ausreden immer fadenscheiniger werden.

Elli überspielt lächelnd ihre x-te Enttäuschung darüber, dass er partout nicht über Nacht bei ihr bleiben will. »Kein Problem … ein Kameramann ist eben kein Beamter.«

Sie will ihm durch die Haare streichen, doch er weicht ihr aus und drückt sich dabei auch etwas zu rasch aus dem Stuhl hoch.

Als Albert auf sein Auto zu marschiert, ist er eigentlich planlos. Er steigt ein, hat aber keine Ahnung, wohin er jetzt soll. Warum eigentlich nicht bei Elli bleiben? Sie bemüht sich doch so um ihn. Aber die weise Stimme der Erfahrung flüstert: Die Frauen sind doch alle gleich. Ja, sie bemüht sich – genauso wie alle anderen vor ihr –, nur um dich einzufangen, zu fesseln, mit dir zu verschmelzen!

Da wirft die Stimme der Vernunft eine Gegenfrage ein: Und was will eigentlich Ines? Will sie das nicht auch? Will sie nicht noch viel Ärgeres? Nicht nur verschmelzen! Sondern verglühen! Vergehen! Dich ausradieren, dich töten!

Wieder eine andere, ziemlich sarkastische Stimme kontert: Will sie das wirklich? Oder will gar nicht *SIE* es, sondern *du selbst*? Wohin willst du denn jetzt gerade fahren, wenn nicht zu *IHR*?

Diese plötzliche Erkenntnis, diese verunsichernde Sicherheit, diese nie gekannte Verwirrung macht Albert wütend. Dementsprechend laut heult sein Motor auf, und er fährt mit quietschenden Reifen davon.

Elli hat Albert vom Fenster aus beobachtet und versucht dieses Zaudern und den Kavalierstart in ihrem Sinn zu interpretieren: Er war einfach zornig, dass er nicht bleiben konnte. Tief im Inneren weiß sie natürlich, dass alle derartigen Kleinigkeiten Warnsignale sind, aber sie erlaubt sich keine Zweifel. Alles wird gut. Und alle werden das bekommen, was sie sich wünschen. Eine Win-Win-Situation, die sie bestens eingefädelt hat. Wenn Ines erst wieder mit Peter Nemec zusammen ist, kann man ihr beiläufig erzählen, dass man sich zufällig getroffen hat, der Kameramann und sie, und er wäre ja doch netter gewesen als gedacht, und da habe es eben gefunkt. Dann wird auch Albert lockerer werden. So weit, so gut.

Der erste Teil des Planes scheint auch glatt aufzugehen, denn Ines hat beschlossen, tatsächlich Peter Nemec' Einladung ins Konzert anzunehmen. Einen guten Musikgeschmack hat er ja, und sie braucht wirklich dringend Abwechslung. Nach langer Zeit wieder einmal das Abendkleid aus lindgrüner Seide anziehen, den feinen Familienschmuck anlegen, die raffiniert gefassten Opalohrgehänge, die passende Kette, die dezent-erotischen Schuhe.

Als Peter Ines abholt, saugt er ihren Anblick wie ein Schwamm in sich auf. Diese Frau würde auf jedem roten Teppich der Welt eine Sensation sein. Aber auch er, im perfekt sitzenden Smoking, sieht nicht übel aus. Ein ausnehmend schönes Paar!

Der Abend im früher so vertrauten Konzerthaus bekommt durch die seltsamen Schleusen und Trenneinrichtungen eine skurrile Note. Die letzten standhaften Musikliebhaber müssen wie Laborratten durch Labyrinthe zu ihren Plätzen finden. Ines ist es recht, dass sie Peter nur während der Pause und von ferne auf der Männerseite zulächeln muss. So kann sie sich ganz auf die Darbietung konzentrieren, um einmal mehr festzustellen, dass sie Musik einfach in den Genen hat. Wenn ihr auch sonst nichts mehr bleibt, steht ihr doch immerhin die wunderbare Welt der Töne offen.

Ines beschließt wieder ernsthaft zu musizieren. Eventuell sogar einige Musikerfreunde zu kontaktieren. Hausmusikabende, wie früher bei ihrer Mutter. Neues Biedermeier. Warum nicht? – Alles in allem eine gute Entscheidung, die Einladung angenommen zu haben.

Der Motor von Peters großer, eleganter Limousine surrt leise. Gebt mir Luxus, auf alles andere kann ich verzichten, soll Oskar Wilde sehr richtig bemerkt haben, denkt Ines und schmiegt sich in die weiche Polsterung aus echtem Leder. Sie fühlt sich richtig wohl und Elli zu Dank verpflichtet … doch nur bis zu dem Moment, als Peter Nemec in der Nähe ihres Wohnhauses umständlich einen Parkplatz zu suchen beginnt. Offensichtlich will er es sich nicht nehmen lassen, Ines bis vor die Haustür zu begleiten, und ihr schwant, dass er den Abend noch nicht beenden möchte. Als er dann endlich eingeparkt hat, hilft er ihr aus dem Auto – wie in den besten Zeiten – und geleitet sie fürsorglich über die Straße.

Ines kramt eisig schweigend nach dem Schlüssel, um dann mit möglichst freundlichen, aber doch eindeutig abschließenden Dankesworten und Gutenachtwünschen die Haustür aufzusperren. Doch Peter Nemec hat nicht vor, sich so einfach abwimmeln zu lassen. Er drängt sich plötzlich an Ines heran und flüstert einschmeichelnd: »Aber, aber ich kann dich doch jetzt noch nicht allein lassen! Du willst doch, dass ich mitkomme. Auf ein Käffchen, stimmt's?«

Also wirklich nicht, denkt Ines und schüttelt resolut den Kopf: »Nein, das will ich eher nicht. Aber, wie gesagt, vielen Dank für den schönen Abend, du hattest ganz recht. Die Musik ist meine Welt, und die Interpretation von …«

»Ja, war toll!« Nemec räuspert sich und kommt gleich wieder zur Sache. »Aber bitte gib's zu, du willst doch das Gleiche wie ich auch. Unsere Geschichte ist einfach noch nicht zu Ende. Sonst wärst du doch gar nicht …«

Unsere Geschichte?!? Die Vergangenheit kocht rotglühend in Ines hoch. Die ganze unfassbare Gemeinheit, die dieser Kerl ihr angetan hat. Mit einem Ruck wendet sie sich ihm voll zu und funkelt ihn hasserfüllt an. »Weißt du überhaupt, was das für ein Gefühl war? Damals. Wie wenn man plötzlich in ein schwarzes Loch fällt, in ein bodenloses …«

»Ich weiß, ich war ein Schuft …«, Peter windet sich, »aber man kann doch dazulernen.«

»Ja, ich schon. Ich tu mir das sicher nicht noch einmal an. *Nie mehr wieder!*«

»Sei nicht so grausam …«

»Ich und grausam? Und was bist du? Ich sag's dir: Du bist grausam *und* feige. Man könnte diese Mischung auch *graus-lich* nennen. Du hast doch bloß Angst, mit einer Neuen könnte es Peng machen. Das ist alles. Der einzige Grund, warum du alte Geschichten aufwärmst. Gib's zu!«

»Ich schwör dir, damit hat es nichts zu tun ... ich denk so oft an dich ... und wenn ich dich sehe, äußerlich so unnahbar ... ich möchte einfach alles wieder gutmachen ...«

Nemec glaubt wirklich ernsthaft daran, dass Ines von ihm überredet werden will. Die Stacheln, die sie im Moment noch aufstellt, werden sich schon legen, wenn er sie erst einmal umarmt und geküsst hat.

Doch Ines bleibt kalt und hält ihn eisern auf Abstand. »Nicht nur äußerlich unnahbar, glaube mir!«

»Nein, ich glaube dir nicht. Ich weiß doch alles.«

Und nachdem Ines ihn nur fragend anschaut, wird er konkreter: »Wieso solltest du denn sonst dauernd von mir reden?«

»Wer sagt denn so was?«

»Hat mir deine Kollegin geflüstert ...«

»Die Elli?« Ines schüttelt ungläubig den Kopf. »Die spinnt ja.«

Doch Nemec kann und will Ines' Weigerung nicht zur Kenntnis nehmen. Er drückt sich an sie heran und versucht sie zu küssen. Ines windet sich unter dem Druck seiner Hände.

Da heult plötzlich ein Motor auf und ein Auto rast auf die beiden zu. Der Fahrer hupt wie wild und bremst erst in letzter Sekunde. Nemec lässt Ines los und tritt fluchend auf die Kühlerhaube hin. Albert – wer sonst? – springt aus dem Wagen und packt ihn am Kragen.

»Der geht nicht mit zu dir ...«, presst er dabei heraus und stößt Nemec zu seiner Limousine hin.

»Sind Sie wahnsinnig? Was soll denn das?«, schreit dieser Albert an, nachdem er seine Stimme wiedergefunden hat ebenso wie seine Muskelkraft, um sich zu wehren. Die zwei Männer, die zwar äußerlich nicht unterschiedlicher sein könnten, sind fast gleich stark. Beide sind gut durchtrainiert und haben keine Scheu, ordentlich hinzuhauen. Ines beobachtet das Gerangel erstaunt und nähert sich dabei wie in Trance den beiden Kämpfern.

Nemec ist von rascher Auffassungsgabe, erkennt die Gefahr und verpasst dem Gegner einen unerwarteten Schlag in die Magengrube. Während dieser zu Boden geht, packt er Ines, zerrt sie in sein Auto und fährt mit quietschenden Reifen ab. Albert springt auf und drischt auf den Wagen ein, kann ihn aber nicht mehr aufhalten. Stöhnend läuft er zu seinem Auto und nimmt die Verfolgung auf. An der nächsten Querstraße muss er wegen eines Lautsprecherwagens scharf abbremsen. Wie zum Hohn trötet die monotone Stimme gerade in diesem Moment: »… vermeiden Sie die Berührung …«

Albert schiebt fluchend zurück, weicht aus und rast weiter, hinter Nemec' schnittig davongleitender Limousine her. Einige gelbe und sogar rote Ampeln später hat Albert zwar ziemlich aufgeholt, doch vor dem Krankenhaus muss er sich einbremsen und hilflos mit ansehen, wie hinter Nemec' Wagen ein sehr stabiler Sperrbalken niedergeht und die formschönen Rücklichter, die er die ganze Zeit wie ein Irrer verfolgt hat, in der Tiefgarage, die nur für Krankenhauspersonal bestimmt ist, verschwinden.

Natürlich gibt Albert nicht auf. Dieser Kerl kann Ines schließlich nicht einsperren. Er hat es doch deutlich gesehen, dass sie ihn zurückgewiesen hat, diesen aufdringlichen Arsch.

Albert wird warten, bis Ines herauskommt … Warum eigentlich? Und wenn ja, was dann?

Und während er diese Überlegungen mit allen Varianten durchspielt, ist für Peter Nemec klar, was sein nächster Schritt sein wird. Er greift zum Telefonhörer und wählt eine Nummer.

Kurze Zeit später beobachtet Albert, wie ein Taxi vorfährt. Elli bezahlt hastig, steigt aus und verschwindet mit raschen, trippelnden Schritten im nächtlichen Krankenhaus.

Die Situation ist tatsächlich äußerst brenzlig! Albert ist also immer noch hinter Ines her. Er hat Elli offensichtlich angelogen mit dem Nachtdreh. Und Nemec scheint den Kopf verloren zu haben. Er hätte Ines doch ins Haus drängen können, um sie in ihrer eigenen Wohnung zu beruhigen, anstatt sie zu entführen und im Krankenhaus einzusperren. Ob das eine gute Idee war?

Ines jedenfalls ist von ihrer Haft nicht begeistert. Sie rüttelt an der Klinke, klopft immer heftiger an die verschlossene Tür, beginnt wütend und ohne Rücksicht auf Verluste Einrichtungsgegenstände durch den Raum zu schleudern. Die Geräusche hallen bereits durch den gesamten Trakt, als Nemec und Elli auf das improvisierte Gefängnis zueilen. Wird diese Materialschlacht wirklich von der zarten Ines verursacht? Erzeugt etwa das Phänomen derartige Energieausbrüche?, fragen sich die beiden entsetzt.

Elli versucht es mit beruhigenden Worten. Als keine lauten Geräusche mehr aus dem Raum dringen, öffnet Nemec die Tür vorsichtig, einen Spalt breit. Ines wirft sich sofort dagegen, kommt herausgeschossen und gibt ihm einen Tritt zwischen die Beine.

»Bist du wahnsinnig? Du kannst mich doch nicht einsperren.«

Nemec krümmt sich, schnappt nach Luft und stammelt. »Was hätte ich denn tun sollen? Es ist nur zu deinem Schutz.«

»Also Schutzhaft? Dass ich nicht lache! Du willst doch bloß …«

»Aber nein, ich will gar nichts. Hier bist du wenigstens halbwegs sicher, solange dich dieser Irre verfolgt.«

Elli nickt zustimmend, umarmt Ines und versucht sie auf den Boden der Tatsachen zurückzubringen. »Ja, begreif doch, Ines, Herr Magister Nemec hat wirklich das einzig Richtige gemacht. Wir müssen uns unbedingt etwas überlegen, für dich! Du kannst doch nicht … wir richten es dir hier schön ein …«

Ines will von Ellis fürsorglichen Überlegungen aber nichts wissen. »Der ›Irre‹ ist mein Komplementärwesen«, sagt sie mit felsenfester Bestimmtheit, um die beiden gleich darauf mit einem verächtlichen

Lachen aus dem Konzept zu bringen. »Und außerdem, warum scheißt ihr euch an? Was ist denn schon dabei zu verglühen? Man wechselt doch bloß die Schwingungsebene.« Damit geht sie entschlossen Richtung Ausgang.

Elli wirft Nemec einen flehenden Blick zu, doch dem scheint die ganze Angelegenheit zu mühsam zu werden. Er zuckt nur resigniert mit den Achseln und starrt dann mit saurer Miene in den Behandlungsraum, den Ines gründlich verwüstet hat. Was das an Ausreden und Schreibarbeit kosten wird, denkt er. Und auch das Geld für die Konzertkarten war alles andere als gut angelegt.

Als Elli merkt, dass sie ihren Verbündeten verloren hat, laufen ihre Gehirnwindungen auf der Suche nach einer brauchbaren Alternative heiß. Ines befindet sich offensichtlich schon sehr weit auf dem romantischen Verglühungstrip. Das muss man ihr doch irgendwie austreiben können. Ein plötzlicher Einfall macht Elli Beine. Sie läuft Ines nach und stellt sich ihr in den Weg.

»Na gut, dann Abschreckung«, sagt Elli kämpferisch. »Wir sehen es uns an, damit du weißt, was dir bevorsteht.«

Peter Nemec schaut den beiden Gestalten nach. Die eine in dem langen, leicht schwingenden Kleid, unwirklich davonschwebend, die andere üppig, kurzberockt und lautstark dahinstöckelnd. Frauen – ihr Wesen, ihre Gefühle, ihre Leidenschaften wird er wohl nie ergründen.

18   Now or Never

Ein Taxi hält vor dem Eingang zu einer Disco mit der grellen Neon-Aufschrift *Now Or Never*. Die zwei ungleichen Freundinnen steigen zwar aus, doch Ines hat nicht die geringste Lust, das Lokal auch wirklich zu betreten.

»Was soll denn das jetzt, Elli? Bist du übergeschnappt?«, fragt Ines gereizt. »Ich gehe prinzipiell in keine Disco. Und ganz sicher nicht in diese da und in dem Kleid.« Sie wendet sich dem Taxi zu. »Hallo, warten Sie bitte, ich komme gleich wieder mit!«

»Ines, willst du es denn nicht sehen? Willst du nicht wissen, was dir blüht?«

Elli versucht Ines vom Taxi wegzuschieben und deutet gleichzeitig dem Taxifahrer hinter ihrem Rücken, rasch abzufahren. »Ich glaube nicht nur, sondern ich weiß, dass du dann geheilt sein wirst von deiner romantischen Vorstellung. Von wegen Schwingungsebene wechseln! Ich habe gehört, die Paare, die da verglühen, schreien markerschütternd vor Schrecken und Hitze. Das ist doch kein Spaziergang. Das ist wie lebend verbrennen. Der reinste Horrorfilm. Da bist du ein für alle Mal geheilt, wenn du das siehst.«

»Dann will ich es erst recht nicht sehen«, kontert Ines trotzig und will Elli entwischen, doch das Taxi hat bereits neue Fahrgäste aufgenommen.

»Also schau«, versucht es Elli nun auf die sanfte Tour, »tu mir nur diesen einen Gefallen noch, dann mach meinetwegen, was du willst. Und ich bezahle auch den Eintritt und die Drinks.«

Albert, der dem Taxi gefolgt ist und in einiger Entfernung eingeparkt hat, beobachtet den Streit der Freundinnen und wie die beiden im Lokal verschwinden. Als er gerade aussteigen will, beginnt sein Handy zu läuten. Er sieht am Display, dass Ossi anruft, zögert einen Moment, meldet sich dann aber doch: »Ja …? Nein, sag ihm, ich kann nicht ... ich hab da selbst gerade etwas entdeckt ... und ich brauch dich hier ... er kann uns ... wir sind im Einsatz ... notier dir die Adresse ...«

Und wirklich: *Now Or Never* ist eine der abartigsten Blüten, die das Phänomen hervorgebracht hat. Die Diskothek hat sich nicht auf die übliche Art den veränderten Gegebenheiten angepasst – dieses Lokal ist eine neu geschaffene Plattform für Verglühungswillige und Sensationslüsterne. Zwar halten sich auch hier Männer und Frauen in streng getrennten Teilen des Raumes auf, Tischtelefone und Monitore ermöglichen – wie auch anderswo üblich – Anbahnungen, aber die Gespräche, die hier geführt werden, dienen einer Kontaktaufnahme, die zur echten Berührung führen soll. Allerdings nur auf der Tanzfläche und immer nur ein einziges Paar – eines nach dem anderen.

Ines und Elli haben einen guten Platz gefunden und schauen sich um. Der Raum gleicht einer Arena mit ansteigenden Sitzreihen. Die Fläche in der Mitte ist mit massivem Gitter eingezäunt, hat zwei gegenüberliegende Auslässe und erinnert an den Schutz vor Raubtieren bei Zirkusnummern aus dem letzten Jahrhundert. Über und unter der durchsichtigen Tanzfläche befinden sich stabile, an dicke Starkstromkabel angeschlossene Kupferplatten – ein riesiger Kondensator zum Ableiten der Energiestöße, die im Falle der Berührung von Anti-Paaren frei werden.

Dort unten, in diesem neuzeitlichen Kolosseum finden also die modernen Gladiatorenkämpfe statt, denkt Ines, während sie sich umsieht. Im Moment scheint aber gerade niemand bereit zu sein, das Wagnis einer Berührung einzugehen. Man will zwar möglichst viele Verglühungen sehen, aber doch lieber nicht selbst daran beteiligt sein. Die Zuschauer beginnen zu murmeln, dann zu murren und immer lauter nach den Mutigen, die sie selber offensichtlich nicht sind, zu rufen. Endlich, nach einem längeren Telefonat, wagen sich ein Mann und eine Frau zaghaft zu den

Ausgangspositionen an den gegenüberliegenden Seiten der Tanzfläche. Die Musik wird lauter, die Zuschauer klatschen mit sensationslüsternem Grinsen und anfeuernden Rufen. Die Gittertüren zur Tanzfläche springen auf und die beiden gehen langsam aufeinander zu. Die Musik setzt aus und es ist schlagartig totenstill. Nur im Hintergrund beginnt jetzt leises Gemurmel. Hier nehmen Buchmacher Wetten auf die beiden mutigen Tänzer an.

Knapp bevor sich ein Paar berührt, wird es Zeit für die Routinierteren unter den Zuschauern, dunkle Brillen aufzusetzen. Elli stößt Ines an und reicht ihr eine Brille hin. Ines weist diese jedoch zurück und starrt gebannt auf die beiden Menschen, die dort unten vielleicht gleich das Unvorstellbare wagen.

Sie wagen es wirklich! Sie berühren einander und – nichts geschieht.

Die Musik setzt wieder ein und die beiden tanzen erleichtert einen flotten Boogie. Die Zuschauer grölen auf, beklatschen den Mut des Paares und feuern seinen Tanz an. Sehr lange dürfen die beiden Helden allerdings nicht die Tanzfläche blockieren. Man will schließlich Verglühungen erleben. Der Discjockey lässt die Musik ausklingen und gibt so den Tänzern Gelegenheit, gemeinsam – unter dem Nachruf schlüpfriger Glückwünsche – das Lokal zu verlassen. Dann versucht er die Stimmung weiter anzuheizen: »Nun, meine Damen und Herren, wer traut sich noch? Wer will seinen Traumpartner finden? Wer will unseren Akku aufladen? Ein Tänzchen hier oder drüben – wo immer das sein mag: Es wird Ihr schönster Tag!«

Elli ist enttäuscht und schaut nervös in die Runde, als könnte sie das richtige Paar ausfindig machen. Hoffentlich geht das nicht so weiter, denkt sie dabei. Das ist ja todlangweilig, das nützt ja gar nichts. Etwas ganz Schreckliches muss geschehen. Ein echter Totentanz: hervorquellende Augäpfel, Arme, die sich zu saugenden Fangschlangen verlängern, verzweifelt abwehrende Gesten unter infernalischem Gebrüll, Blitzezucken bei knochenzersplitterndem Zusammenstoß, Gerippe-Vermischung in röntgenartigen Bildern, gegenseitiges Auffressen, Heulen und Zähneklappern, Verdampfen von Körperflüssigkeit …

Ines dagegen hat ganz andere Gedanken. Was wäre, wenn ER jetzt hier auftauchen würde? Und als ob sie seinen Blick unter all den Blicken der Männer auf der gegenüberliegenden Seite herausspüren könnte, schaut sie auf und direkt in Alberts Objektiv.

Ines erschrickt und umklammert Ellis Hand. Diese murmelt einen groben Fluch und will sofort aufbrechen. Auch Ossi, der seinem Chef natürlich sofort zu Hilfe gekommen ist, wird siedend heiß klar, wieso Albert unbedingt und ausgerechnet jetzt und hier filmen will.

Albert verscheucht Ossis aufgeregte Warnungen und lässt sich nicht abhalten, die Auseinandersetzung zwischen Ines und Elli durch sein Teleobjektiv zu beobachten.

Da blinkt das Tischtelefon neben Ines. Sie könnte selbst nicht sagen, warum sie abhebt, aber sie tut es. Eine nicht unangenehme Stimme fordert sie zum Tanzen auf. Sie nimmt einen kräftigen Schluck aus ihrem Sektglas und will sich von Elli losmachen, die sie krampfhaft zurückzuhalten versucht, dann aber doch unvermutet loslässt. Vielleicht gibt es ja mehrere Antipersonen, schießt es Elli dabei durch den Kopf, und mein Problem löst sich auf diese Weise.

Ines glättet ihr Kleid und begibt sich zur Ausgangsposition an der Tanzfläche. Die Gittertüren springen auf, und ihr Partner macht einen Schritt auf sie zu.

Albert nimmt die Kamera vom Auge und fixiert den Kerl, als wollte er ihn zu Stein verwandeln. Und wirklich, der Mann scheint plötzlich seinen Mut zu bereuen. Seine Schritte werden immer kleiner und langsamer. Als die Musik aussetzt, ist er tatsächlich zur Statue erstarrt, doch Ines geht locker auf ihn zu und gibt ihm lachend einen Klaps auf die Wange.

Das Publikum grölt auf. Die Musik setzt wieder ein. Der Bann ist gebrochen. Die beiden tanzen gekonnt einen Tango, wobei der nun wieder sehr mutige Typ Ines viel zu eng an sich presst und seine Hand dabei viel zu tief ihren Rücken hinabgleiten lässt. Unverschämtheit! Warum nur lässt sich Ines das alles gefallen und lächelt sogar noch dabei? Albert ist empört.

Die Musik setzt wieder aus. Besonders starker Applaus brandet hoch. So eine schöne Darbietung, das herrliche Seidenkleid der Dame, ihre geschmeidigen Bewegungen! Immerhin, eine prickelnde Show.

Ines und ihr Tänzer verbeugen sich nach allen Seiten und unterhalten sich dabei offensichtlich angeregt weiter. Es scheint fast so, als würden sie auf den nächsten Tanz warten. Und es hat sicher mit Ines' außergewöhnlich eleganter Erscheinung zu tun, dass die Stimme des Discjockeys die beiden nicht sofort von der Tanzfläche vertreibt.

Albert hingegen kann die schamlose Flirterei, die sich da unten, vor seinen Augen, abspielt, nicht länger mit ansehen. Er drückt Ossi die Kamera in die Hand und winkt resolut einer dunkelhaarigen Schönen auf der Frauenseite zu. Und weil alles so schnell geht, geraten die Sicherheitsmaßnahmen durcheinander, und es befinden sich plötzlich zwei Paare in der Arena. Nach dem Berührungstest tanzt Albert mit seiner neuen Eroberung, sehr aggressiv, eine Art Kampf-Boogie.

Ines wendet sich von ihrem Partner ab und starrt zu den beiden hin. Und langsam, wie in Trance, bewegt sie sich auf die Tanzenden zu. Der Dunkelhaarigen wird die Situation bald unheimlich. Sie lässt Alberts Hand los und bringt sich in Sicherheit. Auch Ines' Partner flüchtet.

Die Musik setzt aus, und Albert macht ebenfalls einige Schritte auf Ines zu. Für die beiden scheint der Rest der Welt zu versinken. Elli kann jedoch diesen Ausgang der Geschichte, die sie noch dazu selbst eingefädelt hat, nicht akzeptieren. Das ist das Letzte, was sie wollte, zusehen zu müssen, wie ihre große Liebe und ihre einzige Freundin und Gönnerin in einem infernalischen Totentanz verenden!

Sie kämpft sich bis zur Sperre vor und schreit hysterisch in die Stille hinein: »Ines! Albert! Seid ihr wahnsinnig! Kommt raus da! Sofort!«

Elli würde sich sogar zwischen die beiden werfen, wenn sie nicht von zwei stämmigen Ordnerinnen am Betreten der Arena gehindert würde.

»Aber, aber! Beeinflussung ist gegen die Spielregeln«, meldet sich da auch schon der Discjockey. Und das Publikum, das dem offensichtlichen Höhepunkt des Abends entgegenfiebert, zischelt und murrt von allen Seiten, während sich die Stimme des Discjockeys nun eindringlich an das Paar in der Arena wendet: »Und ihr, meine Lieben, nur keine Hemmungen! Ihr habt noch sechzig Sekunden für eure Entscheidung. Die ewige Verschmelzung winkt! Nie wieder allein, immer zu zweit! Kennt ihr denn nicht die schöne Geschichte vom alten Platon? Der Mensch war früher einmal kugelförmig, war Mann und Frau in einem. Doch da wurde er zu mächtig, und darum haben ihn die Götter gespalten. Seitdem sucht ihr euch, ihr beiden, mit dieser inbrünstigen Sehnsucht. Jetzt habt ihr euch wieder – vielleicht!? Also, der Countdown läuft: eins … zwei … drei …«

Die hypnotisch-verführerische Stimme des Discjockeys und die aufgeheizte Stimmung im Publikum versetzen Ines und Albert immer tiefer in Trance.

Sie kommen einander näher und näher.

Einige Zuschauer halten sich bereits die dunklen Schutzgläser vor die Augen. Da erwacht Ossi aus seiner Erstarrung, klettert blitzartig über die Absperrung und wirft sich zwischen die beiden.

»Halt, halt! Noch ein Interview!«, schreit er dabei laut und nimmt geschäftig die Kamera ans Auge. Dann flüstert er Albert zu: »Albert, wach auf! Das ist nicht dein Ernst! Du willst doch nicht wirklich vor dieser Horde Menschenfleischfresser …«

Schon weicht Ines zurück. Verliert sie den Mut, oder will sie nur Ossi nicht gefährden? Albert dagegen versucht seinen Assi wie eine lästige Fliege zu verscheuchen. »Es ist schon egal, wo und wann. Also raus hier, Ossi, hinter die Absperrung. Das ist ein Befehl! Und vergiss nicht krass abzublenden, wenn es zischt …«

Ossi gibt nicht so leicht auf, versucht Albert immer weiter zurückzudrängen und beschwört ihn dabei verzweifelt: »Aber dann bist du doch ausradiert, weg, tot! Ist sie denn das wert? Liebst du sie so sehr?«

»Was hat denn das mit Liebe zu tun? Du kennst diesen Wahnsinnssog nicht, diese magnetische Anziehung, diese … das ist eine echte physikalische Kraft! … und außerdem bin ich kein Feigling.«

Ossi versteift sich, schaltet die Kamera ein und redet wieder laut, wie bei einem offiziellen Interview: »Also dann: Kamera läuft! Sie haben jetzt noch die einmalige Gelegenheit, sich von ihren Lieben daheim zu verabschieden.« Und wieder leise fügt er hinzu: »Denk an deinen Sohn, du Arschloch.«

Das Publikum wird immer unruhiger und wilder in seinen Anfeuerungen. Der Discjockey ist bereits sehr ungeduldig: »Also machen Sie schon … clear the place! Please! Sie, Kameramännchen, Sie! Raus aus der Arena!«

Und als Ossi immer noch nicht reagiert, erscheint ein Ordner, ein Bär von einem Mann, packt den zappelnden Ossi wie eine Puppe am Kragen und trägt ihn samt Kamera hinter die Absperrung. Das Publikum johlt auf, und gleich darauf tritt, wie auf Kommando, Totenstille ein. Albert und Ines haben sich zwar noch nicht wieder aufeinander zubewegt, doch Ines streckt nun die Arme nach Albert aus. Er macht daraufhin einen Schritt auf sie zu, und auch sie setzt sich langsam in Bewegung.

»Vier … fünf …. sechs … sieben …«, zählt der Discjockey nun mit seltsam belegter Stimme weiter. Bis jetzt ist es nicht sehr oft vorgekommen, dass man einer echten Verglühung beiwohnen konnte.

Da sägt plötzlich eine andere Stimme in die Stille hinein, eine Frauenstimme, sehr klar und sehr bestimmt: »Auseinander, oder ich erschieße dich!«

Elli, die sich zum Schein eine Weile ruhig verhalten hat und deshalb von den Ordnerinnen freigelassen wurde, steht nun nahe an der Absperrung und zielt mit einer Pistole auf Alberts Brust. Er schreckt unwillkürlich zurück, fasst sich aber gleich wieder und verzieht verächtlich das Gesicht. »Geh … gehen Sie, das ist doch nur Gas, damit können Sie mich nicht schrecken.«

»Willst du's ausprobieren?«

Albert schüttelt den Kopf und winkt ab. »Das tun Sie nie. Sie bringen mich nicht um.«

Und zu seiner Verwunderung nickt Elli sogar zustimmend und sagt dann leise, aber bestimmt: »Dich nicht, aber sie.«

Ellis Arm mit der Waffe schwenkt ruckartig zu Ines hinüber. Albert blickt einen Moment sprachlos zwischen den vermeintlichen Freundinnen hin und her, dann entwischt ihm ein bitteres Lächeln. »Sehr schlau ausgedacht … alle Achtung.«

Albert wirft Ines noch einen intensiven Blick zu – jetzt weiß sie alles, das war's dann wohl –, dreht sich abrupt um, donnert gegen die Gittertür, die auch krachend aufspringt, und geht davon. Erleichtert trabt Ossi hinter ihm her.

Elli nützt die Gelegenheit und führt die verwirrte Ines mit einer beschützenden Geste und einem triumphierenden Lächeln von der Tanzfläche. Die lauten Buh-Rufe und Pfiffe aus dem Publikum stören sie dabei nicht im Geringsten. Als fürsorgliche Freundin hätte sie nicht anders handeln können, als diesen Bluff zu inszenieren, erklärt sie Ines etwas später im Taxi.

»Natürlich hätte ich nie auf dich geschossen, das weißt du doch«, beteuert Elli und plappert weiter wie ein Wasserfall, um Ines' Gedanken nur ja von der richtigen Richtung abzulenken. »Aber ich war nicht sicher, ob dieser verrückte Kameramann nicht sogar mit einer Kugel im Kopf zu dir hingerobbt wäre. Oder du zu ihm. Schließlich ist das Kaliber von diesen dümmlichen Damenpistolen sehr klein, also nicht unbedingt Mann-stoppend.«

»Mann-stoppend«, wiederholt Ines mit einem bitteren Lächeln.

»Ja, ja, diesen Mann hat man ja dringend stoppen müssen.«

Ines akzeptiert in ihrem verwirrten Zustand zwar Ellis Erklärung, doch ein bitterer Nachgeschmack bleibt dabei zurück. Irgendwie war da eine seltsame Vertrautheit zwischen den beiden zu spüren, so als würden Albert und Elli sich doch um einiges besser kennen, als die in letzter Zeit so besonders liebe Freundin ihr weismachen will. Doch immerhin, Albert hat Elli mit Sie angesprochen und war eher abweisend ihr gegenüber, aber sie hat ihn geduzt. Wieso?

19   Die Abstoßung

Am nächsten Tag im Schneideraum. Dr. Weber sichtet Alberts Disco-Bericht, schüttelt dabei mehrmals den Kopf und schnalzt mit der Zunge. Die unvermeidliche Elvira, die den Schnittcomputer bedient, grinst schadenfroh. Albert sieht es aus den Augenwinkeln und denkt angewidert: Grässlich, mit einer bösartig-nachtragenden Ex arbeiten zu müssen. Kein Sex in der Firma, schwört er sich einmal mehr.

»Und wegen dieser kindischen Kacke haben Sie mich versetzt?«, schnaubt Dr. Weber und rotiert im Drehsessel zu Albert herum. »Sie sind ja ein leidlich guter Kameramann, aber zum selbstständigen Denken reicht's halt nicht. Was soll ich denn damit? Sie befriedigen Ihren Voyeurismus, und ich habe kein Team für die wichtigen Sachen … *Now or Never*-Disco! Das sieht Ihnen ähnlich! Da passen Sie hin! Anderen bei pubertären Mutproben zuzuschauen und sich einen runterzuholen …«

Albert sieht rot und keinen Grund mehr, sich zurückzuhalten. Er springt auf, packt Weber beim Kragen, zieht ihn hoch und verpasst ihm einen saftigen Kinnhaken. Der schlaksige Redakteur taumelt mit rudernden Armbewegungen rückwärts bis auf den Gang hinaus und geht dort wie ein kaputter Hampelmann zu Boden. Albert kommt ihm nach und presst verächtlich heraus: »Drei Mal täglich – das wär die Dosis gewesen!«

Ossi, der gerade verschiedene Getränke aus der Kantine herbeibalanciert, bekommt große Augen und erstarrt gänzlich, als er Albert wie nebenbei sagen hört: »Und übrigens, ich kündige, Herr Dr. Weber … knecht.«

Unter Elviras bewunderndem Blick und dem verwirrten Glotzen einiger Kollegen verlässt Albert, lässig in die Runde grüßend, die Firma.

Ossi erwacht aus seiner Erstarrung, geht, als wäre nichts gewesen, in den Schneideraum und stellt die Getränke ab. Dann schnappt er das *Now Or Never*-Material hinter Elviras Rücken weg und läuft Albert nach. »Warte auf mich, wart doch! Was machen wir denn jetzt?«

»Was heißt *wir*?«, knurrt Albert ihn an. »Geh du zurück, da ist gerade eine Stelle frei geworden!«

Albert ist also arbeitslos. Und wen kümmert es?

Wie wichtig sind der einzelne Mensch und sein Schicksal der Erde? So wichtig wie die einzelne Ameise dem Menschen? So wichtig wie der berühmte Flügelschlag eines Schmetterlings dem Orkan?

Ist es wahr, dass die Erde, dem Mythos nach, ein lebendiger Organismus ist? Die Urmutter Gaia – als erste Gottheit dem Chaos entsprungen, von keinem männlichen Samen gezeugt – ein eigenständiges Wesen mit eigenen Wünschen und Interessen?

Und wenn es so ist, was sind die Pläne der Mutter Erde? Haben sie die unkontrollierbaren Gedankenwellen in der drahtlosen Sphäre, die energiegeladenen Hass-, Gier- und Depressionsstürme so sehr erzürnt, dass die Göttin das Phänomen hervorrief, um mit den Verschmelzungen den »Parasit Mensch« loszuwerden, oder will sie sich noch viel grundlegender verändern?

Die Fahnen vor all den wichtigen Gebäuden sind jedenfalls nicht mehr in der Lage, diese Fragen zu erörtern. Das Phänomen hat auch sie nicht verschont. Nach einem kurzen Highlight als weithin leuchtende Fackeln sind von ihnen nur mehr angeschmorte, unkenntliche Reste übriggeblieben. Doch darum kümmert sich niemand mehr. Wer braucht jetzt noch Fahnen, diese flüchtigen Unterscheidungssymbole für das Einzementieren irrationaler Machtbereiche? Jetzt, da doch endlich alle Menschen auf der Erde gleich sind – vor allem in ihren Ängsten und Sorgen, weniger allerdings in ihrem Egoismus, Materialismus, Idealismus, Fanatismus und all den anderen zerstörerischen Ismen.

In den »zivilisierten« Staaten herrscht wenigstens nur der Pragmatismus, zumindest vordergründig. Hier will man vor allem die normale menschliche Ordnung aufrechterhalten. Die Neuverteilung der materiellen Güter muss daher auf jeden Fall, auch unter diesen extremen Bedingungen, in gesetzlichen Bahnen verlaufen.

Es gibt also viel zu tun für Polizei, Politiker, Rechtsanwälte, Notare und Agenten. Für besitzerlose Villen, Golfplätze, Schlösser, Fabriken, Raffinerien, Minen und sogar für Ozeanschiffe müssen schließlich Erben gesucht oder neue Besitzverhältnisse geschaffen werden. Mit Verteilungsgerechtigkeit haben all diese Aktivitäten jedoch wenig zu tun. Auch wenn die Menschheit von der völligen Auslöschung bedroht ist, bleibt es immer noch menschlich, mit einer *Zeit danach* zu spekulieren und an sich zu raffen, was nicht niet- und nagelfest ist, und sich juristisch ausgeklügelt die Dinge anzueignen, die tatsächlich niet- und nagelfest sind. Es ist offensichtlich, dass man den Gütern der Welt mehr Aufmerksamkeit schenkt als den Armen, den vereinsamten Alten oder den verwaisten Kindern, ganz zu schweigen von verlassenen Tieren. Die Gier treibt die seltsamsten Blüten.

Pauli ist dagegen noch kein verlassenes Kind. Ganz im Gegenteil. Sein Vater hat ihn endlich wieder einmal abgeholt, und die beiden befinden sich mitten im Gedröhne lautstarker Vergnügungsparkmusik. Ansonsten ist hier nicht viel los. Wer wagt sich schon mit seinen Kindern aus dem Haus, wenn es nicht sein muss? Auch Pauli bewegt sich nur unsicher vorwärts, obwohl er, genauso wie die wenigen anderen Kinder und einige Erwachsene, seinen Berührungsschutzanzug trägt. Albert versucht ein aufmunterndes Lächeln in sein Gesicht zu zwingen, um seinem

Sohn zu signalisieren, dass er sich vollkommen sicher fühlen kann. Vor einer Geisterbahn betrachten die beiden die Totengeripppe, Hexenweiber und Dämonenfratzen, die von der Fassade aus die Besucher ins gruslige Innere locken wollen. Und auch Albert will Pauli zu einer Fahrt in das dunkle Unbekannte überreden. Eine kleine Mutprobe würde das Selbstbewusstsein des Kindes sicher stärken, psychologisiert er väterlich, doch Pauli schüttelt nur ängstlich den Kopf und läuft auf ein Kraftmessgerät zu.

Aha, auch nicht schlecht, denkt Albert, der Mut kommt schließlich mit den Muskeln. Doch als Pauli seine Kraft an dem Gerät versuchen will, wird sofort klar, dass es mit seinem Schutzanzug nicht zu bedienen ist. Albert sieht darin kein großes Problem. Er hält sowieso nichts von diesem unnötigen Plunder. Verschwörerisch lächelnd nimmt er Pauli den Berührungsschutz ab. Der ist jedoch nicht sicher, ob er nicht lieber auf das Kräftemessen oder überhaupt auf all die Vergnügungen verzichten würde. Ängstlich murmelt er in sich hinein: »Aber was ist, wenn die Kamikazes kommen …«

»Mit mir passiert dir schon nichts«, beruhigt Albert ihn leichthin.

Pauli betrachtet seinen Vater mit großen fragenden Augen. »Wieso hast du nie Angst?«

»Ich hab ja Angst. Genau solche Angst wie du. Aber ich sag dir was: Am besten ist, man tut dann gerade das, wovor man Angst hat.« Pauli nickt, als wäre damit alles klar, und ist sich dabei ganz und gar nicht sicher, ob er Alberts Ratschlag jemals befolgen könnte. Lieber nicht darüber nachdenken. Lieber dem Vater zeigen, wie stark man geworden ist. Also los. Pauli versucht sich im Armdrücken mit einem furchteinflößenden Plastik-Muskelprotz. Er ist mit tiefem Ernst und größter Anstrengung bei der Sache. Albert ist ein ganz kleines bisschen stolz auf seinen Sohn. Immerhin der Wille ist da. Vater und Sohn sind so sehr ins Armdrücken vertieft, dass sie die heranrollende Gefahr erst sehr spät bemerken. Eine große Horde Kamikazes kommt geradewegs auf die beiden zu. Albert flucht lautstark und stellt sich sofort schützend vor Pauli. Ohne Rücksicht darauf, dass es hauptsächlich Frauen sind, die da herangeschossen kommen, tritt, schubst und boxt er alle weg, die ihn und seinen Sohn betapsen wollen. Auch der Prediger kommt auf seinem Kinderroller angefahren und versucht Albert zu beschwichtigen und Pauli zu trösten: »Wehrt euch nicht! Lasst es zu! Helft mit, die Schwingungsebene der Welt zu erhöhen. Seid wendig, seid durchlässig, reist durch das Wurmloch in die Fünfte Dimension!«

Die Kamikazes, die offensichtlich nur Furcht und Flucht ihrer Opfer, aber keinen derartig starken Widerstand gewohnt sind, landen reihenweise auf dem Boden, und die Nachkommenden stolpern in voller Fahrt über die Gestürzten. Ein Kamikazesalat!

Die Letzten wagen sich gar nicht mehr heran und weichen bereits großräumig aus, während sich die ersten Angreiferinnen verschreckt und verstört hochrappeln und ihrerseits die Flucht ergreifen. Bald darauf ist der Spuk vorbei.

Pauli wollte zwar ganz sicher nicht weinen, aber jetzt heult und bebt er doch am ganzen Körper und kann sich auch, nachdem die Gefahr längst vorbei ist, noch lange nicht beruhigen. Albert will ihn trösten, will ihn umarmen, doch das verängstigte Kind verkriecht sich in seinen Berührungsschutz und schreit nach seiner Mutter. Bald starren Passanten zu den beiden hin. Wird da etwa ein Kind misshandelt?

Albert versucht es mit sanfter Beschwichtigung: »Pssst. Pssst. Ist doch schon alles vorbei. Die kommen garantiert nicht wieder.«

Doch Pauli kann und will sich nicht beruhigen. Im Gegenteil: Er kreischt immer wilder, immer hysterischer nach seiner Mutter. Albert steht hilf- und machtlos daneben. Ja, so kommt er sich vor – völlig daneben. Da nützen keine Entschuldigung und keine Selbstvorwürfe.

»Verzeih mir, Pauli, ich bin ein Idiot. Ich weiß, ich hätte dir den Anzug nicht ausziehen dürfen, aber wir hätten doch gar nicht richtig…«

Albert erkennt die Sinnlosigkeit. Mit jedem seiner Worte wird das Kreischen nur noch lauter und schriller. Die vorwurfsvollen Blicke von besorgten Eltern würden Albert normalerweise nicht weiter stören, doch es geht hier nicht um ihn, sondern um seinen Sohn, mit dem er noch nie viel anzufangen wusste. Mit einem resignierenden Seufzer greift er zum Handy und wählt Christianes Nummer. Dabei murmelt er mehr zu sich selbst: »Deine Mama wird einen viel besseren Papa für dich finden, wenn ich erst einmal weg bin.«

Da hört Pauli ganz plötzlich zu schreien auf und starrt ihn entgeistert an. Und während er mit seinem seltsam still gewordenen Sohn auf Christiane wartet, denkt Albert daran, wie durch einen einzigen schnellen Fick, in einer einzigen Nacht, lautstark seine Gefängnistür zugefallen war.

Du Idiot, du Trottel, du Depp!, schimpft sich Albert nicht zum ersten Mal und hat gleichzeitig ein saumäßig schlechtes Gewissen, wenn er in die bedürftigen Augen dieses Buben blickt, der ihn doch so sehr bewundert, so sehr braucht. Einem plötzlichen Impuls folgend steht Albert von der angekohlten Bank, die den beiden gerade noch knarrend Halt geboten hat, auf und deutet Pauli mitzukommen. Bei einem Schießstand entlädt Albert im Dauerfeuer seine unerlaubten Aggressionen. Piff, paff und klick, klack, wie da die kleinen Kalkhülsen davonspringen! Ein riesiger Elefant, eine Micky Maus, eine Fledermaus, eine graue Maus, ein ganzer Strauß Papierblumen und noch viel mehr unnützes Zeug. Albert beendet seinen Kahlschlag erst, als Christiane wie eine Gewitterwolke neben ihm auftaucht und Pauli wortlos mit sich ziehen will. Der Junge hat es sich aber anders überlegt und will jetzt selber schießen. Dafür ist er sogar bereit, den Berührungsschutz wieder abzulegen. Doch

Christiane bleibt hart, sie hat nicht alles liegen und stehen lassen, um jetzt wieder ohne den Buben abzuziehen. Nein, Pauli muss mitkommen, obwohl ihm schon wieder die Tränen in den Augen stehen, was Albert peinlich berührt zu übersehen versucht. Er hält es für ratsam, Christianes Erziehungsmaßnahmen nicht zu torpedieren, und verabschiedet sich rasch.

Als er dann der kleinen Figur, beladen mit all den viel zu großen Geschenken, nachschaut, ist ihm klar, dass er das Vatersein wohl niemals richtig können wird. Nur keine Beziehungen, die irgendetwas mit der Herzgegend zu tun haben. Gegen dieses unangenehme Gefühl muss sofort etwas unternommen werden.

Pauli dreht sich noch einmal um und winkt zaghaft, doch Albert hat sich schon abgewandt, und die Symbolik des Augenblicks fesselt einen Moment lang seine Aufmerksamkeit: eine Hochschaubahn, die mit kreischenden Menschen in den Abgrund rast … Alberts Hochschaubahn des Lebens ist auch bereits an der Talsohle angelangt, und eine Aufwärtsbewegung ist nicht in Sicht. Ziemlich ferngesteuert begibt er sich daher Richtung Getränkestand, wo er einen doppelten Schnaps bestellt. Von der Geisterbahn herüber scheint ihm der Teufel zuzuprosten.

Ja, der Teufel in Person dieses Filmproduzenten war es, der mich verführt und ruiniert hat, denkt Albert. In seiner Erinnerung durchlebt er wieder die Ironie seines Schicksals: Begonnen hatte alles mit einer trügerischen Hochstimmung, nachdem er von dieser hervorragenden Filmproduktionsfirma als Kameramann für einen Industriefilm engagiert worden war. Wenn er dort erst einmal einen Fuß in der Tür hatte, würden die ganz großen Filme folgen. Kurz zuvor war es einem jungen Regisseur gelungen, um wenig Geld einen Horrorfilm für diese Produktionsfirma zu drehen und damit sowohl einen Kassenschlager abzuliefern als auch einen beachtlichen Filmpreis einzuheimsen. Der Produzent, der bis dahin hauptsächlich Werbe- und Industriefilme produziert hatte, plante deshalb ein großaufgezogenes Atelierfest.

Nachdem Albert in der Buchhaltung die Spesenabrechnung für seinen Industriefilm erledigt hatte und die Firma gerade verlassen wollte, rief ihn die etwas hantige, aber doch auch irgendwie nicht ungeile Produktionssekretärin zurück. Sie überreichte ihm, dem Neuling, mit ganz besonders aufmunterndem Augenaufschlag eine auf Bütten gedruckte Einladung für das Großereignis. Albert war beeindruckt.

Doch die Party war dann ziemlich steif. Gierige Geldtypen, trockene Filmförderbeamte, cool-gelangweilte Kreative, Klatschpresseleute auf der Pirsch nach den wenigen A-Promis standen herum und tranken heftig. Nur das unentbehrliche Fußvolk jeder Filmproduktion, zu dem Albert sich zählte, war beim Feiern entbehrlich und nicht geladen. Die Frage, wie er eigentlich auf die Gästeliste geraten war, konnte er sich etwas später selbst beantworten: Es war wohl eine kleine Eigenmächtigkeit der Sekretärin gewesen. Ihre Stellung in der Firma schien sehr gefestigt, und nach einer größeren Menge herrlich kühlem Fassbier entschied sich Albert, sie richtig hübsch zu finden. Als die beiden dann im Requisitenlager auf einer mit Filmblut besudelten Couch aus dem erfolgreichen Horrorfilm landeten, ahnte er nicht, dass diese Spinne ihn schon längst als Beute ausgespäht hatte.

Nach diesem Abend war Albert längere Zeit für Dreharbeiten im Ausland beschäftigt. Als er das nächste Mal das Büro der Filmfirma betrat, wurde er von der Produktionssekretärin – wie war doch schnell ihr Name? Achja, Christiane. Hallo Christiane, wie geht's? – mit einem sehr seltsamen, völlig undurchschaubaren Blick in das Büro des Chefs gebeten. Und dieser elegante, graumelierte Herr behandelte Albert, den er doch eigentlich kaum kannte, plötzlich äußerst – man könnte fast sagen – väterlich. Nach dem unspezifischen Lob seiner Kameraführung und ein paar höflichen

Fragen über seine weiteren Karrierepläne kam dann das völlig Unbegreifliche: Albert verstand nur noch Bahnhof. Was redete dieser Mann da über seine Tochter? Und die erwartete also ein Kind? Was hatte Albert damit zu tun? Sollte er etwa die Geburt mitfilmen, oder was?

Nein ... ein Missverständnis. Albert wäre der Vater, und die Tochter – die des Produzenten – wäre einer Heirat mit ihm nicht abgeneigt. Natürlich würde eine solche Verbindung mit einem riesenhaften Karrieresprung für ihn – Albert Ritter, Kameramann – einhergehen.

Endlich begriff Albert, von wem die Rede war! Christiane war die Tochter des Produzenten. Und sie bekam ein Kind von ihm, gezeugt auf der Horrorcouch – in dieser einen, einzigen Nacht!

Der Produzent schien erleichtert, als der Sachverhalt geklärt war. Besonders erfreut war er auch über die Tatsache, dass sein Schwiegersohn in spe sein geliebtes Kind nicht aus Karriereüberlegungen – er wusste ja offensichtlich gar nicht, wer sie war –, sondern um ihrer selbst willen ge ... ge ... geliebt hatte.

Christiane jedenfalls hatte sich auf den ersten Blick in Albert verliebt. Mit der Idee, ihn zur Party einzuladen, warf sie ihren ersten Spinnfaden aus. Und mit der Erkenntnis, dass ein einziges Mal genügt hatte, um sie zu schwängern, war ihr klar, dass auch er sie lieben müsste. Doch obwohl sie keine Skrupel mehr kannte, wusste sie, dass der nächste Schritt sehr sorgfältig durchdacht sein sollte.

Nicht schlau wäre es gewesen, Albert als Ersten von seiner Vaterschaft in Kenntnis zu setzen. Schlau war, diese Schwangerschaft, in gut gespielter Geheimhaltung, sehr schnell öffentlich zu machen. Bald wusste alle Welt Bescheid. Alle, außer dem Erzeuger. Auch der Schachzug, die Neuigkeit nicht selbst zu überbringen, war gut ausgedacht.

So ließ sich Albert langsam, aber beständig einspinnen und von Christianes teuflischem Vater – dieser *Vater*-Morgana einer perfekten Vaterfigur – bei gemütlichen Abendessen in der Produzentenvilla mit hübsch ausgeschmückten Versprechungen für die größte, beste Kamerakarriere, die in diesen Breitengraden machbar war, verlocken. Wie gerne hätte Albert einen so verständnisvollen, so herzlichen Vater gehabt. Nicht ahnend, mit wie vielen »Bittebittebittebitte« Christiane täglich ihren Papa zu so viel jovialer Freundlichkeit ihm gegenüber bei der Stange halten musste.

Es wurde also geheiratet.

Nach einem weiteren Erfolgsfilm war für den Produzenten klar, dass er neben dem bombastischen Neubau seines Firmensitzes auch seine ausschließlich auf das Finanzielle gerichtete Herangehensweise an seinen Beruf zu ändern hätte. Er begann in kreativen Belangen mitzureden, um bald besserwisserisch gute Projekte zu Tode zu kritisieren oder so lange umarbeiten zu lassen, bis sie aller Frische und kreativer Kraft beraubt waren. Wenn doch noch die eine oder andere Filmförderung an Land gezogen werden konnte, dann durch arrivierte Regisseure, die sich nichts mehr dreinreden ließen. Natürlich auch nicht in der Wahl ihrer Kameraleute. Von der versprochenen Karriere sprangen für Albert bis zur endgülti gen Pleite der Firma nur ein paar TV-Dokumentarbeiträge heraus und bei den Spielfilmen gerade mal drei Einsätze als SecondUnit-Kameramann, um die Nebensächlichkeiten zu drehen. Diese Arbeit konnte man zwar als Chance auffassen, aber auch als Demütigung begreifen. Albert entschied sich mehr und mehr für das Zweite.

Lange Zeit war er dennoch bereit gewesen, seinem Schwiegervater die uneingelösten Versprechen zu verzeihen. Bis ihm dieser, als der Konkurs bereits unabwendbar war, durch Hinhaltetaktik eine reale Chance verbaute: ein tatsächliches Engagement für einen Kinodokumentarfilm, der schließlich sogar für den Oscar nominiert wurde. Albert war dermaßen wütend, dass kurze Zeit nach der Pleite der Firma auch die Pleite dieser unter falschen Voraussetzungen geschlossenen Ehe folgte.

Christiane würde die Geschichte natürlich ganz anders erzählen.

Albert bestellt sich noch ein paar weitere Schnäpse, um die traurigen Kinderaugen loszuwerden. Dabei erinnert er sich an eine kleine Episode: Pauli hatte in einen Apfel gebissen und darin einen Wurm entdeckt. Der Kleine betrachtete das Tier und dessen in das Fruchtfleisch gefressene Gänge mit ernstem Interesse und einem lauten Seufzer. Dann sagte er versonnen und mit einem Anflug von Neid: »Wurm sein muss schön sein.«

Gute Logik, dachte Albert verblüfft, Haus und Essen in einem! Doch gleich darauf wurde ihm der Subtext bewusst. Was mussten seinen Sohn, diesen kleinen Wurm, doch für schreckliche Ängste plagen! Und dennoch gehört Pauli zu den glücklichen Kindern dieser Welt. Er hat noch beide Eltern. Er ist behütet. Wie anders ergeht es den vielen Waisen in den ärmeren Ländern! Die meisten ihrer Schulen sind längst geschlossen, niemand kümmert sich um ihre Ängste, ihre körperlichen und seelischen Leiden. Schon die ganz Kleinen müssen in den zugemüllten Straßen nach Essbarem suchen, und am Abend werden sie nicht von fürsorglichen Eltern zu Bett gebracht. Die Hütten, in denen sie hausten, sind längst abgebrannt oder werden im Eiltempo von Planierraupen plattgewalzt. In den besseren, leer stehenden Gebäuden besteht wiederum die Gefahr, von Plünder-Polizisten geschnappt zu werden. Doch bald erkennen die Kinder, dass sie sich zu Gruppen zusammenschließen müssen. So kann man auch ohne Erwachsene überleben. In gut getarnten, selbstgebauten Pappschachtelburgen bilden sich richtige Gemeinschaften. Größere übernehmen Verantwortung für die Kleinen, jeder versucht seine Talente und sein Wissen sinnvoll einzusetzen. Irgendwie geht das Leben weiter.

20   Eine kleine Nachtmusik

Wieder im Krankenhaus. Diesmal ist Ines nicht beruflich hier. Sie sitzt am Bett ihrer Mutter und versucht zu ignorieren, wie erschreckend schnell diese gealtert ist. Sehr blass, mit eingefallenen Wangen liegt Isolde Tiefenbach in den weißen Laken und versucht zu lächeln – ein schmerzlicher Anblick.

»Er wird es nicht einmal erfahren, dass er mich auf dem Gewissen hat«, flüstert sie zornig und voll Selbstmitleid.

Ines nimmt ihre Hand und versucht zu scherzen: »Du gibst jetzt nicht auf, du musst doch noch auf sein Grab spucken.«

Isolde Tiefenbach schüttelt schwach und resigniert den Kopf: »Er hat gewonnen. Es ist vorbei.«

Ines verdreht, von der Mutter unbemerkt, die Augen und antwortet streng: »Das Leben ist doch kein Spiel. Niemand gewinnt, und wenn er wüsste, wie es dir geht ...«

Ines unterbricht sich. Eine Frage ist aufgetaucht und hält sie ganz plötzlich gefangen: Könnte sie es schaffen, ihrer Mutter einen friedvollen Tod zu ermöglichen? Könnte es doch noch eine Versöhnung geben? Würde er kommen, wenn ...? Könnten die Tiefenbachs in letzter Minute noch einmal als Familie zusammenfinden, nachdem die Ironie des Schicksals auch in ihrem Leben fette Beute gemacht hatte?

Isolde Tiefenbach war eine der ersten Frauen, die Komposition und Orchesterdirigieren studierte, und ihre klassisch-modernen Werke fanden bald weltweite Beachtung. Mit ihrem Mann verband sie die Liebe zur Musik und ein anfangs sehr inspirierendes, beide zu Höchstleistungen anspornendes Konkurrenzdenken. Gemütliche Häuslichkeit, Nestwärme, Sex waren für Isolde nur vom Wesentlichen ablenkende Störfaktoren. Ein Kind musste allerdings zu dieser Zeit für eine intakte Ehe in Kauf genommen werden. So kam Ines in diese Welt und war von Anfang an Papas Liebling. Isolde konnte sich nun – sozusagen nach getaner Arbeit – aus dem Fleischlichen zurückziehen. Die Abenteuer ihres Mannes mit Groupies, die es auch in der klassischen Musikszene haufenweise gab, überging sie großzügig oder gar erleichtert. Die Affäre mit einer attraktiven Künstler-Agentin ging jedoch zu weit. Johannes Tiefenbach blühte an der Seite dieser jungen, charmanten, erotischen Frau auf, ließ sich von ihren umsichtigen Managerqualitäten begeistert in eine neue Zukunft führen und hatte es plötzlich sehr eilig, einen Scheidungsanwalt zu beauftragen, ohne mit seiner Ehefrau je darüber gesprochen zu haben.

Isolde war fassungslos, und als sie auch noch von seiner pompösen zweiten Hochzeit erfuhr, stand ihr Entschluss fest, diesem Verräter niemals zu vergeben und ihn bis über den Tod hinaus zu hassen. *Er* hatte ein neues Leben, hatte alles bekommen – *sie* alles verloren.

Und Ines? Sie wurde in dem Glauben erzogen, alle Männer wären Charakterschweine. Die Geige mit dem Löwenkopf blieb anfangs die einzige Verbindung zu ihrem geliebten Vater. Wenn sie übte, konnte sie, trotz Mutters Gehirnwäsche, die positiven Gefühle für ihn zulassen.

Bald war klar, dass Ines das Talent zur Violinistin geerbt hatte, und Isolde war fest entschlossen, diese Tatsache im Kampf gegen ihren Ex-Mann einzusetzen. Nach ein paar Jahren Zwangs- und Dauerunterricht war sie bereit, die damals Vierzehnjährige überraschend großzügig in die Obhut ihres Erzfeindes zu geben, mit dem Hintergedanken, auf diese Weise weiter an seinem Leben teilzuhaben. So erfuhr Frau Tiefenbach in nächtlichen Telefonaten mit der Tochter von den Querelen mit der Neuen und dem schleichenden Popularitätsverlust ihres Ex-Mannes. Doch dieser konnte seine Eitelkeit weiterhin bestens befriedigen, indem er als

stolzer Vater seine schöne, talentierte Tochter aller Welt vorführte –
in sittsamen Kleidchen und Perlenkette.

Nur Ines litt wirklich. Ihre psychische Verfassung war der
Kollateralschaden dieses Machtkampfes. Außerdem wurden das
Lampenfieber und die Angst vor dem Publikum von Jahr zu Jahr
unerträglicher und sie wurde immer unsicherer, ob sie wirklich für
das Leben im Rampenlicht geboren war. Langsam wurde ihr
bewusst, dass sie mit ihren feinen Fingern keine Geigensaiten und
Bogengriffe, sondern menschliche Körper berühren wollte. Ihr
Traum war, Ärztin zu werden, heilen zu können. Auch dem
ständigen Reisen, um das viele Mädchen in ihrem Alter sie
beneideten, konnte Ines nicht viel abgewinnen. Immer nur Städte,
Konzertsäle, sterile Hotels, Zimmer mit internationalem Standard.
Alle gleich.

Nur einmal, in Indien, da war es anders. Nicht nur, weil das Hotel
dort ein Palast wie aus Tausendundeiner Nacht war, sondern weil
Ines in diesem Land das seltsame Gefühl hatte, dorthin zu gehören.
Sie wagte sich viel weiter in die Stadt, in das alltägliche indische
Leben hinein als je zuvor an anderen Orten. Sie entwischte sogar
ein paar Mal ihrem Privatlehrer und mischte sich unter die
Menschen, die ihr alle seltsam vertraut schienen. Hier in Indien
fühlte sich Ines wie eine Heimkehrerin. Die Freundlichkeit der
Menschen schien ihr ehrlicher und wärmender. Besonders ein alter
Bauer mit langen weißen Haaren, schwerbeladen mit Feldfrüchten
in geflochtenen Körben, schenkte ihr einen Blick, der bis in ihr
Innerstes drang. Liebe und Erkennen, Achtung vor ihrem eigenen
Wesen, nicht vor der kleinen Promi-Geigerin von Vaters Gnaden,
hoben Ines für einen Moment in eine höhere Sphäre. Auch die
Haltung, der Gang und das Lächeln der wunderschönen, graziösen
Frauen verzauberte Ines. Selbst wenn sie aus den ärmlichsten
Hütten traten, umgab sie eine Aura von Würde und Stolz.

So wollte Ines sein, so wollte sie werden. Und ihr Wunsch nach Veränderung führte sie wie von selbst in ein Geschäft mit den wundervollsten Seiden, leicht wie Wolken oder schwerfallend und kühl wie Wasserkaskaden. Im Nu war ein Schneider zur Stelle, und Ines begann ihren eigenen Stil zu kreieren, sich selbst neu zu erfinden. In kürzester Zeit entstanden Gewänder, die ihren schlanken Körper umspielten.

Aus dem halbblinden Spiegel im Hinterhof der Schneiderwerkstatt trat Ines plötzlich eine ganz andere Person entgegen: eine junge Frau mit eigenem Geschmack und eigenem Willen. Schlank, edel und aufrecht. Kunstvolle Henna-Tattoos, auf ihre schlanken Hände gemalt, vervollständigten die Trennung von ihrem alten Ich.

Als Ines zum Hotel zurückging, kam sie an einer Sammelstelle für Straßenkinder vorbei. Ohne lange zu überlegen, nahm sie die Perlenkette ab und warf dieses Symbol ihrer Versklavung in den Sammelkorb. Johannes Tiefenbach war empört über den Alleingang und die Aufmüpfigkeit seiner Tochter und entsetzt über die verschenkte Kette. Dies war der erste Schritt zur Entzweiung von ihrem Vater. Die Nacht ihres besten und einzig wirklich selbstgewollten Auftritts am Meer in Spanien zerriss schließlich den Kokon, den ihre Eltern in stiller Einvernahme um sie gewoben hatten, endgültig.

Das erträumte Medizinstudium blieb jedoch unerreichbar. Für Physiotherapie zeigte Ines' Mutter aber Verständnis. Sie kaufte ihr eine angemessene Wohnung und finanzierte die teuren Kurse und Seminare. Den großzügigen Geldsegen knüpfte sie allerdings – nicht ohne Hintergedanken – an die Bedingung einer regelmäßigen Teilnahme an ihren Hausmusikabenden. Ines' Vater jedoch blieb uneinsichtig und beendete tief gekränkt die Beziehung zu seiner Tochter. Ines hatte ihren Vater zum zweiten Mal verloren.

Das Spiegelbild in seiner Garderobe im Konzerthaus lächelt ihm zufrieden entgegen. Johannes Tiefenbach hat immer noch seine volle, leicht gewellte Löwenmähne, die er seit einiger Zeit schneeweiß bleichen lässt, und er hält seinen schlanken Körper aufrecht wie eh und je, nur ein wenig angestrengter und steifer vielleicht. Auch heute gelingt es ihm wieder, sich einzureden, dass ihn die Falten nur interessanter und attraktiver machen würden.

Da klopft es an der Tür, und unaufgefordert steht Ines im Raum. Einen Moment lang starren sich Vater und Tochter feindselig an, dann kommt Ines nüchtern zur Sache: »Sie stirbt ... und sie will dich noch einmal sehen ... das heißt ... sie weiß nicht, dass ich jetzt hier bin ... aber ich weiß, dass sie dich sehen will!«

Johannes Tiefenbach wendet sich langsam und ungerührt wieder seinem Spiegelbild zu und zupft seine Manschetten zurecht. »Ines, älter bist du zwar geworden, aber nicht erwachsen, wie mir scheint«, sagt er dabei vorwurfsvoll und mit leichtem Kopfschütteln. »Warum musst du derart mit der Tür ins Haus fallen, fünf Minuten vor meinem Auftritt?«

Ines lässt sich von der Arroganz ihres Vaters nicht beeindrucken: »Weil es fünf Minuten vor ihrem Ende ist«, presst sie hervor.

»Aber ich habe doch mit dieser Frau, pardon, deiner Mutter seit Jahrzehnten nichts mehr zu tun, außer, dass sie mir permanent irgendwelche schlechten Kritiken zuschickt ... weiß gar nicht, wo sie die immer ausgräbt ... und auch noch mit den bösartigsten Bemerkungen, die sich ein Weib nur ausdenken kann ... aber gut: Sag ihr, es tut mir leid, dass es ihr schlecht geht, und ich verzeihe ihr ihre kindischen Marotten.«

Mit Zornestränen in den Augen zwängt sich Ines zwischen den Vater und sein Spiegelbild. »Sie hat *dir* aber nicht verziehen, dass du dein Wort gebrochen hast: ›bis dass der Tod euch scheidet‹!«

Tiefenbach tritt einen Schritt zurück und setzt ein spöttisches Lächeln auf: »Aber, Ines, hast du denn gar nichts von meiner

Intelligenz geerbt? Menschen verändern sich. Ich habe mich verändert, sie hat sich verändert. Nach sieben Jahren hat man nicht einmal mehr eine der Zellen im Körper, mit denen man so einen unrealistischen Schwur geplappert hat. Das einzig wirklich Sichere im Leben ist die Veränderung. Nimm diese Herausforderung an, sonst wirst du wie sie ...«

»Du machst es dir aber sehr leicht«, schnaubt Ines ihn an, doch Tiefenbach wendet sich ab und schaut nervös auf die Uhr. Höchste Zeit. Nur dieses Gespräch nicht ausufern lassen. Kurz entschlossen nimmt er Ines an den Schultern, dreht sie um und schiebt sie zur Tür hinaus. »Und du wirst es schwer haben, wenn du immer noch an Märchen glaubst ... aber jetzt ... du entschuldigst ...«

Ines lässt sich nicht so leicht hinausdrängen. Sie dreht sich noch einmal um: »Nein, ich werde es nicht schwer haben!«, sagt sie wild entschlossen. »Mich wird nämlich keiner mehr verlassen, das kann ich dir versprechen!«

Tiefenbach macht eine abweisende Handbewegung und sagt gelangweilt: »Ja, ja, viel Glück.« Und dann kopfschüttelnd: »Ganz die Mama.«

Ines wendet sich rasch ab, die Tränen, die ihr aus den Augen schießen, soll er nicht sehen. Sie läuft weg, nur weg, durch diese fahl beleuchteten, labyrinthischen Backstage-Gänge. Verfolgt von der wilden, immer lauter werdenden Kakophonie, die beim Stimmen der Instrumente entsteht und die ihr durch Mark und Bein schneidet.

Ines hat ihren Vater zum dritten Mal verloren – diesmal endgültig. Dabei ist dieser Mann ihre erste, große, wahre Liebe gewesen. Er hatte einzig und allein für sie ein kleines Schlaflied komponiert, auf dessen Klang sie Abend für Abend wartete. Und wenn er dann endlich mit seiner Geige erschien, dieser schönste, eleganteste aller Väter, dann gab es ein besonderes Spiel, das nur ihnen beiden gehörte: Oje, sagte er immer ganz traurig, ich hab unser Lied vergessen. Dann musste sie es ihm vorsummen. Er aber war sehr ungeschickt und entlockte der Geige nur grässliche Töne. Ines konnte sich darüber krummlachen und ihren Vater ausschimpfen, bis er endlich die richtigen Harmonien fand. Dann wurde sie ganz still, fühlte sich wie eine Prinzessin und konnte spätestens beim Refrain entspannt ins Traumland gleiten.

Wie eifersüchtig ihre Mutter damals war, würde Ines nie erfahren.

Der Grund war aber nicht so sehr, dass sich Isolde Tiefenbach ausgegrenzt fühlte, sondern betraf vielmehr das kleine Schlaflied. Nie würde sie etwas so Schönes, etwas so Gefühlvolles zustande bringen – nie würde sie so lieben können, so geliebt werden. Dieses kleine Lied war das Einzige, was ihr Mann je komponiert hatte, und Isolde erkannte sofort dessen immenses Potenzial. Es würde sie nur einen Anruf bei ihrem Musikverlag gekostet haben – ein paar gefühlvolle Textzeilen ließen sich sicher auch schnell dazu finden – doch nein, in dieser Familie war *sie* die Komponistin, und gefühlvoller Text war überflüssiger Firlefanz. So blieb das schönste Schlaflied aller Zeiten der Welt vorenthalten.

Was Isolde Tiefenbach nicht mehr erleben wird: Zu ihrer Beerdigung wird Ines die Melodie mit einem Hauch von Trotz auf ihrer Geige spielen. Und Johannes Tiefenbach, der aus Gründen der Public Relation zur Beerdigung am Ehrengrab erschienen ist, wird unvermittelt in Tränen ausbrechen. Ein ergreifender Moment für die meisten der zahlreichen Trauergäste, ein gefundenes Fressen für die Presse.

21   Chancen

Alberts Stammlokal ist schon lange nicht mehr das, was es einmal war. Auf der Frauenseite steht nun eine Barkeeperin hinter der Theke. Jung und gelangweilt. Bei jeder zweiten Bestellung muss sie Charles um Hilfe bitten, das heißt, sie wiederholt den Namen des Getränks laut und mit Fragezeichen in der Stimme. Charles hasst seine neue Kollegin, und wenn er dennoch ihre Drinks mixt, dann nur, weil er ihr seine Rezepte nicht verraten will und weil sie ihm auf diese Weise nicht noch mehr Unordnung in seine Welt bringen kann.

»Waren das noch Zeiten, als man die Menschen nur in Raucher und Nichtraucher aufgeteilt hat«, grummelt Charles in sich hinein und erwartet einen zustimmenden Kommentar von Albert, der etwas rascher als sonst die üblichen Drinks in sich hineinleert und dabei mit seinen Gedanken ganz woanders zu sein scheint. Er hat einen Entschluss gefasst, doch ganz nüchtern lässt sich das geplante Vorhaben nicht verwirklichen.

Da tritt Petra Binder an die Absperrung und deutet Charles, dass sie dringend mit Albert reden muss. Es braucht einige Zeit und gutes Zureden, bis dieser sich endlich umdreht und eher unwirsch in Petras Richtung schaut. Die Dokumentarfilmerin. Was könnte die jetzt noch von ihm wollen. Wo doch schon alle Züge abgefahren sind. Leicht torkelnd geht Albert schließlich doch zu ihr hinüber.

»Ich gratuliere, ich gratuliere«, sprudelt Petra sofort enthusiastisch durch die Absperrung, »endlich, endlich!«

»Ja? Wozu? Was endlich?«, murmelt Albert verwirrt.

»Na, dass Sie dem Weber den Weisel gegeben haben. Und gerade zur richtigen Zeit. Meine Finanzierung steht. Sie sind engagiert! Bingo!«

Sie klatscht in die Hände und rechnet mit einem erfreuten Aufschrei und dem Knall von mindestens einem Sektkorken. Doch Albert reagiert nicht. Er starrt vor sich hin und schüttelt langsam den Kopf, in dem Gedanken an Arbeit einfach keinen Platz mehr haben. »Ich brauch kein Engagement mehr, aber danke, nett, dass Sie an mich gedacht haben.«

Er lässt Petra mit offenem Mund stehen, geht zur Bar zurück, stürzt seinen Drink hinunter, zahlt und verlässt das Lokal.

»Sie brauchen kein …?« Nach einer Schrecksekunde folgt Petra Albert bis zu seinem Auto und schreit ihn empört an: »Sind Sie noch zu retten?«

»Nein, offensichtlich nicht«, ist die lakonische Antwort.

Doch Petra hat nicht vor, so schnell aufzugeben. Sie fasst Albert am Ärmel und lässt ihn nicht einsteigen.

»He, jetzt hören Sie doch erst einmal zu: Wir fahren einmal rund um den Globus! Es geht um das Phänomen in anderen Ländern und Kulturkreisen, die Problematik dort. Wie Sie sicher wissen, gibt es zum Beispiel Diktatoren in der Dritten Welt, die immer noch jede Aufklärung ganz bewusst verhindern. ›Natürliche Menschenentsorgung‹ wird das genannt. Da kommt Freude auf!«

Albert schweigt und Petra wird beschwörend leise: »Fünf Monate werden wir auf jeden Fall unterwegs sein, da sagen *Sie* bestimmt nicht Nein!«

Doch er macht sich aus ihrem Klammergriff los. »Zu spät, tut mir leid!«

Er steigt ein und nach einem kurzen Gerangel um die Autotür kann er diese auch zudrücken und den Wagen starten. Petra trommelt noch zornig auf das Dach. »… und überall Rückfälle in Rassendiskriminierung, Frauenhass, mit unvorstellbaren Auswirkungen, Homo-Hatz sowieso … und die Weltbank kassiert und kassiert … und anstatt neu und gerecht zu verteilen, reißen sich nur die eh schon Allerreichsten alles unter den Nagel!«

Albert ringt sich noch zu einer entschuldigenden Geste durch und fährt ab. Petra starrt ihm entgeistert nach.

Sein Wagen fährt wie auf den Schienen einer Geisterbahn durch die Nacht. Der Motor versackt im Halteverbot vor Ines' Haus. Gutes timing! Sogar der Mann mit den Hunden öffnet die Tür wie auf Bestellung. Albert schlüpft wie ein Dieb ins Haus und müht sich die Treppe hinauf. Unschlüssig steht er vor Ines' Wohnung, bis er sich endlich durchringt zu klingeln.

Es dauert eine Weile, bis der Spalt geöffnet wird, den die Sicherungskette zulässt. Als Ines Albert erkennt, macht sie erschrocken einen Schritt zurück und rafft dabei ihren Schlafrock enger zusammen.

»Albert? Sind Sie wahnsinnig?«

Albert zuckt nur mit den Achseln. »Ich bin bereit, wir können ...«

Ines sucht nach Worten. »Ja?! Es ist nur ...«

»Tun wir's einfach, bevor ... bevor uns womöglich noch etwas in die Quere kommt«, drängt Albert.

»Es ist wegen meiner Mutter. Sie liegt im Spital. Sie wird nicht mehr lange leben.«

Albert nickt, versucht zu lächeln. »Okay, du regierst die Welt, aber ... könnten wir nicht zumindest ... willst du mir nicht wenigstens einmal etwas vorspielen? Du spielst doch Geige, stimmt's? Du bist doch die Tochter von diesem Jahrhundert-Fiedler?«

»Das ist zu gefährlich, wir könnten das Haus anzünden ...«

Albert zieht ein Paar Handschellen aus der Tasche und hält sie Ines hin. Sie überlegt lange. Aber was ist schließlich dabei, früher oder später werden sie es sowieso tun. Wozu jetzt noch an Risiko denken? Wozu die Rücksichtnahme?

»Warte einen Moment und geh dann ins Wohnzimmer, und dort fesselst du dich an irgendetwas, aber wirklich. Und den Schlüssel wirfst du mir zu.« Sie gibt die Tür frei und eilt ins Schlafzimmer. Dort verdeckt sie Alberts zerknittertes Foto, nimmt ihre Geige und beschwört den Löwen – wie früher vor ihren großen Auftritten –, sie nicht im Stich zu lassen.

Albert lässt sich inzwischen im Wohnzimmer auf den Teppich plumpsen und fesselt sich mit einer Hand an einen der Heizkörper. Ines kommt aus dem Schlafzimmer und beobachtet ihn skeptisch. Der Schlüssel fliegt im Bogen zu ihr hinüber. Von Albert geht im Moment also keine Gefahr aus, aber kann Ines auch für sich selbst garantieren. Worauf lasse ich mich da bloß ein?, denkt sie selbstzweifelnd, doch ihre Geige schmiegt sich wie von alleine an ihre Schulter. Zögernd beginnt sie eine Roma-Weise zu spielen.

Albert starrt schweigend auf das Gesamtkunstwerk vor ihm. Wir werden es tun, und es wird es wert sein. Schon allein für diesen magischen und doch so irdischen Moment.

»Tu den Schlafrock weg, bitte«, sagt er plötzlich mit rauer Stimme.

Ines hört verärgert auf zu spielen. »Nicht unverschämt werden.«

»Ich bin nicht unverschämt. Du bist verschämt ...« Seine Stimme wird sanft, dunkel und verführerisch. »Wer sonst, wenn nicht wir beide?«

Hat er nicht recht? Hat Ines sich denn nicht Nacht für Nacht ähnliche Szenen ausgemalt? Jetzt ist alles Realität, und sie ist verlegen wie ein junges Mädchen. Wahrscheinlich ist sie sogar rot geworden. Ines dreht sich rasch um, will ihre Gefühle nicht zeigen, will nicht, dass er ihre Gedanken liest. Nur sehr langsam wendet sie sich ihm wieder zu, überwindet ihre Hemmungen und lässt den Schlafrock über die Schultern gleiten, bindet ihn aber um die Hüften zusammen.

Dann spielt sie weiter, erhöht das Tempo, beginnt zaghaft ihr Becken zu bewegen, steigert sich immer mehr in einen erotischen Tanz hinein.

Albert saugt den Anblick in sich auf. Er hat gewusst, dass sie schön ist, doch sie ist perfekt. Ihr Gesicht, ihre Haare, ihre Figur, der Hals, die Brüste, die Taille, der Bauchnabel, die Hüften, die Beine. Und nie hätte er gedacht, dass in dieser kühlen Erscheinung so viel Feuer brennen könnte.

Weiter, weiter – lass mich alles sehen! Albert beginnt an den Heizkörper zu trommeln, facht dabei mit seinen Blicken die Flammen ihrer Erotik noch weiter an.

Ines lässt es schließlich zu, dass der Schlafrock an ihrem Körper hinuntergleitet. Umhüllt von seiner aufrichtigen Verehrung, fühlt sie sich nicht nackt. Nach und nach verlangsamt Ines den Rhythmus und geht schließlich vor Albert in die Knie. Die Geige wird nebensächlich, gleitet ihr aus der Hand. Der Atem der beiden wird schwer. Das Leben pulsiert im Unterleib.

Die kleinen Handbewegungen der beiden am eigenen Körper sind kaum zu bemerken. Die Blicke sind es, die in das Wesen des anderen eindringen, sich ineinander verlieren, den Weg zum Zentrum der Hingabe finden. Stöhnen. Sie sanft, er herb.

Am Höhepunkt verstummt Albert mit angehaltenem Atem – einen Moment lang steht die Welt still –, plötzlich schnellt sein Körper vor, und sein Arm verfehlt Ines' Knie nur um Haaresbreite. Er schreit auf, vor Schmerzen an seinem gefesselten Handgelenk.

Ines springt erschrocken hoch, starrt Albert verwirrt an, wirft ihm wortlos den Handschellenschlüssel zu und sperrt sich selbst im Schlafzimmer ein.

Albert kommt erst langsam wieder zu sich und verlässt so leise wie möglich die Wohnung. So steht es also mit seiner Beherrschung! Wieder einmal eine gute Gelegenheit, sich mit

Selbstvorwürfen zu geißeln. Er ist einfach nicht gut genug für diese Frau.

Ein einfacher Schuss in den Kopf wäre sicher das Anständigste. Dann könnte sie, befreit von der tödlichen Anziehung, ein ihr gemäßes Leben führen.

Mit dem Durchdenken verschiedener Selbstentsorgungsmethoden geht Albert immer noch leicht torkelnd über den nächtlichen Markt. Der lauter werdende Klang einer Flöte zieht ihn dabei zu dem niedergebrannten Gemüsestand hin. Auf dem Boden davor brennen Kerzen. Blumen liegen vor einem Foto des türkischen Gemüsehändlers. Aus dem Bild lächelt er seiner Familie und seinen Freunden zu, die sich hier zum Beten und Trauern versammelt haben. Eine friedliche Feier.

Da bemerkt Albert, dass auf der noch vorhandenen Wand des Marktstandes mit großen Buchstaben hingeschmiert steht: Hände weg von blonder Frau, du Sau!

»Hände weg von blonder Frau, du Sau«, murmelt Albert. »Hände weg, Hände weg … Hände weg … Hände weg … weg … weg … weg … fahr doch … fahr weg! Einmal noch rund um die Welt …«

Ines versucht sich inzwischen zu beruhigen. Ist meine Empörung über Alberts unüberlegte Handlung wirklich die richtige Reaktion?, fragt eine innere Stimme. Hatte er nicht schon wieder recht gehabt? Wäre es nicht das Beste, das Schönste gewesen – in genau diesem Moment …

Ihr Blick wird vom Cover des Buches mit dem stilisierten grünen Gesicht angezogen. Seit Langem wollte sie es lesen, nun nimmt sie es zur Hand, und es öffnet sich von selbst auf einer Seite mit einem Eselsohr. Frechheit, Eselsohren in ein geliehenes Buch zu falten, und auch noch Bleistiftschmiererei am Rand, denkt Ines angewidert, kann aber nicht umhin, den angezeichneten Absatz zu lesen:

»Wenn es aber einem Menschen gelingt, über die ›Brücke des Lebens‹ hinüberzuschreiten, so ist es ein Glück für die Welt. Es ist fast mehr, als wenn ihr ein Erlöser geschenkt wird. Nur etwas ist vonnöten: Ein Einzelner kann dieses Ziel nicht erreichen, er braucht dazu eine Gefährtin. Nur durch die Verbindung männlicher und weiblicher Kräfte ist es überhaupt möglich. Darin liegt der geheime Sinn der Ehe, der der Menschheit seit Jahrtausenden verloren gegangen ist.«

Ines ist elektrisiert. Ja, das ist es! So wird es sein – mit ihm und mir! Es ist die Chymische Hochzeit! Darüber hatte sie bereits in den Schriften von C. G. Jung gelesen, aber damals den Sinn noch nicht verstanden. Jetzt ist ihr alles klar, jetzt hat sie die Bestätigung für ihre Ahnung: Das Phänomen ist kein Fluch, sondern ein Segen – die Erfüllung des menschlichen Daseins. Aufgewühlt blättert sie zum Anfang und vertieft sich in die Lektüre dieses phantastischen Romans ...

... während Albert die Nacht mit Weitersaufen verbringt, um dann den nächsten Tag und den dazugehörigen Kater wegzuschlafen und nebenbei Ellis Anrufe wegzudrücken.

Auf der anderen Seite der Erdkugel nützen die Aborigines zur gleichen Zeit die Dunkelheit auf dem Felsplateau für ihre magisch-rituelle Zusammenkunft. Die Runde der musizierenden Menschen hat sich von Nacht zu Nacht vergrößert.

Dem intuitiven Blick des Schamanen entgeht nicht, wie auffällig sich die Erde bereits verändert hat. Längst hat er erkannt, dass das mattschillernde Gebilde aus den Tiefen des Alls der Antikörper der Erde ist. Bald wird dieser mit dem Planeten, der nur noch an wenigen Stellen in seinem charakteristischen Blau leuchtet, deckungsgleich sein. Auf der Tagseite umspielen bizarre, immer dunkler werdende rote Schlieren mit violett-gelben Eruptionen fast schon die ganze Erdatmosphäre. Die Aura der Nachtseite wird von den Verglühungen erleuchtet – wie das Gesicht einer Diva im Blitzlichtgewitter auf dem roten Teppich.

Besonders hier, auf dem australischen Kontinent, wetterleuchtet es bereits so gewaltig, dass es nur noch eine Frage von kurzer Zeit sein wird, bis etwas ganz Außergewöhnliches geschieht. Und selbst der Schamane kann noch nicht vorhersehen, ob dies Segen oder Untergang für sein Volk bedeuten wird. Denn der Kampf, der nun am Himmel, direkt über dem Felsplateau, tobt, ist beispiellos.

Die kraftvoll-männlichen Schwingungen der Regenbogenschlange scheinen nicht mehr stark genug, um die gegengerichteten Wellenbewegungen des weiblichen Elements zu besiegen. Bald sieht es so aus, als würden sich die beiden Kräfte zu einer alles zerstörenden Macht aufschaukeln. Erst nachdem sich der Hilferuf des Schamanen über die Traumpfade bis in die entferntesten Teile des Kontinents verbreitet hat, gelingt es mit vereinten Kräften, Beschwörungen und magischen Klängen die zerstörerischen Himmelswesen in Einklang zu bringen, um so deren grundlegende Gegensätze ineinander aufzulösen.

Um die neugewonnene Ganzheit der Regenbogenschlange zu offenbaren, wandert ihr Kopf langsam Richtung Schwanzspitze …

22 Zweifel und Sicherheit

Seit der Lektüre des Romans schwebt Ines in einer anderen Sphäre, versucht aber immer noch, ihr übliches, normales Leben zu führen. Ihre erste Pflicht ist der tägliche Besuch bei der Mutter. Die Krankenhausatmosphäre, die für sie all die Jahre mit dem Wiederherstellen von Gesundheit, mit Heilung oder zumindest mit Besserung verbunden war, trägt jetzt den Geruch des Todes. Ines ist froh darüber, hier nicht mehr arbeiten zu müssen. In ihrer Abteilung musste Personal auf ein Minimum reduziert werden, und Ines war sofort bereit, auch zugunsten von Elli, sich selbst einzusparen. Was soll's? Sie würde ohnehin bald keinen Job mehr brauchen …

Am Bett der Todkranken, in dieser schweratmenden Stille, ist es für Ines so, als könnte sie das Stundenglas förmlich rieseln sehen, das der Mutter und auch ihr eigenes.

Das Tak-tak von Stöckelschuhen passt da gar nicht in diese jenseitige Atmosphäre … Die fürsorgliche Elli lässt es sich nicht nehmen, mit einem überdimensionierten Blumenstrauß an das Krankenbett der Sterbenden zu eilen. Warum eigentlich? Die beiden hatten einander doch kaum gekannt.

Elli wickelt die Blumen aus dem Papier und beobachtet lauernd, wie Ines eine Vase mit Wasser füllt, ihr die Blumen abnimmt und ohne Eile, aber mit viel Gefühl neu arrangiert. Erst dann wendet sich Elli der schlafenden Isolde Tiefenbach zu, um mit eigenen Augen feststellen zu müssen, dass dieses Leben am Verblassen ist.

»Wie geht es ihr?«, fragt sie trotzdem äußerst besorgt.

Ines schüttelt stumm den Kopf.

»Und dann? Willst du es wirklich machen, mit dem Kameramann?«

Ines nickt entschlossen, und Elli registriert einen Glanz in ihren Augen, der ihr gar nicht geheuer ist. Mit diesen Blumen in den Händen, fast könnte man meinen, da steht eine Braut. Lauter als beabsichtigt entfährt es ihr: »Aber du hast doch nichts zu verlieren!«

Ines stellt die Vase rasch auf das Fensterbrett und deutet Elli, mit auf den Gang hinauszukommen.

»Warum schaust du dir nicht die Welt an? Die Tantiemen von ihren Kompositionen ... damit lebst du doch bald in Saus und Braus ...«, argumentiert die gute Freundin weiter und zieht einen Stapel Prospekte über Indien aus der Tasche.

»Da, hab ich dir mitgebracht. Schau dir das an, dann packt dich das Fernweh.«

Sie will Ines die Prospekte aufdrängen, doch diese winkt ab. »Elli, ich hab in Indien nichts mehr verloren. Ich war doch schon dort, das war toll, aber jetzt ...«

»Woher willst du wissen, dass du dort nichts mehr verloren hast?« Elli lässt sich nicht so leicht von ihrem Rettungsplan für Ines abbringen. Nach wie vor stehen schließlich ihre ureigensten Interessen auf dem Spiel. Damit Albert sich endlich zu ihr bekennen kann, muss Ines weg. Weit weg.

»Solange ich dich kenne, wolltest du wieder einmal dorthin. Indien ist groß. Du kannst nicht schon alles gesehen haben. Es wird dich genauso wie damals faszinieren. Es ist doch dein Traum!«

»Zu spät, aber ich danke dir für deinen Rettungsversuch.«

Elli atmet tief durch und ändert ihre Taktik. Schließlich hat sie immer noch einen Plan B in der Tasche. »Naja, du brauchst dich bald um niemanden mehr zu kümmern, aber er ... bist du sicher, dass er es wirklich auch will?«

»Er hat schon vor Tagen abgeschlossen.«

Elli schüttelt den Kopf und murmelt, wie nur für sich: »Unverständlich!«

Natürlich ist Ines sofort hellhörig. »Was ist daran so unverständlich?«

Elli lässt sich Zeit mit der Antwort und zuckt dann mit den Achseln, als würde es ihr egal sein können. »Er hat doch einen kleinen Sohn.«

»Einen Sohn!?« Ines ist alarmiert. »Woher weißt du denn das schon wieder?«

»Das hat er mir damals gesagt. Er ist zwar geschieden, aber den Kleinen liebt er schon sehr. Hab ich dir das nicht erzählt, dass er den im Stich lassen will? Naja, wenn ihr es wirklich macht, gibt es jedenfalls einen Halbwaisen mehr.«

Und um sich selbst wieder möglichst positiv einzubringen, setzt sie mit viel Emotion in der Stimme hinzu: »Abgesehen davon, dass eine arme kleine Elli ihre beste Freundin verliert.«

Ines verwirrt diese Neuigkeit sehr. Warum hat er ihr nichts von diesem Sohn erzählt? Will er vielleicht doch nicht? Ist alles nur ein gefährliches Spiel für ihn, ein Nervenkitzel mit Handschellen? Ines verabschiedet sich kurz angebunden von Elli und verschwindet im Krankenzimmer.

Auf dem Weg zurück zu ihrer Abteilung überlegt Elli, ob dieser Schachzug der richtige war. Irgendwo in ihrem Denkapparat behauptet jemand hartnäckig, dass sie diese Partie längst verloren hat. Elli hört jedoch nicht auf diese Stimme. Sie ist entschlossen, um Albert zu kämpfen, solange sie beide die Luft dieser Welt noch atmen.

Inzwischen wirkt das Gift, das Elli Ines eingeträufelt hat, nur nicht in ihrem Sinne. Während Ines' Entschluss sich von Tag zu Tag festigen konnte – sie würde ja bald frei von allen Beziehungsfesseln sein –, kommen ihr nun Zweifel, ob Albert wirklich bereit ist. Vielleicht war diese letzte Begegnung nur eine unbedachte, betrunkene Laune gewesen. Ein Sohn ist schließlich eine große Verpflichtung. Wie sehr liebt er ihn? Ist diese Kraft stärker als die Anziehung?

Ines muss sich Klarheit verschaffen, und sie sieht sich gezwungen, mehr zu riskieren, die Sache aktiver anzugehen, vielleicht sogar dafür zu kämpfen. Abgesehen davon will sie diesen Mann, der ihr Schicksal sein wird, besser kennenlernen.

Als Frau Ebenbauer Ines die Tür öffnet, weiß sie sofort, wer vor ihr steht: der Grund für Alberts seltsame Veränderung und wahrscheinlich auch der Grund für sein baldiges Nicht-mehr-Dasein. Mila Ebenbauer ist sich bewusst, dass sie die beiden kaum wird aufhalten können, aber zumindest ihre Pension sollte dabei nicht in Flammen aufgehen. Darum stellt sie sich Ines in den Weg und fuchtelt abwehrend mit den Händen. »Er ist nicht da. Wenn ich es sage!«

»Aber sein Auto steht vor der Tür ... ich muss ihn unbedingt ...« Ines drängt die Pensionswirtin mit sanfter Gewalt den spärlich beleuchteten Gang entlang, blickt dabei von Tür zu Tür und wird plötzlich ungeniert laut. »Albert, ich muss dich sprechen! Und zwar sofort.«

Der Moment ist aber der denkbar ungünstigste. Denn Elli ist um die halbe Stunde, die Ines gebraucht hatte, um seine Adresse herauszufinden, schneller bei Albert eingetroffen und gerade dabei, ihn zu überzeugen, dass ihre beste Freundin in die Welt hinausgeschossen gehört.

»Wenn sie weg ist, bist du diesen Alptraum los. Du musst sie einfach für diese Reise begeistern ... das wäre zumindest ein Aufschub.«

Doch da dringt Ines' fordernde Stimme auch schon vom Gang her durch die Türritzen herein, und die beiden erschrecken heftig.

»Albert, ich weiß, dass du da bist! Mach die Tür auf. Ich komm dir auch sicher nicht zu nahe.«

Albert springt hinter seinem Arbeitstisch hervor, hält Elli den Mund zu, packt sie dabei auch noch ziemlich grob am Arm und schubst sie mit einem Blick, der ihr die Kehle abschnürt und ihren Stimmbändern nur noch ein krächzendes Flüstern gestattet, ins Badezimmer.

»Denk an deinen Sohn ... und an mich ... bitte ... und dass ich dich ...«

Er deutet ihr noch einmal zu schweigen, schließt die Tür und geht zum Arbeitstisch zurück.

Inzwischen hat Ines in der sonst so friedhofsruhigen Pension bereits einen veritablen Tumult erzeugt. Durch ihre Rufe neugierig geworden, kommen die meisten der anderen Pensionsgäste aus ihren Zimmern. Dadurch kann Ines noch besser einschätzen, welche der Türen zu Alberts Zimmer führt.

Trotz Frau Ebenbauers verstärktem, nun auch schon körperlichem Widerstand entschlüpft Ines und klopft so vehement auf das Holz der letzten Tür, dass spröder, alter Lack rieselt.

»Albert, ich muss mit dir reden, dringend.«

»Herr Albert, was soll ich denn nur machen?«, jammert Frau Ebenbauer durch die Tür. »Diese Dame hier ist so hartnäckig.«

Albert weiß eine Lösung. Die Handschellen klicken. Frau Ebenbauer fesselt Ines damit an den Wandverbau neben der Tür und Albert mit einem Strick an seinen Sessel. Als sie dabei seine Schultern berührt, diese männlich breiten, schafft sie den Knoten nicht, ohne dabei ziemlich verlegen zu kichern.

Ines schaut sich inzwischen in Alberts Bleibe um. Die Sonne scheint schräg ins Zimmer und beleuchtet die vielen drallen Frauenkörper, und diese wiederum werfen ihre erotischen Formen als Schattenspiele, beinahe wie in einer Orgie verschlungen, an die sonst kahlen Wände. Unerwartete Bilder, die Ines aus dem Konzept bringen und sie misstrauisch fragen lassen: »Lauter Frauen?« »Was sonst?«, antwortet Albert so gelassen wie möglich.

Frau Ebenbauer verlässt mit tiefen Sorgenfalten im plötzlich sehr alten Gesicht das Zimmer, drängt am Gang draußen die anderen Pensionsgäste, von denen einige bereits mit Feuerlöschern bewaffnet sind, von der Tür weg, um selbst daran zu lauschen. Dabei ist ihr die Brandgefahr lange nicht so wichtig wie der schreckliche Gedanke, dass Albert schon jetzt den Schritt ins Nichts mit dieser für ihn so völlig unpassenden Höhere-TochterGrazie tun könnte.

Auf der anderen Seite lauscht auch Elli mit überspannten Nerven an der Badezimmertür. Für den Fall der Fälle kramt sie in ihrer Handtasche nach der Damenpistole. Bin ich bereit, für diesen Mann sogar einen Mord zu begehen?, horcht sie in sich hinein. Die Antwort ist eine Gegenfrage: Würde Albert dann auch wirklich bei mir bleiben? Würde er ewig wütend sein oder einsehen, dass ich mich für ihn geopfert habe. Sogar für ihn ins Gefängnis ginge? Aber würde man heutzutage für eine solche Tat, die immerhin eines von zwei Leben rettet, überhaupt verurteilt werden? Viele theoretische Fragen – dann plötzlich eine sehr reale: Warum hört man nichts aus diesem Zimmer hinter der verdammten Tür?

Weil die beiden in stummen Betrachtungen versunken sind. Wobei Alberts Finger, während er Ines anlächelt, gedankenverloren über eine seiner Plastiken streichen – im Gegensatz zu den anderen, rundlichen, eher schwerfälligen Körpern eine sehr schlanke Figur in schwungvoll-tänzerischer Bewegung.

Ines errät die beabsichtigte Ähnlichkeit, und mit ästhetisch geschultem Auge erkennt sie auch, dass diese kleine Plastik offensichtlich Alberts beste Arbeit ist. Deshalb schweigt sie ebenfalls, erstaunt in die Betrachtung des kleinen Kunstwerkes vertieft.

Albert bemerkt Ines' bewundernden Blick und lässt seine Finger nun bewusst zärtlich über die Rundungen der Figur wandern. Seine Augen bleiben dabei herausfordernd auf Ines gerichtet. Sie errötet und kann ein Lächeln nicht verbergen. Doch die erotische Spannung, die dabei aufkommt, sollte nicht sein. Also versucht Ines zum Grund ihres Besuches zurückzufinden. »Wieso wohnst du hier?«

»Empfehlung von einem Produktionsleiter. Ist sehr bequem …«

»Und was war vorher? Das ist doch bestenfalls ein Provisorium. Niemand wohnt auf Dauer in einer Pension.«

»Ist das jetzt die Fragestunde? Bist du deswegen hier?«

Ines will mehr über Alberts Vergangenheit erfahren, bevor sie seinen Sohn zur Sprache bringen muss. »Auch …«, antwortet sie deshalb gedehnt.

Albert seufzt und entschließt sich für eine Kurzversion: »Okay, da war eine Frau, die war plötzlich schwanger. Heirat. Kind. Scheidung. Wohnung weg.«

»Klingt nicht nach der großen Liebe«, entschlüpft es Ines ungewollt.

Albert schüttelt nachdenklich den Kopf. »Sie hat meine Karrierepläne über den Haufen geworfen … ja, so eine Familie … während man sie hat, sieht man nur die Opfer …«

Ines richtet sich alarmiert auf. Diese Antwort hat doch einen Subtext, der ihr nicht geheuer ist. »Und jetzt?«, fragt sie ziemlich stimmlos, doch Albert starrt nur vor sich hin, um dann einfach das Thema zu wechseln. »Wie geht es deiner Mutter?«

»Schlecht.«

Wieder verfällt Albert in das schweigende Betrachten dieser einzigartigen Frau, dieser ätherischen Erscheinung, die doch nur eine Gestalt aus einem Traum sein kann, aus dem er in Kürze erwachen wird. Und diese Traumfrau ist mit Handschellen an seine Einrichtung gefesselt. Normalerweise würde seine Phantasie sofort Purzelbäume schlagen. Doch jetzt verbietet er sich diesen sehr anregenden Gedanken und die dadurch aufkommende Erektion. Zerstöre nicht diesen heiligen Moment, mahnt ihn eine noch nie gehörte innere Stimme. Hab ich das Wort *heilig* gedacht? Spinne ich? Albert kennt sich selbst nicht mehr. Was ist bloß mit mir los? Wird man in dieser Phase vor der Verschmelzung ein besserer Mensch? Der makellose Mann für die vollkommene Frau? Ist diese Bewusstseinsänderung ein Vorbote der Ganzheit in dieser Vereinigung? Gibt es da einen Kern, der zum Vorschein kommt und der nicht »unnützer Hurensohn« heißt?

Die Gefahr aus dem Badezimmer ist längst vergessen. Die unausgesprochene Verbundenheit ist stärker denn je. Alberts Beherrschung geht dem Ende zu. Seine Fessel zu lösen wäre ein Leichtes.

Auch Ines gerät wieder in das magische Band der Blicke. Sie hat das Gefühl, von diesem Mann erkannt zu werden. *Und er erkannte sein Weib* ..., ist das nicht dieser biblische Ausdruck für Sex haben, oder so? Verwirrt versucht Ines diesen Gedanken abzuschütteln. Sie blickt sich um und betrachtet die Gegenstände, die in bunter Unordnung hinter ihr auf den Brettern des Regals liegen. Dabei bemerkt sie das Foto eines kleinen, sehr schüchtern lächelnden Jungen. Sie nimmt es aus dem Wandverbau, betrachtet es mit zwiespältigen Gefühlen und stellt dann endlich die eigentliche Frage: »Dein Sohn!? Du meinst es gar nicht ernst. Du willst es nicht wirklich tun. Stimmt's?«

Albert schaut Ines forschend an. Woher weht denn dieser Wind so plötzlich? »Ich habe keinen Willen mehr ... aber du ... du hast vielleicht noch die Kraft. Die Sonne scheint ... dir ist klar, was du

alles versäumst … du könntest das nächste Flugzeug nehmen …«
Auf Ines' Gesicht macht sich Skepsis breit. »Flugzeug? Du auch?
Ich will kein Flugzeug nehmen!«

Albert scheint also wirklich noch nicht hundertprozentig entschlossen, schießt es Ines durch den Kopf. »Glaub mir: Wir werden nichts bereuen und nichts versäumen«, versucht sie so eindringlich wie möglich Überzeugungsarbeit zu leisten.

Albert antwortet nicht, was könnte er auch sagen. Diese Frau zu berühren, ist das einzig Wichtige in seinem nichtsnutzigen Leben.

Ines blickt aus dem Fenster in das Lichtspiel der Baumblätter und atmet ein paar Mal tief durch. Jetzt ist es Zeit, ihren Plan zu enthüllen. Sie wendet sich wieder Albert zu, und ihre Stimme bekommt einen euphorischen Klang. »Stell dir vor: Ein Sonnenuntergang, an einem ganz besonderen Ort. Nur wir beide, wir genießen die letzten Momente. Wir sind uns nahe. Wir kommen uns immer näher, berühren uns, und die Zeit steht still. Ein endloser Höhepunkt, eine ewige Umarmung …«

Albert betrachtet Ines fasziniert und beugt sich zu ihr vor, soweit es nur geht. Sie lächelt, denn sie ist sich nun sicher, dass es genau so kommen wird, dass Albert nicht mehr zurück kann. Auch für ihn ist die Anziehung zu groß, zu schicksalhaft. Ines kommt in die Gegenwart zurück, kramt in ihrer Tasche, zieht eine Landkarte hervor und wirft sie Albert zu. »Ich hab dir den Ort eingezeichnet. Es dauert nicht mehr lange.«

Ines klopft an die Zimmertür, während sie sich noch einmal eindringlich an Albert wendet. »Schwör mir, dass du keinen Rückzieher machst.«

Albert, der einen kurzen Blick auf die Karte geworfen hat, lächelt Ines nun bitter zu. »Natürlich schwöre ich. Das lasse ich mir doch nicht entgehen, selbst wenn der Höhepunkt nur eine Sekunde dauert.«

Frau Ebenbauer erscheint und entfesselt Ines, die nach einem letzten intensiven Blickwechsel rasch davongeht. Kaum ist sie fort, kommt Elli aus dem Badezimmer und schreit Albert zornig an: »Wolltest du nicht an deinen Sohn denken?

»Wozu? Das scheint ja plötzlich deine Aufgabe zu sein«, erwidert Albert, während er mit geschlossenen Augen Ines' Aura nachwirken lässt.

Frau Ebenbauer schließt so schnell sie nur kann die Zimmertür, läuft hinter Ines her, um sich zu überzeugen, dass diese nichts von Ellis Ausbruch mitbekommen hat und auch wirklich die Pension verlässt. Danach betritt sie wieder – ungefragt und ohne zu klopfen – Alberts Zimmer, beginnt stirnrunzelnd ihren Lieblingsgast zu entfesseln und späht dabei verstohlen auf die Landkarte, während Elli immer noch zornig um den Arbeitstisch herumschwirrt und Schimpfworte wie Rabenvater und grenzenloser Egoist ausstößt.

Albert hat sich zurückgelehnt. Eine Zeit lang schweigt er trotzig, dann fährt er Elli an: »Elli, brems dich ein. Wenn man mich als Bub gefragt hat, was ich werden will, hab ich gesagt: Vollwaise! Dem Pauli geht's sicher genauso.«

Elli und Frau Ebenbauer erstarren einen Moment in ihren Bewegungen, wie künstliche Figuren bei Stromausfall, dann tauschen die beiden einen verschwörerischen Blick.

23   Die Ruhe vor dem Sturm

Auch Petra ist noch nicht geneigt, kampflos auf Albert beziehungsweise sein Kameraauge zu verzichten, und sucht nach einer Strategie, um ihn umzustimmen. Sein herziger kleiner Assistent fällt ihr ein. Der weiß sicher, wie man seinen Ex-Chef doch noch überreden könnte. Bei nächster Gelegenheit passt sie Ossi vor dem TV-Sender ab und gratuliert ihm erst einmal in ihrer überschwänglichen Art zu seinem Aufstieg. Was er etwas verwundert zur Kenntnis nimmt. Doch dann wird es für ihn noch verwunderlicher.

»Sag mal«, kommt Petra zur Sache, »was ist denn mit deinem Chef, deinem früheren Chef, meine ich, los? Tickt der nicht mehr ganz richtig. Hat der ein Burnout? Ist er depressiv?«

Ossi bleibt stehen und blickt sie fragend an. »Weil er beim Weber gekündigt hat? Das war doch schon längst fällig. Bei dem bleibe ich auch nicht länger als …«

»Doch nicht deswegen. Da bin ich ganz deiner Meinung. Der gehört in die Sendung für die Blinden. Nein! Höre und staune: Ich hab ihm den Job seines Lebens angeboten, und der … der Wahnsinnige erklärt mir, er braucht keinen Job mehr, er ist nicht mehr zu retten …«

Ossi starrt zu Boden, will etwas sagen, bringt aber keinen Ton heraus. Oje, denkt Petra, hoffentlich glaubt er jetzt nicht, ich will als Nächstes ihm den Job anbieten. Doch seine Reaktion ist eine ganz andere.

Als er wieder aufblickt, sind seine Augen voller Tränen. »Dann macht er es wirklich«, entfährt es ihm, und seine Knie werden weich.

Petra schaltet schnell. Das läuft auf eine Verglühung hinaus! »Weißt du mit wem. Mit wem er es machen will?«

»Ich hab sie einmal ... zweimal gesehen, so eine wunderschöne «

»Geh, bitte, ehrlich!«, schnaubt Petra. »Das will doch niemand wirklich. Sicher kannst du ...«

»Ich kann gar nichts. Ich hab's ja versucht. Aber wenn er schon so weit ist ...«, schluchzt Ossi, und Petra kann nicht anders, als ihn mütterlich zu umarmen und aufmunternd zu tätscheln.

Nur langsam beruhigt sich Ossi wieder und ihm wird klar, dass er sich in den Armen einer Frau befindet. Mit leichter Röte im Gesicht verspricht er Petra, nach Alberts Anti-Frau zu suchen und sie dabei auf dem Laufenden zu halten.

Ines ist glücklich. Jetzt kann sie noch einmal all das tun, was ihr Freude bereitet, und sie wird sich von nichts und niemandem daran hindern lassen. Sie setzt sich an den Rand des Hochstrahlbrunnens, lässt die Füße ins Wasser hängen und betrachtet die Schönheit des weiß glitzernden Lichtspiels mit dem zarten Nebel in Regenbogenfarben. Dabei löffelt sie Eis aus einem Riesenbecher. Aus dem leeren Topf formt sie ein Boot, setzt es aufs Wasser und bringt es mit einem zarten Schubs in Fahrt. Nachdem sie ihrem Traumschiff eine Weile versonnen nachgeschaut hat, schwingt sie sich plötzlich über den Brunnenrand, watet bis zur Mitte und badet vor den Augen erstaunter Touristen im Sprühregen der Fontäne.

Albert geht es nicht so gut. Er sitzt vor dem Fernsehgerät und betrachtet Familienvideos. Diese kleine, zerbrechliche Gestalt, der es kaum gelingt, die paar Kerzen auf einer Torte auf einmal auszublasen, soll nun wirklich ohne Vater aufwachsen. Und was würde Albert eigentlich daran hindern, ein guter Vater zu werden? Auch wenn dieser Sohn nicht seinem Idealbild eines Jungen entspricht, er könnte doch noch lernen, auf das Kind einzugehen. Angeblich ist er brillant in Mathematik, kann logisch denken und hat sicher auch noch andere Talente, die zu entdecken sich lohnen würde. Wird Christiane oder ein fremder Mann an ihrer Seite dazu in der Lage sein?

In diesem Moment winkt Pauli Albert mit schüchternem Lächeln aus dem Bildschirm zu. Wie zum Abschied. Weiß der Junge etwa schon Bescheid? Wird er es verkraften?

Albert steigen Tränen in die Augen. Nur jetzt keine Rührung aufkommen lassen. Er atmet tief durch, schaltet das Video aus und zappt durch die Fernsehkanäle:

»… das organisierte Verbrechen hat in manchen Städten bereits die Hälfte der Häuser widerrechtlich in Besitz genommen …«

Zapp: »… ohne richtige Anfeuerung können die Spiele nicht mehr das sein, was sie einmal waren, auch wenn die wenigen eisernen Fußballfans …«

Das Telefon läutet. Albert zappt weiter. »… das Aufsuchen derart vieler Erben ist nicht mehr zu bewältigen. Die Notare fordern deshalb die Verlosung von leer stehenden …« Albert schaltet den Fernsehapparat aus und hebt ab. »Ja?«

Während er Christiane antwortet, schüttelt er genervt den Kopf: »Blödsinn. Wer hat dir denn das erzählt? Nein, wirklich nicht. Ich hole Pauli wie üblich … ich schwör's dir … also dann …«

Albert schaltet ab und starrt vor sich hin. Das ging ja schnell. Jetzt ist er also umzingelt von Weibern, die ihn von der letzten großen Entscheidung abhalten wollen! Wird die Welt oder die Anziehung letztlich siegen? Und was, wenn sie Ines etwas antun? Immerhin hat Elli es schon einmal versucht. Hätte sie es damals wirklich getan? Würde sie es jetzt …?

Albert greift erneut nach dem Mobiltelefon, doch wie könnte er Ines erklären, warum ihre beste Freundin womöglich eine ernste Gefahr für sie darstellt?

Ines ist ahnungslos. In ihrem Testament ist Elli sogar als Alleinerbin eingetragen. Nur die wertvolle Stainer-Geige vermacht sie der Musikhochschule. Junge Talente sollen darauf spielen.

Ihre restlichen Tage vergehen mit Besuchen am Sterbebett ihrer Mutter und damit, letzte Eindrücke von dieser Welt zu sammeln, einer Welt, die sie nicht mehr bereisen würde.

Sie schlendert durch die menschenleere Abteilung für Indische Kunst im Museum für Völkerkunde und vertieft sich in die Götterwelt der Hindus. Shiva, der Gott der Fruchtbarkeit, tanzt in seinem kosmischen Tanz die Welt herbei und steht gleichzeitig für Zerstörung und Tod. Seine blutrünstige Gemahlin, die Schwarze Kali, zeigt Ines die Zunge, während sie mit ihren vielen Armen Totenschädel wie Tennisbälle jongliert. Sie tanzt auf dem Körper ihres leblosen Mannes und steht für Wildheit und Unabhängigkeit, obwohl sie auch als Urmutter verehrt wird. Alles ist Maya, die Welt ist eine Illusion.

Ja, hoffentlich, denkt Ines, aber wie ist diese Illusion zu durchschauen? Und was ist die wirkliche Wirklichkeit? Und Ihr Blick wird festgehalten von den in Stein gehauenen Figuren eines TempelFrieses. Männer und Frauen – Shiva und Kali – beim Geschlechtsverkehr in den seltsamsten, aber auch anmutigsten Stellungen. Tantra! Auch hier geht es um das Ineinanderverschmelzen, das Einswerden. Der tantrische Orgasmus soll kein Höhepunkt durch Erregung sein, sondern ein tiefes Tal der ultimativen Entspannung und gemeinsamen Erleuchtung. Wird es so sein? Mit ihm? Wird es ihnen gelingen, dies bewusst zu erleben? Werden sie die Chymische Hochzeit feiern?

Im entrückten Lächeln eines Buddhas scheint die Antwort zu liegen. Wie in Trance übersteigt Ines die Absperrung und setzt sich im Lotossitz auf den Schoß der Statue. Langsam wird ihr Atem ruhig und gleichmäßig, wie Meereswellen bei leichtem Seegang. Und plötzlich fühlt sie eine Stille und Ruhe in sich wie noch nie zuvor.

Diese Stille betrifft nicht nur Ines, sie hat auch eine weltweite Dimension. Die Kontinente und Meere des Planeten Erde und seines Antikörpers haben Deckungsgleichheit erlangt. Die Magnetfelder rasten in ihre Gegenpole ein, die Drehbewegungen der dunkelrot schimmernden Anti-Erde mit dem blauen Planeten synchronisieren sich.

Ein relativer Stillstand ist eingetreten. Eine kosmische Ruhe.

Ossi hat nur einen Anhaltspunkt, wo er Ines finden könnte: das Krankenhaus. Doch er weiß weder ihren Namen noch die Abteilung, in der sie arbeitet. Als er die Eingangshalle betritt und das Chaos registriert, das die Verglühungen hinterlassen haben, sinkt seine Erwartung, hier etwas über diese Phantomfrau zu erfahren, auf ein Minimum. Dennoch umrundet er die verbrannten oder umgefallenen Sperren und den vergitterten Infostand mit dem abweisend blickenden Portier, findet die Liftanlage und das richtige Stockwerk, in dem sie den verkohlten Klumpen gefilmt hatten. Aber wohin war *SIE* damals verschwunden? Den Gang entlang, und dann? Eine weitere Stiege am Ende des Ganges führt einen Stock höher. Hier befindet sich die Rehabilitationsabteilung mit den weitläufigen Räumen der Physiotherapie.

Ossi ist schwer enttäuscht: Hierher gehört diese Frau sicher nicht. Die ist keine Masseurin oder so etwas Ähnliches. Die hat sicher studiert, ist mindestens Oberärztin. Und was würde ich ihr eigentlich sagen, wenn ich sie finden könnte?

Ratlos sieht Ossi sich um, da fällt sein Blick durch die offene Tür des leeren Warteraums auf einen Glaskobel. Darin starrt eine Therapeutin auf eine wenig beschriebene Termintafel. Als sie sich umwendet, um ein Telefonat anzunehmen, wird Ossi stutzig. Diese Vollbusige kommt ihm irgendwie bekannt vor. Und während er sein Hirn zermartert, fällt auch Ellis Blick auf den jungen Mann, der vom Gang aus zu ihr hereinlugt.

Die beiden blicken sich einen Moment lang an, dann macht sich Ossi aus dem Staub, in der sicheren Überzeugung, dass die Phantomfrau nicht hierhergehören kann.

Auch Elli hält einen Moment lang inne. Woher kenne ich dieses Bubengesicht?, denkt sie. Keiner der beiden erinnert sich an die Begegnung in der *Now Or Never*-Disco. Keinem der beiden wird bewusst, seinen besten Verbündeten nicht erkannt zu haben.

Hätte diese Begegnung den Lauf der Geschichte noch verändern können?

Als Ossi das Krankenhaus verlässt, hat er die gleiche Idee wie Wochen zuvor sein Ex-Chef. Er platziert sich beim Würstelstand, und während er auf sein Hotdog wartet, irritiert auch ihn das unangenehme Geräusch des Gelsengrills.

Ein kleiner Mann im grauen Regenmantel, mit unzähligen Blessuren, blutigen Verbänden und einem schneeweißen Gipsarm, folgt dem verstörten Blick des jungen Mannes zu dem Killerinstrument, in dem unzählige Insekten im Todeskampf zappeln, und spricht ihn an: »Nein, nein, nein. So ist es nicht! So wird es nicht sein«, beschwört der Prediger Ossi. »Glaub mir, das Verglühen ist etwas ganz anderes. Fürchte es nicht, umarme die Menschen. Hol dir den Lebensfunken aus den Frühnebeln der Welt und entschwinde mit deiner Anti in die Fünfte Dimension!«

Ossi runzelt die Stirn: »Was glauben denn Sie, was die Fünfte Dimension ist? Dorthin entschwindet man nicht. Das ist doch ein rein theoretischer Begriff. Möglicherweise eine unzugängliche Einlagerung im gekrümmten Raum-Zeit-Kontinuum!«

»Nenn es, wie du willst. Fakt ist: Man hebt durch das Verglühen die Welt auf ein höheres Schwingungsniveau. Dann werdet ihr untoten Kreaturen zu wahrem Leben erweckt. Glaube mir! Und eines Tages werden es genug sein!«

»Schwingungen sind physikalische Größen. Menschen sind biologisch«, beginnt Ossi zu dozieren. »Ja, es gibt auch in unserem Körper Schwingungen – rein physikalisch gesehen. Gehirnströme erzeugen zum Beispiel …«

»Du bist ja ein ganz besonders G'scheiter!« Der Alte grinst ihm offen ins Gesicht.

Ossi wird leicht verlegen: »Naja, ich kenne mich ein bisschen aus. Mein Onkel …«

Wieder unterbricht ihn der Prediger: »Dann finde doch die Schnittstelle zwischen deiner toten Physik, deiner toten Mathematik und der Bio-Logik, dem Logos, dem Lebensfunken, oder wie du es nennen willst, mein Lieber. Vielleicht irgendwo, gleich nach dem Urknall, als die Gegensätze in die Welt gepustet wurden?!«

Ossi ist verunsichert, aber auch sehr interessiert. »Meinen Sie eine vereinheitlichte Theorie, die noch weiter geht als die Vereinheitlichung von Relativitäts- und Quanten- …?«

Gerne hätte er weiterdiskutiert, doch der Alte schnappt seinen buntbehängten Kinderroller und fährt los. »Scheiß auf Theorien! Du wirst es erfahren!«, ruft er noch. »Wir alle werden sehend und wissend werden!«

Der Typ hat nicht unrecht, denkt Ossi. Was da in der Welt geschieht, deutet darauf hin, dass sich die Wissenschaft auf ein grundlegend neues Paradigma einlassen wird müssen. Wir Menschen können uns aus der Welt nicht mehr heraushalten, das sagt schon die Heisenbergsche Unbestimmtheitsrelation. Wir sind nicht nur die Beobachter, wir sind mitten drin. Wir sind die, die … die? Ja, was eigentlich?

Nur mehr halb bewusst nimmt Ossi wahr, dass die Vollbusige am Eingang des Krankenhauses einen sportlich-eleganten Mann abfängt und eindringlich auf ihn einredet. Auch ihn hat Ossi schon einmal gesehen. Er war anwesend, als sie hier gedreht haben. Und auch er hätte ihm die richtigen Infos geben können, wenn Ossi mit seinen Gedanken nicht bei der inflationären Expansion Sekundenbruchteile nach dem Urknall verweilen würde. Es kommt nicht aus der Fünften Dimension, schießt es ihm durch den Kopf. Das Wissen, von dem der Alte gesprochen hat, muss die Grundlage sein. Es kommt *vor* der Materie – es muss die Nullte Dimension sein!

Plötzlich ist Ossi klar, warum sein Onkel die Bibel so inspirierend findet: *Im Anfang war das Wort*, der Logos, die Information! Aus ihr entsteht die Energie, und die verdichtet sich zu Materie. Die Welt ist … verdichtetes Wort. Die Menschen sind die Vielzahl der Wörter! Oder vielleicht jeder Einzelne eine Primzahl … unteilbar – unzerstörbar … jeder eine einzigartige Schwingung? Das ginge dann Richtung Stringtheorie! Aber die ist ja nicht bewiesen! Und wenn, dann müsste es auch weitere Dimensionen geben, weit mehr als nur die Fünfte …

Ossi wird Petra keine Neuigkeiten über die Phantomfrau liefern können, aber er ist sich sicher, dass sie sein Gespräch mit dem seltsamen Alten und seine Schlüsse daraus auch interessieren werden.

24   Der Tag X

Blaue Dämmerung liegt über dem Krankenzimmer von Ines'
Mutter. Ihr Gesicht hebt sich weiß, spitz und wächsern vom Polster
ab. Eine Krankenschwester kontrolliert routiniert den
Sterbevorgang. Sie horcht auf den röchelnden Atem, misst den Puls
und wischt der Sterbenden den Schweiß von der Stirn. Da kommt
doch noch ein kleiner Rest Leben in den Körper zurück, und Isolde
fragt kaum hörbar nach ihrer Tochter.

Ines' Gedanken sind jedoch nicht bei ihrer sterbenden Mutter,
sondern bei all den Menschen, die die Erfahrung der Vereinigung
bereits hinter sich haben. Auf dem Weg ins Krankenhaus betritt sie
eine Kirche. Zum Gedenken an die Verglühten wurden hier Säulen,
Wände und sogar Teile der Altäre mit vielen hundert Porträtfotos
behängt. Ines betrachtet die einzelnen Gesichter mit großem
Interesse. Sind in den Zügen der Verschwundenen gemeinsame
Merkmale, irgendwelche Besonderheiten zu finden? Werden
schließlich alle Menschen verglühen, oder sind einige immun?

Ines nimmt zwei Opferkerzen, zündet sie an und führt sie
langsam zusammen, bis sich die beiden Flammen berühren und das
Wachs ineinander verschmilzt. Wird es wirklich die ewige
Vereinigung sein? Oder wird uns die Hitze einfach auslöschen? Das
kleine Kerzenexperiment kann ihre Frage nicht beantworten, doch
die Flamme beleuchtet – wie um Ines in die Gegenwart
zurückzuholen – ein Gerippe in schwarzem Umhang, mit einer
Sense in der Knochenhand. Ines erschrickt, bläst die Kerzen aus
und eilt so schnell sie kann zum Krankenhaus.

Als sie atemlos die Tür zum Sterbezimmer aufreißt, findet sie
Isolde Tiefenbach starr und regungslos im Bett liegen. Die Stille
und das Gefühl, zu spät gekommen zu sein, dröhnt Ines in den
Ohren, sticht ihr ins Herz. Ihre Augen füllen sich mit Tränen, als sie

langsam auf die bleiche Gestalt zugeht und ihre Hand berührt. Da öffnet die Mutter doch noch die Augen und lächelt wehmütig.

»Ines, wir werden uns wiedersehen, gell?«

Ines fällt ein Stein vom Herzen. Sie nickt zuversichtlich. »Natürlich werden wir …«, sagt sie leise und streicht der Mutter zart über die Stirn. Der Blick der Sterbenden ist bereits in die Ferne gerichtet und ihr Atem wird immer schwächer.

Ist das das Ende?

Doch plötzlich huscht über die leblosen Züge ein Anflug von Trotz. »Ja«, presst sie hervor, »sag es ihm, sag ihm, dass wir uns wiedersehen, und dann lass ich ihn nie mehr … los …« Und damit lässt Isolde Tiefenbach sich selbst los.

Das waren ihre letzten Worte?! Ines blickt die Mutter ratlos und enttäuscht an, während ihr langsam die Tränen über die Wangen rinnen.

»Jetzt ist es so weit. Heute. Sonnenuntergang«, sagt Ines mit fester Stimme ins Telefon und horcht mit angehaltenem Atem auf die Antwort am anderen Ende der Leitung. Die letzten Tage, das bombastische Begräbnis, all die nervigen Formalitäten waren schwer zu ertragen. Immer wieder trieb die finale Lieblosigkeit und Verbohrtheit ihrer Mutter Ines die Tränen in die Augen.

Und dann auch noch das Versteckspiel mit aufdringlichen Journalisten und der ebenso aufdringlichen Freundin, die plötzlich keinen Schritt mehr von ihrer Seite gewichen ist. Sogar über Nacht wollte Elli bei ihr bleiben. Was ist bloß in sie gefahren? War sie denn wirklich so besorgt? Oder gab es da noch ein anderes Interesse? Wie auch immer: Ein Weiterexistieren in dieser chaotischen Welt ist für Ines undenkbar geworden.

Nach einem Schockmoment hat Albert die Tragweite von Ines' knapper Mitteilung begriffen. Er muss nur Ja sagen, die Landkarte einstecken und losfahren. Und Albert kann gar nicht anders, als Ja zu sagen. Zu viel Zeit ist seit ihrem letzten Treffen vergangen. Er sehnt sich so sehr nach dieser Frau, dass ihm kein Preis zu hoch erscheint – oder eher, dass er gar nicht weiter denkt als bis zu dem Moment der Begegnung.

Als Albert sein Handy abschaltet, bemerkt er die gespenstische Stille, die sich nicht nur in seinen vier Wänden, sondern auch im Haus und auf der Straße breitgemacht hat. Ist das schon ein Anzeichen seines Rückzugs aus dieser Welt? Albert steht einen Moment lang unschlüssig herum.

Ein letztes Mal betrachtet er seine kleinen Werke. Ja, diese Bronzefrauen, die sind stabil, die werden ihn überleben. Er nimmt eine Feile und bearbeitet noch kurz seine letzte, diese wunderbar grazile Figur. Dabei taucht der Gedanke auf, sie mitzunehmen, als Zeichen ... als Symbol ... als Grabstein?

Er reißt sich los, stellt die Skulptur zu den anderen, nimmt einige Briefe, Sparbücher und Dokumente aus einer Lade und legt sie gut sichtbar auf das Bett. Dann holt er noch sein Spezialmesser aus der Hosentasche und legt es dazu. Nach einer kurzen Überlegung, ob er nicht doch noch ein paar Telefonate tätigen sollte, wirft Albert das Handy zu den anderen Sachen, nimmt die Autoschlüssel vom Tisch und verlässt sein Zimmer.

Draußen, auf dem Gang, ist es dann doch nicht so leblos, wie es die Stille nach dem Telefonat Albert glauben machen wollte. So muss er nun an Frau Ebenbauer vorbei und kann nicht umhin, ihr steif, aber doch sehr bewegt die Hand zu drücken. Herrn Petkov, der gerade mit seinem Tee vorbeikommt, klopft er freundlich unbeholfen auf die Schulter. Dann beschleunigt er seine Schritte, als ob er plötzlich auf der Flucht wäre, und schlägt rasch die Eingangstür hinter sich zu.

Frau Ebenbauer schüttelt überrascht den Kopf, dann dämmert ihr ein furchtbarer Verdacht. Sie eilt zu Alberts Zimmer, reißt die Tür auf, erspäht den Nachlass auf der Bettdecke und kann einen spitzen Schrei nicht unterdrücken. Nachdem sie den Schock überwunden hat, weiß Frau Ebenbauer wieder genau, was zu tun ist. Sie bahnt sich einen Weg durch die Pensionsgäste, die ihr Schrei aus den Zimmern gelockt hat, greift energisch zum Telefonhörer und wählt so rasch es ihre zittrigen Finger erlauben eine Nummer, die sie von einer Visitenkarte abliest.

Als die ältliche Frauenstimme am Telefon an Ellis Ohr dringt, ist auch sie einen Moment lang starr vor Schreck. »Verdammt! Jetzt schon? So plötzlich?«, presst sie heraus. »Ich danke Ihnen, und halten Sie uns die Daumen.«

Sie knallt den Hörer auf die Gabel und wählt sofort die Nummer von Peter Nemec. Schon vor Tagen hat sie ihn über Ines' Absicht unterrichtet, mit diesem Kameramann – inzwischen ja auch sein Feindbild – zu verschmelzen, und ihn beschworen, ihr dabei zu helfen, ihre Freundin doch noch einmal, ein letztes, endgültiges Mal zu retten. Die Gründe, warum er – nach einigem Bedenken – eingewilligt hat, bleiben selbst für Peter unklar. Kann es sein, dass er ein guter Mensch ohne egoistische Absichten sein möchte?

Als Peter Nemec die Nachricht hört, springt er erschrocken auf und ist gleichzeitig über seine eigene Reaktion erstaunt. »Scheiße! Jetzt schon?«, entfährt es ihm so laut, dass seine Assistentin verwundert vom Computer aufschaut.

Es ist also wirklich so weit. Ines sitzt in einem fast leeren Waggon der regionalen Schnellbahn. Neben ihr steht ein Plastiksack, aus dem eine Weinflasche ragt. Vor den Fenstern ziehen traurige

Vororte mit verkohlten Hausruinen und schwarzen Baumgerippen vorbei, danach schieben sich einige Kleingarten-Glückseligkeiten in den Blick, die mit ihren enorm erhöhten Drahtzäunen eher Käfigen gleichen, um schließlich entspannenden, vom Phänomen weitgehend verschont gebliebenen Landschaften Platz zu machen.

Ines starrt aus dem Fenster und kaut dabei an einem Kugelschreiber, denn sie ist eigentlich damit beschäftigt, einen Brief zu schreiben. Einen Abschiedsbrief an Elli, der ihr nicht leichtfällt, da sie sich ihrer Gefühle für diese Freundin – oder doch eher nur Kollegin? – nicht mehr sicher ist. Irgendetwas stimmt doch zwischen ihnen schon die längste Zeit nicht mehr.

Ines wird bewusst, dass sie Ellis seltsames Verhalten in den letzten Monaten niemals mehr ergründen wird. Einerlei, ein kleiner Abschiedsbrief ist höflich und schafft Klarheit. Die Wahrheit ist zumutbar – Ungewissheit ist beschissen. So etwas würde sie nicht einmal einer Feindin antun. Also los.

Ines schaut auf das Papier vor sich und liest zum x-ten Mal: »Liebe Elli, es tut mir leid, dass ich dich enttäusche, obwohl du dir so viel Mühe gegeben hast, den Mann, der dein Ärgernis, aber mein Schicksal ist, von mir fernzuhalten …« Und mit viel gutem Willen kommen doch noch ein paar nette Zeilen zustande.

Albert sitzt inzwischen hinter dem Steuer seines Wagens und fährt in einer Kolonne Richtung Stadtrand. In den Autos neben ihm scheint die Welt noch in Ordnung zu sein. Er sieht lachende Menschen, geschäftig Telefonierende, genüsslich Rauchende, vorwitzig winkende Kinder und sogar ein Paar, das an jeder Ampel Zeit für einen Kuss findet. Mit diesen Augen hat Albert das Leben um sich herum noch nie betrachtet. Tausend schöne, ergreifende Kleinigkeiten, lauter sympathische Menschen – jeder für sich ein

Einzelstück, ein Gesamtkunstwerk. Und mit der Allerschönsten wird er in Kürze … wird er was? Wird er das Unvorstellbare tun!

Albert drückt aufs Gaspedal, hupt grundlos, fährt rücksichtslos. Er wird es so durchziehen, wie er es Pauli erklärt hat: je größer die Angst, umso rascher genau das tun, wovor man sich fürchtet. Und eigentlich fürchtet er sich nicht! Er fährt doch dem ewigen Höhepunkt entgegen.

Auch Elli und Peter Nemec haben sich in Bewegung gesetzt. Sie eilen in der Tiefgarage auf Peters Limousine zu. Die Sicherheitsgurte klicken, das Tor öffnet sich leise surrend, und die Nachmittagssonne weist warnend auf ihren baldigen Untergang hin. Dabei bemerkt Elli, trotz der ganzen Aufregung, wie gut die Echtledersitze riechen, wie freundlich sich die Polsterung an den Körper schmiegt, wie anders sich dieses höherklassige Fahrgefühl zur üblichen Autofahrerei verhält.

Peter merkt von derlei Dingen nichts mehr, er ist durch die Gewohnheit an Luxus längst abgestumpft. Was ihm nicht aus dem Sinn geht, ist die Frage, warum er sich ein weiteres Mal von Elli überreden hat lassen. Will er vielleicht nur diesem anderen Mann eins auswischen? Die Antwort ist: Nein. Das ist der doch gar nicht wert. Dann kann es nur Ines sein, die ihm so wichtig ist. Jetzt noch? Oder ist ihm Elli eine so besonders gute Freundin geworden? Ein unangenehmes Gefühl beschleicht Peter: Sind die beiden Frauen am Ende alles, was ihm in dieser schrecklichen Zeit an sozialen Kontakten noch geblieben ist? Sind seine Berührungsängste wirklich so groß geworden? Um sich nicht vor sich selbst zu schämen, beschließt er, aus echtem Mitgefühl zu handeln.

Ines liest den Brief an Elli noch einmal durch und wischt sich dabei eine Träne aus dem Augenwinkel. Das ist jetzt aber doch ein bisschen rührselig geworden, denkt sie dabei.

»Danke für deine wunderbare Freundschaft. Wir sehen uns wieder, in der Fünften Dimension.«

Ob Elli eine solche Zukunftsaussicht überhaupt goutiert? Als Ines aufschaut, sitzt ein struppiger Hund vor ihr, blickt sie mit traurigen Augen an und legt eine Pfote auf ihr Knie. »Jetzt werd' nicht du auch noch sentimental, ist doch bloß Menschenkram«, flüstert Ines, krault dem freundlichen Begleiter den Kopf und kann wieder lächeln.

Albert hat ebenfalls die Stadt bereits verlassen, rast auf einer Landstraße viel zu schnell dahin und trommelt dabei nervös mit den Fingern auf das Lenkrad. Wäre es nicht besser, zumindest weniger egoistisch, sich hier und jetzt um einen Baum zu wickeln und damit die schönste aller Frauen vor dem Untergang zu bewahren?, schießt es ihm durch den Kopf. Aber sie will es doch auch!, schreit eine Gegenstimme sofort sehr laut. Und außerdem kann Albert den Gedanken nicht ertragen, dass sie dann mit einem anderen …

Die Schnellbahn hält in einem winzigen Ort neben einem zwergenhaften Bahnhofsgebäude. Ines steigt als Einzige aus und blickt sich suchend um. Unter dem von gusseisernen Säulen getragenen Vordach entdeckt sie einen alten Postkasten, der gerade noch Halt an einer morschen Holzplanke findet. Nach einigem Zögern wirft sie den Brief ein, wendet sich entschlossen ab und geht quer über die Gleise auf einen bewaldeten Hügel zu.

Während Nemec' Wagen dahingleitet, versucht Elli den Straßen- und Wanderwegkarten die richtigen Informationen zu entlocken.

Sie hat diese exakt nach den Angaben von Frau Ebenbauer besorgt und den Zielort genauestens eingezeichnet. Kartenlesen ist jedoch nicht so ganz ihr Ding. Bei einem Ortsschild muss Nemec scharf abbremsen, denn dieses Dorf sollte eigentlich ganz woanders sein. Der Wagen wendet mit quietschenden Reifen, während sein Fahrer bereut, dass er sich bis zum heutigen Tag gegen ein Navigationsgerät gewehrt hat.

Albert weiß zwar, großräumig gesehen, wo sein Ziel liegt. Doch ab dem Ende der asphaltierten Straße muss auch er immer wieder auf die Wanderkarte von Ines blicken. Und während der Waldweg immer holpriger wird, ist er nicht ganz sicher, ob er den richtigen Weg gewählt hat.

Nur Ines hat das Ziel bereits erreicht, sitzt im Gras auf ihrem Aussichtsplatz, hoch über den Windungen eines in der Spätnachmittagssonne glitzernden Flusses, versucht den Anblick in sich aufzusaugen und ein letztes Mal so richtig zu genießen. Doch bald wird sie nervös, schaut immer wieder auf die Uhr und in die Richtung, aus der Albert kommen müsste.

Und dieser ist gar nicht mehr weit, jedenfalls räumlich gesehen. Er hat Ines' geheimes Zeichen, ein goldenes Band am Ast eines Baumes, bereits gefunden, sein Auto auch schon geparkt, doch die Tür noch nicht geöffnet. Er sitzt da, umklammert das Lenkrad und starrt vor sich hin. Zweimal hat er den Schlüssel bereits abgezogen und dann doch wieder ins Zündschloss gesteckt.

Das ist Selbstmord, was du da vorhast!, schreit eine kritische innere Stimme. Ist sie das wirklich wert? Eine andere Stimme brüllt zurück: Ja, sie ist es tausendmal wert. Und außerdem bin ich kein Feigling! Wenn sie sich traut, dann traue ich mich allemal!

Endlich hört Ines das leise Knacken von Zweigen, dann Schritte und schließlich ein verhaltenes »Hallo«. Albert betritt die Lichtung und schlendert im Bogen um Ines herum, nahe an den Abgrund heran. Er blickt schweigend auf die herrliche, vom roten Schein des Abendlichts verzauberte Landschaft, dann wendet er sich Ines zu und versucht zu lächeln.

»Wirklich wunderschön hier. Was will man mehr?«

Ines zieht die Weinflasche aus dem Plastiksack und hält sie hoch. »Einen Öffner, hast du zufällig einen dabei?«

Albert nickt und kramt in seiner Hosentasche, erinnert sich dann aber, dass er sein Superallzweckmesser für Pauli zurückgelassen hat, und schüttelt den Kopf. Ines will jedoch nicht gleich aufgeben. »Dann müssen wir den Korken hineinstoßen.«

Sie steht auf und sucht hektisch nach einem geeigneten Zweig.

Die Sonne steht schon sehr niedrig und brennt auf die Windschutzscheibe der Limousine, die langsam über einen steinigen Traktorweg holpert. Durch die Blendung kann Peter kaum die Schlaglöcher erkennen, und Elli tut sich noch schwerer, in der Karte zu lesen. Der Weg windet sich auf einen Wald zu, und bald wird der Wagen von einem Blättermund verschluckt. »Jetzt kann es nicht mehr weit sein«, versucht Elli sich selbst und Peter Nemec zu beruhigen.

Inzwischen hat Ines einige Zweige abgebrochen, bis sie das geeignete Werkzeug gefunden hat. Albert beobachtet sie dabei und ist nun im Gegensatz zu ihr viel ruhiger und gelassener. Ines zieht sich ein wenig zurück, um ihm das Öffnen zu überlassen. Er versucht sein Bestes, den Korken mit Hilfe des Zweiges in die Flasche zu stoßen, doch da rührt sich nichts.

»Ich glaube, das müssen wir lassen.«

»Einen Abschiedsschluck haben wir uns aber verdient. Dann eben mit Gewalt.«

Albert stellt die Flasche ab. Ines nimmt sie wieder, schaut sich nach einer geeigneten Felskante um und schlägt der Flasche den Hals ab. Dabei schwappt das meiste heraus, und die scharfen Glaszacken des Randes machen das Trinken schwierig bis unmöglich. Ines erkennt die Sinnlosigkeit ihrer Bemühungen, und mit einem Achselzucken leert sie den restlichen Wein in einem großen Bogen auf die Wiese, als wäre dies eine besondere Zeremonie.

Albert beobachtet sie lächelnd, bis sie wieder zu ihm blickt und ebenfalls zu lächeln beginnt. Eine Zeit lang schauen die beiden einander in die Augen, bevor sie sich schweigend Richtung Westen wenden, um der immer röter werdenden und immer schneller versinkenden Kugel nachzublicken.

Bald wird die Sonne endgültig weg sein. Und mit ihr auch das Leben dieser beiden Menschen.

Albert reißt sich als Erster von dem bewegenden Anblick los und wendet sich Ines zu. »Tun wir es einfach. Jetzt.«

Langsam, Schritt für Schritt nähern sich ihre Körper. Schon strecken sie zögernd die Arme zueinander hin. Schon setzen alle Geräusche aus, kein Zwitschern mehr, kein Blätterrascheln, während der letzte Sonnenstrahl hinter den Hügeln verschwindet – einen Moment lang herrscht Totenstille.

Gequältes Aufheulen des Motors, sirrendes Durchdrehen der Räder, lautstarke Flüche: Peter Nemec' Wagen steckt in einer Senke des Waldweges hoffnungslos im Schlamm fest. Elli ruiniert zuerst ihre Schuhe und dann auch noch ihr Kleid, als sie verzweifelt versucht, nicht nur sprichwörtlich, sondern auch tatsächlich den Karren aus dem Dreck zu schieben. Schließlich stellt Nemec den

Motor ab, steigt aus und blickt sich suchend und fluchend um. »Verdammter Scheibenkleister, verdammter!«

Als er sich wieder gefasst hat, legt er sein Jackett auf den Rücksitz und versucht geeignete Äste unter die Räder zu schieben, wobei ihn Elli, bereits völlig erschöpft, nur noch mit dem Schein ihrer Handy-Taschenlampe unterstützen kann.

»Haben Leute wie du nicht normalerweise einen dicken Geländewagen mit Vierradantrieb als Zweitauto?«, fragt sie dabei auch noch in vorwurfsvollem Ton. Doch bevor Nemec sauer reagieren kann, fällt der Lichtkegel von Ellis Lampe auf ein Wegzeichen. »Da, die richtige Markierung, jetzt kann's nicht mehr weit sein. Lass das blöde Auto und komm!«

Peter richtet sich auf, späht in die Baumwipfel nach nicht mehr vorhandenen Sonnenstrahlen und schlägt gleichzeitig nach den Gelsen, die sich hier sofort nach Sonnenuntergang auf ihre Opfer stürzen.

»Die Sonne ist weg, Elli, es ist schon zu spät. Ich rufe jetzt den Abschleppdienst an.«

Elli schüttelt hysterisch den Kopf und stößt mit trotziger Sicherheit hervor: »Nein, nein, du wirst sehen. Die trauen sich nicht so schnell, die reden sicher noch, die … die … komm schon, verdammt!«

Sie eilt bereits los, und ihre Taschenlampe schneidet dabei wie ein Lichtschwert durch die Finsternis. Nemec angelt seine Notleuchte aus dem Kofferraum und folgt ihr kopfschüttelnd und irgendwie resigniert. Dabei murmelt er vor sich hin: »Das mach ich aber jetzt wirklich nur für dich, Elli!« Und schon richten sich seine Gedanken weg von der für ihn unerreichbaren Ines auf dieses wohlgeformte Hinterteil, das vor ihm in seinem Lichtkegel schwingt.

Dieser Gedanke schafft in seiner Gefühlsverwirrung wieder Klarheit und macht den weiteren Nachtmarsch einigermaßen erträglich. Irgendwann erfasst der Schein der Taschenlampen dann tatsächlich die Rücklichter eines Autos.

»Sein Auto! Sein Auto! Lieber Gott, mach, dass es noch nicht geschehen ist!«, schreit Elli und läuft auf den Wagen zu. Und während Peter nicht ·gerade begeistert seinen langsamen Tritt beibehält, sucht sie schon aufgeregt nach dem Weg hinauf zum Aussichtsplatz. »Da oben muss es sein! Ich werd' verrückt, Peter, bitte halt mich fest!«

Ein schmaler, steiniger Pfad führt die beiden in die Höhe. Elli klammert sich dabei an Nemec' Arm. Gut gewählt, dieser Platz. Nicht so problematisch zum Hinaufkommen, runter wird es viel schwieriger, aber da müssen die beiden anderen ja nicht mehr zu Fuß gehen, denkt Peter mit leichtem Sarkasmus, seltsam vermischt mit einer aufkommenden Hoffnung, die sich geradezu fleischlich an ihn klammert. Vielleicht wird ja schon bald intensive Tröstung vonnöten sein …

Die Öffnung zum Aussichtsplatz wird plötzlich durch den Schein von Taschenlampen erhellt. Dahinter tauchen Elli und Nemec auf und starren auf den herrlich freien, erhabenen Ort mit der Sicht auf den Fluss, der nun im Mondlicht silbern schimmert. Nach einem kurzen Moment des Staunens und Atemholens lassen die beiden ihre Taschenlampen über den Hügel kreisen. Die Lichtstrahlen werden als Erstes von einer zerbrochenen Weinflasche reflektiert, dann zeigt sich ein Plastiksack, der leise im Wind raschelt. Seitlich geben sich auch die Mauerreste eines uralten Wehrturmes zu erkennen. Schließlich beleuchtet Ellis Handy ganz nahe am Abgrund eine dunkle Erhebung.

Und während sich Peter dezent im Hintergrund hält, geht Elli darauf zu. Plötzlich verändert sich die Erhebung in einer raschen Bewegung und teilt sich in zwei menschliche Figuren auf. Der

Scheinwerferkegel erfasst abwechselnd Alberts und Ines' erstauntes Gesicht.

Ellis Augen füllen sich mit Tränen und sie stammelt voll Verwirrung und Erleichterung: »Gott sei Dank … ihr seid nicht … aber wieso …? Was ist passiert?«

Ines fasst sich als Erste, steht auf, kommt auf Elli zu und bemerkt dabei auch Peter Nemec im Hintergrund. »Elli? Peter? Wie kommt ihr denn hierher? Wer hat denn euch …?«

»Na Gott sei Dank bist du nicht mit dem …«, unterbricht Nemec sie ebenso verwirrt und hat dabei keine Ahnung, wie er sich jetzt eigentlich verhalten soll. Die Situation überfordert ihn sowohl gedanklich als auch gefühlsmäßig. Also versucht er erst einmal Ines freundschaftlich zu umarmen und Erleichterung zu heucheln.

Elli kommt diese Umarmung sehr gelegen. Ihr Interesse gilt ohnehin nicht Ines. Sie steuert mit weit ausgebreiteten Armen auf Albert zu, der sich inzwischen auch hochgerappelt hat und nun ruckartig vor Elli zurückweicht, um beinahe ins Leere zu treten. Den tatsächlichen Sturz in den Abgrund kann er gerade noch ausbalancieren, doch was Elli mit ihren nächsten Worten und dem Versuch einer Umarmung anrichtet, ist definitiv der Absturz all seiner Träume.

»Ich hab's geahnt, ich hab's geahnt!«, jauchzt Elli, während Albert zum Eisblock erstarrt. »Albert! Das ist ja großartig! Jetzt können wir endlich …«

Albert versucht verzweifelt, Elli mit Gesten und Blicken zum Schweigen zu bringen, doch bei Ines hat die Nachricht bereits wie ein Blitz eingeschlagen. Ihr ist sofort klar, dass zwischen den beiden etwas läuft, wohl schon die ganze Zeit gelaufen ist, und sie blickt fassungslos von einem zum anderem. Das ist also die Erklärung für Ellis seltsames Verhalten! Sie hat Albert nur schlecht gemacht, um ihn für sich zu haben. War ich mehr blind oder mehr blöd?, denkt Ines entsetzt.

»Ihr beide?«, presst sie mit zugeschnürter Kehle hervor, wehrt dabei zornig Peters Umarmung ab und geht langsam, Schritt für Schritt rückwärts, um die drei Protagonisten dieser hinterhältigen Tragikomödie im Auge zu behalten, Richtung Abstieg.

»Ines ... denk jetzt nicht ... Ines ...!«, schreit Albert auf und will ihr nach, doch Elli klammert sich an ihn.

»Albert, lass sie doch. Jetzt hätte sie es sowieso erfahren müssen.«

Ines wirft Albert noch einen verächtlichen Blick zu, dreht sich um und verschwindet im Dunkel.

Albert versucht sich aus Ellis fester Umklammerung herauszuwinden und schafft es schließlich, sie unsanft ins Gras zu stoßen. Im Vorbeilaufen will er Nemec die Taschenlampe wegschnappen.

»He, die brauch ich selber!«, blafft dieser und wehrt sich, wieder einmal kräftiger, als ihm zuzutrauen ist.

Albert gibt auf, läuft zum Abhang, rutscht und stolpert, immer wieder laut nach Ines rufend, auf sein Auto zu. Dort verharrt er kurz lauschend. Doch das Geschrei der zwei ungebetenen Retter, die ihm nun auf den Fersen sind, übertönt die möglichen Geräusche der Fliehenden.

Für kurze Zeit wären Ines' Schritte auch noch auf dem belaubten Zufahrtsweg zu hören gewesen, doch ihr ist klar, dass Albert sie mit dem Auto einholen könnte. Daher schlägt sie einen Haken und gleitet einen Hang hinunter zu einem Nebenarm des Flusses. Heimvorteil, schießt es ihr dabei durch den Kopf. Der Mond verbreitet genügend Licht, und Ines kennt die Gegend von vielen, meist einsamen Spaziergängen genau.

Albert ist eingestiegen und versucht zu wenden. Da klopft Elli auch schon an sein Fenster: »Albert, nimm mich mit. Das Auto von

Peter steckt im Dreck. Und wir müssen doch reden. Was willst du denn jetzt noch von der Zicke?!«

Albert schüttelt den Kopf. Nur Sex wollte sie, diese Schlange, und jetzt dieses Affentheater, denkt er verächtlich, lässt als Antwort den Motor aufheulen und fährt so rasch los, dass Elli auf dem Waldboden landet.

Peter Nemec hilft ihr zwar auf, lässt sich aber nicht mehr bewegen, die Verfolgung fortzusetzen. Stattdessen greift er zum Mobilfon und bestellt einen Abschleppdienst, der seinen Wagen mithilfe eines Carfinders orten kann. Im Moment ist ihm nichts zu teuer, um aus diesem mehrfach verunglückten Abenteuer so rasch als möglich herauszukommen. Auf dem Rückweg zum Auto und während der Wartezeit auf die Hilfe, in der Lederpolsterung seines Wagens, sucht Peter wieder nach der Antwort auf die Frage, wie er sich auf diesen unrentablen Blödsinn überhaupt einlassen konnte. Es ging nicht um Ines. Das ist ihm jetzt klar. Und selbstlos ist er noch nie gewesen. Er blickt zu Elli, die für ihn bisher nicht in Frage kam. Doch jetzt ist seine Position gefestigt und er muss seine Gefühle nicht mehr nach der Karriere richten …

Albert hält nach ein paar Kurven erneut an, steigt aus und horcht in die Stille. Sie kann noch nicht weit sein, denkt er dabei. Doch da ist kein Geräusch, das auf Ines schließen ließe. Er holt seine Akkuleuchte aus dem Kofferraum, sucht damit den Wald ab und ruft immer wieder ihren Namen.

Noch hat Albert die Hoffnung nicht aufgegeben, dass Ines nach dem ersten Schock über seine Beziehung mit Elli einsehen wird, wie unwichtig diese Sache war, ist und immer sein wird. Schließlich, so denkt er, verliert sie doch nur eine falsche Freundin und nicht … nicht dich, den nutzlosen Hurensohn!

25 Der Tag danach

Im Leben dieses nutzlosen Hurensohnes lauert bereits die nächste unerfreuliche Überraschung. Als Albert verdreckt und niedergeschlagen sein Zimmer betritt und das Licht anknipst, liegt Christiane weinend auf seinem Bett. Auch das noch, denkt er und würde sich am liebsten in Luft auflösen. Zu spät. Christiane schreckt hoch und starrt ihn entgeistert an. »Albert, du bist nicht …? Gott sei Dank!«

Doch bevor ihre Tränen von Trauer zu Glück wechseln können, kommt Albert blitzschnell auf sie zu, entreißt ihr den Brief, den sie in der Hand hält, und zerknüllt ihn. »Ich wollte nicht, dass du das liest«, presst er dabei zornig heraus.

»Es ist aber an mich.«

»Aber ich lebe noch …«

»Und deswegen gilt das nicht? Dass du erkannt hast, wie wichtig wir dir sind … und all das?«

Albert windet sich, will etwas sagen, aber wie soll man diese außergewöhnliche Situation erklären? Eigentlich soll sie sich selbst einen Reim darauf machen, beschließt er. Sie hätte wohl noch ein wenig warten können mit den Witwentränen.

»Kannst du mich bitte allein lassen?«, ist daher seine knappe Antwort. Er zieht Christiane vom Bett hoch und will sie zur Tür schieben.

»Albert, du brauchst uns. Wir sind deine Familie. Wir können es doch noch einmal versuchen. Das ist doch unsere Chance, nachdem es offenbar nicht geschehen ist mit dieser …«

»Aber sie wird herkommen! Sie muss das alles nur erst verdauen.« Albert wendet sich ab, um Christiane seine Unsicherheit nicht zu zeigen.

»Es war ein Schock für sie. Sie wird einsehen, dass das eine mit dem anderen nichts zu tun hat. Wenn ihr das klar ist, dann kommt sie, sie kann jeden Moment da sein. Also bitte, geh jetzt.«

Albert deutet zur Tür. Christiane ignoriert nicht nur seine Geste, sondern setzt auch noch ein spöttisches Lächeln auf. »Na, da schau an. Das scheint ja die große Liebe zu sein. Hat es dich endlich auch mal erwischt?«

Albert überhört den sarkastisch-eifersüchtigen Ton und versucht zu seiner Coolness zurückzufinden. »Also werd' jetzt nicht dramatisch. Es gibt ja noch andere Arten von Anziehung.«

Er schiebt Christiane nun endgültig zur Tür. Dort hält er die Hand auf. »Die Sparbücher! Ich bin arbeitslos«, sagt er dabei rau.

»Eben, da wirst du keine Alimente zahlen können ...«, antwortet Christiane süßlich und lässt demonstrativ nur das Messer in Alberts Hand fallen.

Ines sitzt inzwischen erschöpft in der ersten Schnellbahn des neuen Tages und starrt aus dem Fenster auf ihr verweintes, in der Morgendämmerung verblassendes Spiegelbild und die langsam dahinter sichtbar werdende vorbeiziehende Landschaft. Ihre Gedanken und Gefühle sind in bodenloser Verwirrung verstrickt. Ablehnung, Verachtung, Hass! Menschen? Beziehungen? Leben? Lieben? – Nie wieder!

Da trifft sie der erste Strahl der Sonne und zwingt ihr die Erinnerung an den letzten Sonnenstrahl des gestrigen Abends auf. Albert war viel stärker und bestimmter gewesen. Er war es, der es letztlich mehr als sie selbst wollte, während sie sich dümmlich an eine Weinflasche als letzten Halt geklammert hatte. »Tun wir es einfach.« – So klar, so selbstverständlich war es für ihn. Er kam auf sie zu, völlig ohne Angst, und befreite dadurch auch sie von ihrer Nervosität, oder doch eher von ihrer Todesangst?

Ines streckt ihre Hand Richtung Fensterscheibe aus, als könnte sie Alberts Hand noch einmal auf sich zukommen sehen. Sie machten beide den letzten Schritt, ihre Hände berührten sich, sie umarmten einander ruckartig, erstarrten einen Moment lang und wiederholten dann die Berührung einige Male. Völlig fassungslos und ungläubig über die Tatsache, dass das Erwartete – die Verschmelzung, die Auflösung oder was immer – nicht stattgefunden hatte, nicht stattfinden würde.

Albert begriff als Erster. Er hob Ines auf, wirbelte sie vor Freude durch die Luft, ließ sich mit ihr ins Gras fallen und küsste sie leidenschaftlich. Doch Ines hatte sich mehr und mehr versteift und sich schließlich von Albert losgemacht.

»Ines, was ist denn los? Jetzt ist doch alles gut?«, hatte er verblüfft gefragt. Doch sie konnte dieser zynischen Wendung des Schicksals nichts Positives abgewinnen.

»Wir sind noch da! Das nennst du gut?«

»Noch da und zusammen. Das nenn ich besonders gut.«

Albert war dermaßen euphorisch, dass er Ines' Einwand überhaupt nicht nachvollziehen konnte. Als er versuchte, Ines wieder zu sich ins Gras zu ziehen, wendete sie sich ab.

»Ja? Und wie lange?«

»Solange wir wollen.«

Alberts Stimme klang sanft und einfühlsam. Seine Übereile war ihm wohl bewusst geworden. Er hatte sich ebenfalls aufgesetzt, sie vorsichtig zu sich gezogen. Ines hatte seinen Atem an ihrem Hals gespürt, seine sanften Hände auf ihrer Haut, seinen verführerisch-männlichen Geruch. Und vor allem hatte sie diese Anziehung gespürt, die noch immer da war. Um keinen Deut schwächer! Im Gegenteil! Diese Anziehung verlangte nach allem, was der andere, der Fremde, der plötzlich so vertraute Fremde, zu geben hatte.

Diesen Armen, diesem Mund, diesen Fingern überall auf ihrer Haut hatte sie nichts mehr entgegenzusetzen.

Die Sehnsucht nach der Verschmelzung mit diesem Männerkörper, der nun ganz bewusst ein langsam-verzögertes Spiel mit ihr spielte, stieg fast ins Unerträgliche.

Die Ganzheit … die Ganzheit … vielleicht ist sie ja doch nur so zu erreichen.

Sowohl Ines' Körper als auch ihre Seele hatten danach geschrien, ganz und gar ausgefüllt, besessen, verschmolzen zu sein. Tu es! Tu es! Tun wir es – solange wir wollen … solange *du* willst …«

Ines schlägt mehrmals zornig mit der flachen Hand auf das Fensterglas. Sie war so vollkommen offen gewesen. Offen für diesen nichtsnutzigen Hurensohn! Vollkommen weiblich, vollkommen komplementär zu seiner Männlichkeit. Wahrhaftig seine Anti! Der Zynismus könnte nicht abgrundtiefer sein!

Doch so sehr sie sich geöffnet hatte, so sehr ist sie jetzt verletzt, und darum verschließt sie sich wie eine Auster, die Dreck verschluckt hat. Aber aus diesem Dreck wird keine Perle entstehen – nur harte, raue Verbitterung.

Der Schaffner, der inzwischen schon eine Zeit lang neben ihr steht, räuspert sich verlegen und wartet dezent, bis Ines ihn und die Realität des Lebens wieder wahrnimmt. Die graue Vorstadtlandschaft, durch die die Schnellbahn fährt, verheißt eine graue Zukunft.

In Alberts Stammlokal hat sich die Zahl der Stammgäste wieder stark vermindert, und die Umgangsformen haben sich weiter minimiert. Trotz der Absperrungen stehen die wenigen neuen Gäste wie Statuen herum, halten die Arme am Körper, bewegen sich langsam, betrachten einander mit offenem Misstrauen. Man trägt jetzt bunte Kennzeichnungsplaketten mit verschiedenen Symbolen und kommuniziert fast nur via Handy oder, neuerdings auch hier, mittels Tischtelefon.

Albert schleppt sich müde an die Theke, bestellt einen Doppelten und überhört dabei das Läuten des Apparates in seiner Nähe. Den übelgelaunten Barkeeper stört das Gebimmel. Er hebt ab und hält Albert den Hörer hin. Elvira, die von der Frauenseite herüberwinkt, flötet ins Telefon: »Na, wie fühlt man sich als arbeitslos Wiedergeborener?«

»Verschon mich bitte.« Albert wendet sich genervt ab und will gleich wieder auflegen.

»Aber, aber«, sagt Elvira rasch und versucht es mit einem sachlicheren Ton. »Ich wollte dir doch nur erzählen, wie brav sich dein Ossi auf deinem Posten macht. Der Weber ist ganz begeistert. Endlich ein Talent, hat er gesagt …«

»Schön für ihn, Giftspritze.«

Albert legt kraftlos auf, kippt den Wodka hinunter und kramt in seinen Taschen nach Geld, das bereits einen ziemlichen Knappheitsgrad erreicht hat. Als das Telefon ein weiteres Mal klingelt, zuckt er zusammen und blickt sich verstohlen um. »Nur nicht noch so eine Schlange«, murmelt er in sich hinein, um dann den Barkeeper zu beschwören: »Bitte Charles, heb nicht ab.« Das endlose Gebimmel ist aber nicht auszuhalten. Nachdem Albert sich vergewissert hat, dass Elvira gerade keinen Hörer in der Hand hält, hebt er schließlich doch ab.

»Herr Ritter, welche Freude, Sie weilen ja noch unter den Lebenden …« Diesmal ist es Petra, die Albert ebenfalls von der Frauenseite her zuwinkt. »Hören Sie meine Message! Ich sage Ihnen, ja, ich singe es geradezu: Es ist noch nicht zu spät! Mein Angebot gilt noch. Vielleicht kann ich Sie ja doch verführen. Sie wissen, was ich meine?«

Albert windet sich. Da taucht plötzlich ein gewaltiger Interessenskonflikt auf: Ein arbeitsloser Kameramann bekommt ein Superangebot für seinen Neustart, vielleicht sogar für seinen endgültigen Durchbruch. Und er stottert: »Ja, ich danke Ihnen … ich … ich … darf ich es mir überlegen … bis übermorgen …?«

»Okay, aber bitte keinen Korb, das verträgt mein armes, kleines Selbstbewusstsein nicht noch einmal … dann … bis die Tage … ich muss noch … also ciao … and take care!«

Albert legt auf, greift sofort zu seinem Handy und wählt Ines' Nummer. Zu seinem Entsetzen dröhnt ihm nur eine lapidare Tonbandstimme entgegen: »Kein Anschluss unter dieser Nummer.«

Kann das wahr sein?, fragt er sich beunruhigt. Hat sie tatsächlich die Nummer gewechselt, um nicht mehr von ihm belästigt zu werden?! Er wählt nun auch Ines' Handynummer, lässt lange läuten. Nichts. Natürlich hat sie dort seine Nummer eingespeichert und sieht, wer anruft. Der Stich in der Herzgegend fühlt sich nach endgültiger Ablehnung an. Doch dann erinnert sich Albert an die Versteckspiele am Beginn ihrer Beziehung und schöpft wieder Hoffnung. Es ist zwar schon spät, aber er muss sie sehen, mit ihr reden und zwar sofort.

Albert parkt vor Ines' Haus und blickt hinauf. Er sieht zwar Licht in ihren Fenstern, doch irgendetwas kommt ihm verändert vor. Mit einer unguten Vorahnung steigt er aus, geht zur Haustür und läutet – ein Mal, zwei Mal. Nach endlos langer Zeit ertönt aus der Gegensprechanlage ein Knacksen, dann sagt eine verärgerte Männerstimme: »Ja, bitte? Wer will da was um diese Zeit?«

Albert erstarrt, kämpft mit sich, antwortet schließlich doch. »Ich muss Ines sprechen, dringend.«

»Ines? Ah, Sie meinen Frau Tiefenbach! Die wohnt nicht mehr hier. Gute Nacht.«

Gute Nacht!, denkt Albert verwirrt. Aber eigentlich ist nun alles völlig klar: abgeschaltetes Telefon, geänderte Adresse. Diese Frau hat sehr viel in Bewegung gesetzt, um einen endgültigen Schlussstrich zu ziehen.

26 Der Schlussstrich

Ines ist in den Bungalow ihrer Mutter übersiedelt. Schwarz gekleidet, wie diese, verbringt sie ihre Zeit damit, sich hier einzurichten und einzuigeln. Mit dem Verwalten des Erbes der Komponistin Isolde Tiefenbach wird sie genug zu tun und genug zum Leben haben, wie Elli ihr treffend prophezeit hat.

Das Klavier und die meisten Möbelstücke der Mutter werden von zwei kräftigen Möbelpackern aus dem Wohnzimmer getragen, während Ines Stapel von Notenblättern und diversen Tonträgern sortiert, registriert und in verschiedene Kartons verpackt. Einige privatere Erinnerungsstücke fallen ihr dabei in die Hände. Sie beginnt in einem Fotoalbum zu blättern, verliert sich in der Vergangenheit und merkt kaum, dass ihr Tränen über die Wangen laufen. Erst die beiden Möbelpacker, die nun die Pinnwand und den Schminktisch aus ihrer Wohnung hereintragen, holen sie mit Poltern und Räuspern in die Gegenwart zurück. »Wohin kommt das, gnä' Frau?«

Ines schaut mit wässrigen Augen durch die beiden hindurch und weiß keine Antwort. Die Arbeiter bemerken ihre Verzweiflung, und einer von ihnen murmelt ziemlich eingelernt wirkende Trostworte: »Ja, so ein Verlust ist traurig. Aber schau'n S', sterben müssen wir alle …«

»Müssen wir nicht!«, fährt Ines den Möbelmann zornig an, doch der zieht bloß ironisch die Augenbrauen hoch. »Ah, Sie sind eine von denen! Sie wollen verschmelzen … im großen, weißen Lichtblitz. Glauben Sie denn, dass das besser ist?«

»Natürlich, wollen Sie es nicht mit mir versuchen?« Ines steht auf und hält ihm kämpferisch die Hand hin. Mit einer abweisenden Geste tritt der Mann erschrocken einen Schritt zurück.

»Nein, also, danke schön, ich bin kein Kamikaze, ich hab Familie!«

»Das hat meine Mutter auch geglaubt. Und übriggeblieben sind dreißig Jahre Kränkung, Einsamkeit, Alter …«

»… und kaputte Bandscheiben!«, mischt sich nun der Zweite, um vieles Jüngere in das Gespräch ein. Er geht dabei lässig auf Ines zu und hält ihr mit einem auffordernden Lächeln die Hand hin. Der andere Möbelpacker verschwindet ängstlich hinter der Vorzimmertür.

Ein Gleichgesinnter! Ines beginnt ebenfalls zu lächeln, das erste Mal seit Langem. Und während sie ihm ihrerseits die Hand entgegenstreckt, fällt ihr Blick auf die Pinnwand. Der Spruch des Weisen schimmert unter der Plastikverpackung hervor: *Die Zukunft ist wie ein mäandernder Fluss, auch sie bahnt sich immer wieder einen neuen Weg.*

Elli geht im gläsernen Bürokobel ihrer fast leeren Abteilung wie eine gereizte Löwin auf und ab. »Was willst du denn immer noch von ihr?«

Albert antwortet nicht. Er blickt nur starr und abwartend vor sich hin, bis Elli den Raubtierkäfig verlässt und auf ihn zuschießt: »Sie ist dort, wo sie hingehört, nämlich bei den Kamikazes, und du bist da, wo du hingehörst, nämlich bei mir.«

Sie will ihn umarmen, doch er weicht zurück und schüttelt den Kopf: »Es tut mir leid, aber davon war nie die Rede.«

Elli erstarrt. Jetzt hat sie es endlich begriffen. Sie war für ihn von Anfang an nur das Sexventil. So hat sie sich ihm angeboten, und dieses Angebot hat er angenommen. Dafür darf sie ihn doch jetzt nicht hassen! Der Sex hätte auch ihr gutgetan, wenn sie in der Lage gewesen wäre, den Moment zu genießen und keine egoistischen Zukunftspläne zu schmieden.

Ein Merksatz aus einem Seminar fällt ihr ein: »Das Ego ist nur eine Verspannung der Muskulatur.« Und plötzlich ist ihr klar, woher ihre Nackenschmerzen kommen.

»Okay, Albert, ich wünsche dir das Beste, das Allerbeste«, sagt sie daher ganz sanft und meint es auch so: »Leb wohl.«

Albert ist perplex, will etwas Nettes sagen, schafft aber nur eine unbeholfene Abschiedsgeste und verlässt rasch den Raum, während Elli die Augen schließt und tief durchatmet. Einfach sich selbst loslassen, denkt sie dabei. Wie entspannend!

Ines trägt immer noch Schwarz und ist nicht entspannt. Für sie klingt ihr Leben wie eine verstimmte Geige: sehnsuchtsvoll, mit vielen falschen Tönen. Entweder ewiger Hass oder spontane Verglühung mit einem Fremden sind jetzt ihre Optionen. Um der zweiten Möglichkeit eine Chance zu geben, mischt sie sich mit Kurt, dem jüngeren der beiden Möbelpacker, auf Rollschuhen unter die Kamikazes. Das sogenannte »Abklatschen« ist inzwischen zum heimlichen Volkssport geworden. Lange gerade Straßen, meist Alleen in Stadtnähe mit wenig Besiedlung werden zu bestimmten Nachtstunden Flashmob-artig zum Schauplatz dieser Massenmutproben. Man erfährt über Internet, wann und wo ein Teil der Menschheit zur Selbstvernichtung schreitet beziehungsweise rollt. Dort stehen dann die Verschmelzungssüchtigen in langen Spalieren mit ausgestreckten Armen am Straßenrand, während die Inlineskater an ihnen vorbeisausen und rasch die hingehaltenen Hände berühren.

Ines fährt noch etwas wackelig, bleibt am Ende der Reihe erschöpft stehen und deutet Kurt, die nächste Runde allein zu fahren. Während sie nach Atem ringt, bemerkt sie den Prediger, der mit einer Krücke durch die Reihen humpelt. Er trägt nach wie vor einen blutigen Kopfverband und neuerdings auch noch eine

Augenbinde, ein Arm steckt in schmutzig-grauem Gips, aber er hält immer noch feurige Reden.

Ines rollt zu ihm hin und spricht ihn an: »Sie haben gesagt, Sie waren schon dort und sind hierher zurückgekommen, um zu bezeugen, dass …«

»Papperlapapp! Zeugen wird nur vor Gericht geglaubt! Für faule Absprachen bin ich nicht zu haben. Ihr müsst es selbst erfahren. Da hilft euch nichts! Dazu seid ihr da! Darum vergeude dein Leben nicht mit Erlebnissen aus zweiter Hand. Glaube keinem Gesetz außer dem deinen!«

Ines will nachhaken, doch der Prediger hat keine Zeit für Diskussionen. »Nimm's leicht!«, ruft er ihr noch zu. »Das Leben ist ein Witz – nur ihr habt die Pointe vergessen!« Und schon humpelt er weiter, um seine Mission hinauszuposaunen: »Habt keine Angst! Berührt euch! Berührt mich! Eines Tages, eines wundervollen Tages wird die kritische Masse erreicht sein, dann werden wir alle ganz plötzlich dort sein, wo jetzt nur einige Auserwählte …«

In der Ferne leuchtet ein Lichtblitz auf und die Worte des Alten gehen im freudigen Gejohle der Kamikazes unter.

Mit einiger Mühe hat auch Albert Ort und Zeit des Treffens in Erfahrung gebracht. Und während er jetzt suchend durch die Reihen geht, wird er immer gereizter. Die Angewohnheit der Verschmelzungssüchtigen, jeden, der vorbeigeht, zu betapsen, ist ihm äußerst unangenehm. Doch dann hört er, wie ein Kamikaze, der an Ines vorbeigeschossen kommt, ihr zuruft: »He, Ines, das war der Kurt, der hat's geschafft! Halleluja!«

Ines schaut neidisch zu dem verblassenden Lichtschimmer in der Ferne.

Nur ein paar brennende Äste zeugen noch von dem wunderbaren Moment, in dem ihr neuer Kumpel entschwinden konnte, in diese unvorstellbare Welt, in die anscheinend doch nur wenige Auserwählte gelangen.

Plötzlich steht Albert vor ihr. Sie starrt ihn abweisend an. Er versucht ein Lächeln und ringt nach Worten: »Ines, ich muss mit dir reden ... es geht darum ... man hat mir einen Job angeboten ... aber ...«

Da fällt sein Blick auf die Kennzeichnungskette, die sie um ihr Handgelenk trägt. »Was hast du da?« Er packt grob ihren Arm. »Das tragen doch nur Huren.«

»Und Kamikazes. Aber Hurenböcken tät's auch nicht schaden.«

Ines befreit sich mit einem Ruck und fährt davon.

Und während er ihr noch sprachlos nachstarrt, tauchen plötzlich, wie aus dem Nichts, Wasserwerfer auf und spritzen brutal in die Menschenschlangen hinein. Auch Albert wird vom Wasserstrahl niedergeworfen und von der Straße gespült. Sehr gut, diese kalte Dusche, denkt er sarkastisch, wie viel Ernüchterung brauchst du noch? Jetzt ist es endlich an der Zeit, eine vernünftige Entscheidung zu treffen.

Am nächsten Morgen, während Albert einen Vertrag für eine Reise um die Welt unterzeichnet, ist auf dem Felsplateau der Aborigines wieder eine Nacht angebrochen. Die dumpfen Rhythmen und der ekstatische Tanz sind nach und nach einer tönenden Ruhe und einer in sich schwingenden Bewegungslosigkeit gewichen. Auch hier macht sich der Stillstand zwischen der Erde und ihrem Anti-Planeten bemerkbar. Langsam scheinen die dunklen Körper miteinander und mit dem felsigen Untergrund zu verschmelzen. Die gemeinsame Energie der Gruppe befindet sich im Einklang mit dem Pulsschlag des Monolithen.

Über ihnen, am Nachthimmel, beißt sich die Regenbogenschlange in den Schwanz. Im Zentrum des Kreises, der dadurch entsteht, öffnet sich das Tor zur Quelle der Existenz. Eine neue Dimension von Anziehungskraft entfaltet ihre Sogwirkung.

Der Monolith beginnt zu glühen, sendet Wellen über die Steppe, über das Land hinaus. Wie ein sturmbewegtes Meer wird der ganze Kontinent in ein Auf- und Abschwanken versetzt. Und plötzlich, wie Lava aus einem Vulkan, schießt ein gigantischer Lichtstrahl aus dem Monolith zum Himmel empor – ein tausendfach stärkerer Blitz als alles bisher Gesehene entfaltet eine übernatürliche Sogwirkung.

In Alberts Stammlokal geht man mit der Mode beziehungsweise mit der neuesten Technik. Kabelverbindungen hängen wie riesige Spinnennetze quer durch den Raum, denn nun ist ein neues Spiel angesagt und das heißt Virtual Reality. Diese neuerliche Neuerung war dringend notwendig geworden, um dem Gästeschwund durch Verglühung und Verängstigung entgegenzuwirken. Das sichtlich verjüngte Publikum steckt in Overalls, ähnlich dem Outfit von Astronauten, hat seltsam anmutende Helme auf, mit schwarzen Balken vor den Augen. Man kommuniziert nun mit einem Partner aus dem anderen Teil des Lokals mittels elektronischer Impulse, berührt einander sozusagen virtuell – unsichtbar und doch vor aller Augen. Ossi, ein besonders eifriger Benützer des neuen Equipments, ist offensichtlich mit Leidenschaft bei der Sache.

Als Albert das Lokal betritt, entlocken ihm die sinnlos komischen Bewegungen und das dümmlich anmutende Grinsen der Spieler nur ein müdes Lächeln. Ihn kann nichts mehr in Erstaunen versetzen. Auf dem Weg zur Theke kommt er an Ossi vorbei und äfft ihn nach. Verlegen legt dieser die Ausrüstung ab und wirft dabei einen Blick zur Frauenseite, wo Petra ihre Ausrüstung ebenfalls ablegt. Sie nickt Ossi verschwörerisch zu und deutet ihm, seinem Ex-Chef zur Bar zu folgen.

Albert bestellt den üblichen Drink, lümmelt an der Theke und hat nicht vor, das seltsame Treiben im Raum noch weiter zu beachten. Sogar Ossi kommt nicht so leicht an ihn heran. Er steht verlegen vor dessen breitem Rücken und räuspert sich: »Du gehst auf Weltreise, stimmt's?«, fragt er schließlich, obwohl er die Antwort schon kennt.

Langsam dreht Albert sich um und blickt in Ossis unschuldiges Grinsen. »Stimmt, du Knecht vom Weber.«

»Chancen muss man nützen, auch wenn man keine hat«, antwortet Ossi achselzuckend.

»Na klar, und so eine Reise ist ziemlich beschwerlich, viel Mut wird man auch brauchen, bei den Zuständen, die überall herrschen … aber wozu erzähl ich dir das? Du bist ja jetzt auch schon ein gefeierter Kameramann. Apropos, weißt du vielleicht einen guten Assistenten für mich?«

»Hier!«, antwortet Ossi sofort und zeigt dabei auf wie ein braver Schüler. Auf Alberts Gesicht macht sich langsam ein Schmunzeln breit. Er nimmt seinen Assi in den Schwitzkasten, und die beiden rangeln verspielt wie junge Hunde. Dabei fragt sich Albert nicht, warum Ossi lieber mit ihm um die Welt reist, als an seiner eigenen Karriere zu basteln.

Ines muss ein letztes Mal ins Krankenhaus, um ihren Spind zu leeren. Obwohl sie so spät als möglich eintrifft, ist Elli noch da. Sie steht vor dem Spiegel im Belegschaftsraum und macht sich zurecht. Sorgfältig, auch etwas dezenter als früher. Ines muss sich bei ihrem Anblick und einer kurzen Selbstbetrachtung im Spiegel eingestehen, dass Elli gut aussieht und sie selbst ihr Äußeres in letzter Zeit sehr vernachlässigt hat. Die beiden Frauen schweigen sich an. Erst als Elli sich zufrieden umdreht, kann Ines nicht umhin, mit sarkastischem Unterton zu fragen: »Es gibt also einen Neuen in deinem Leben? Du lässt auch wirklich nichts anbrennen, ziemlich inflationär, deine großen Gefühle.«

»Falls ich alt und einsam werden sollte, dann wenigstens mit der Erinnerung, gelebt zu haben«, antwortet Elli gelassen. »Und wenn es bald Peng macht, dann hab ich erst recht nichts zu bereuen.«

Da klopft es auch schon, und Peter Nemec tritt ein. Er grüßt Ines kühl, umarmt Elli und küsst sie demonstrativ stürmisch. Dann haben es die beiden eilig. Ein kurzer, ziemlich eisiger Gruß und weg sind die offensichtlich Frischverliebten.

Was soll's, denkt Ines, die beiden scheinen einander verdient zu haben. Es gelingt ihr leicht, sich einzureden, dass Nemec auch für Elli nur aus den bekannten Sicherheitsgründen so plötzlich entflammt ist.

Was Ines nicht weiß, ist, dass Peter und Elli viel besser zueinander passen, als es vordergründig den Anschein hat. Bei Elli muss Peter seine wenig vornehme Herkunft nicht krampfhaft verleugnen und bekommt guten, ungehemmten Sex. Und Elli kostet die Augenblicke im Luxus aus, und vielleicht öffnet sich in der Geborgenheit des Wohlstands die bislang verschlossene Tür zu ihrem Sehnsuchtsraum, in dem eine ganz andere Art von Liebe wachsen könnte …

Während also im Nobelrestaurant für die Frischverliebten bald der Champagner perlt, starrt Ines auf den Knochenhaufen in der Ecke des Belegschaftsraumes. Niemand hat es der Mühe wert gefunden, das Demonstrationsskelett nach Herrn Schreiers Attacke wieder zusammenzubauen. Eine Ewigkeit scheint all das her zu sein, fast meint Ines Verwesung zu riechen. Als sie sich wieder ihrem Spind zuwendet, findet sie die Prospekte von Indien, mit deren Hilfe Elli sie so freundschaftlich aus dem Weg schaffen wollte, und verfällt in schweres Nachdenken.

Wie lebt man »wenigstens«? Was kann man tun, was muss man ändern, wenn man das nicht bekommen kann, wonach man sich sehnt? Heißt »wenigstens leben« sich einfach mit wenig zufriedenzugeben? Wie soll das funktionieren? Und wenn ich ins nächste Flugzeug stiege …?

Frau Ebenbauer hilft Albert beim Einpacken. Jedes Stück, das er in den Koffer wirft, nimmt sie kopfschüttelnd noch einmal heraus und legt es ordentlich zusammen. Herr Petkov versorgt ihn inzwischen mit Wodka. Albert trinkt ex und zieht sich dann zum Telefonieren ins Bad zurück.

Die beiden horchen einvernehmlich und neugierig an der Tür, während Albert seinen letzten Versuch macht, mit Ines Kontakt aufzunehmen. Nach langem Läuten meldet sich die Mailbox. Albert hasst es, Nachrichten hinterlassen zu müssen. Kann sie denn nicht abheben? Wenigstes das eine Mal noch?

»Hallo, ich bin's«, quält er sich schließlich ab. »Ich fliege heute um 17 Uhr 20, zuerst Kairo und dann weiter. Ich werde ziemlich lange weg sein. Ein Dokumentarfilm, rund um die Welt. Aber ich würde alles liegen und stehen lassen … verstehst du? Rühr dich, bitte … Scheiße … Leb wohl.«

Ines war überzeugt, mit dem Umzug auch diesen harten Schlussstrich zwischen sich und Albert ziehen zu können. Wie könnte aber im Bungalow der Mutter etwas Neues entstehen? Hier brüten die Geister der Vergangenheit, hier ist Ines umzingelt von den Indizien eines verbohrten, hasserfüllten Lebens.

Wie geht ein Schlussstrich ohne Neuanfang? Wie geht ein Neuanfang in den Schuhen der Mutter? So schleppt sie sich fast täglich mit Blumen zum Grab, grübelt dort unentschlossen über ihr Leben nach und wird dabei meist von Hassgefühlen überwältigt.

Soll das den Rest ihrer Tage so weitergehen? Wird ihr Leben nun bis zum Tod so ähnlich verlaufen wie das ihrer Mutter? Würde sie genauso verbittert lebenslang an ihrer Enttäuschung festhalten? Zeitungsartikel ausschneiden und sammeln, Alberts Kameraarbeit verfolgen und analysieren, um unscharfe oder unterbelichtete Einstellungen zu suchen und sich hämisch darüber zu freuen? Als einzige Freude im Leben?

Ines nimmt die alten Blumen aus der Vase und lässt die neuen lieblos in die Öffnung fallen. Die Verwelkten bringt sie zum Mistplatz und starrt dort auf leblose Pflanzen, auf vergangene Schönheit, auf Moder und Verfall – ihren eigenen. Nein, die Zukunft ist kein mäandernder Fluss, sondern eine zu Tode regulierte, stinkende Kloake!

Am Flughafen hält Albert noch bis zur letzten Minute Ausschau nach Ines. Vergeblich. Nur sein Sohn und seine Exfrau erscheinen pünktlich und begleiten ihn. Irgendwie rührend. Wieder steigt das Gefühl der sanften Fessel in ihm auf, als er sich von Pauli verabschiedet, der sich so schrecklich anstrengen muss, diese dummen Tränen nicht aus den Augen fließen zu lassen. Auch Christiane bekommt diesmal eine Umarmung. Und wie immer fällt es ihr schwer, diesen *ihren* Mann wieder loszulassen, doch schließlich drängt Ossi Albert weg von der Familie, durch die Sperre, über der groß *Men Entrance* steht. Christiane und Pauli winken den beiden nach. Albert lässt seinen Blick über ihre Köpfe hinweg ein allerletztes Mal durch die Halle schweifen, während eine unsicher klingende Lautsprecherstimme eine äußerst ungewöhnliche Durchsage macht:

»An alle Passagiere mit Destinationen in Australien: Leider kann Australien derzeit immer noch nicht angeflogen werden ... der Funkkontakt ... und außerdem ... es scheint, Australien ist ...«,

236

dem Sprecher versagt die Stimme. Hüstelnd versucht er dennoch weiterzureden: »Ehem ... verschwunden ... wir werden Sie aber umgehend informieren ... wenn ... falls ... danke für Ihr Verständnis.«

Als Ines Alberts Nachricht endlich abhört, ruft sie sofort ein Taxi, ohne genau zu wissen, warum. Am Flugplatz angekommen, hastet sie durch die Abflughalle zum *Men Entrance*, doch eine Uhr zeigt ihr, dass es bereits 16 Uhr 55 ist. Der Flug nach Kairo wird gerade zum letzten Mal aufgerufen. Ines blickt sich unschlüssig um. Wenn sie ihn jetzt noch ausrufen ließe ...?

Da fällt ihr Blick auf den verheulten Buben, der traurig ins Leere winkt, und dessen Mutter, die sich bemüht, den Kleinen mit sich zu ziehen. »Jetzt müssen wir uns einen neuen Papi suchen, stimmt's, Mama?«

Ines erkennt Pauli von Alberts Foto, hört seine verzweifelte Frage, und der Gedanke, Albert ausrufen zu lassen, ist dahin.

»Aber wieso denn?«, antwortet Alberts Exfrau verblüfft.

»Weil er nie mehr zurückkommt«, stammelt Pauli, doch Christiane hat voll auf Zuversicht geschaltet. »Natürlich kommt er wieder. Hast du nicht bemerkt, wie schwer es ihm gefallen ist, uns allein zu lassen?«

»Wirklich?« Paulis verheultes Gesicht hellt ein wenig auf. »Er wird nicht durch ein Wurmloch in die Fünfte Dimension fliegen?«

Woher hat der Junge denn diesen Blödsinn? »Aber nein, so etwas gibt's nur in Filmen. Dein Papa kommt zurück, und dann wird er für immer bei uns bleiben. Er weiß es nur noch nicht ...«

Den letzten Satz hat Christiane ganz leise, nur zu sich selbst gesprochen. Sie hat sich wieder einmal fest vorgenommen, endlich die Dinge zu tun, die Albert anziehen würden, und nie mehr diese Gemeinheiten hochkommen zu lassen, die ihn abstoßen und von ihr wegtreiben. Wenn sie ihm seine Sparbücher nur nicht weggenommen hätte, schimpft sie sich selbst. Wozu der bösartige Geiz, sie hat doch genug? Albert hätte diesen gefährlichen Job nicht annehmen müssen, und ihr Leben wäre vielleicht in normalen Bahnen weitergelaufen. Einmal die Woche würden sie sich sehen, immerhin besser als nichts. Nach und nach würde er sich die Hörner schon abstoßen, und dann wären sie endlich die Familie, die sie sein sollten.

Christiane hat recht. Es fällt Albert wirklich sehr schwer abzureisen, aber wie immer kennt sie nicht die ganze Wahrheit.

Mit dem Start des Flugzeugs bricht für ihn der Traum seines Lebens endgültig zusammen. Und während das Flugzeug an Höhe gewinnt, sinkt seine Stimmung auf den absoluten Tiefpunkt. Neben ihm verstreut Ossi erwartungsvolle Reiselaune, gespickt mit wichtigen Informationen aus dem Internet.

Diese Reise wird kein Honiglecken, lieber Ossi, warum bist du so übergut gelaunt?, denkt Albert. Die Frage hätte er sich jedoch leicht beantworten können, wenn er bei den Vorbesprechungen mit seinem Assi und der Auftraggeberin und Regisseurin Petra Binder etwas mehr bei der Sache und ihren Protagonisten gewesen wäre.

27   Die Reise

In Kairo schwenkt Alberts Kameraauge von einem ehemaligen Minarett, das nur noch als schwarzer Stummel in den Himmel ragt, hinunter durch die Brandruinen des orientalischen Basars, den er noch aus längst vergangenen, friedlichen Zeiten kennt. Wie unsagbar traurig: Aus der Zeile mit den Gewürzen stinkt es zum Himmel, von den Säcken mit den herrlichen Farbpulvern sind nur schwarze Klumpen übrig geblieben. Auch von dem stimmungsvollen Kaffeehaus, in dem er seine erste Shisha geraucht hat, ist nur mehr ein schwarzverkohltes Loch in der Hauswand vorhanden. Ein kleiner Teil der Wandmalerei – ein Kamel im Wüstensand – und eine der Wasserpfeifen sind nicht ganz zerstört. Albert zoomt auf das ausdrucksstarke Stillleben hin, eine Einstellung, die ihm das erste anerkennende »Wow!« seiner neuen Chefin einbringt. Ja, so kann man arbeiten.

Die Reise beginnt für Albert viel entspannter, als er zu träumen gewagt hat. Natürlich ist es auch hilfreich, dass es merklich weniger Passanten gibt. Nur Ossi muss gelegentlich seinen Luftpuffer einsetzen, um die immer noch aufdringlichen Händler und leider auch die vielen zerzausten, hungrig bettelnden Straßenkinder in Schach zu halten. Auch sie erfasst Alberts Linse in Großaufnahme. Spuren von Tränen und Rotz in verschmierten Gesichtern, leere Augen ohne Hoffnung oder funkelnd vor Gier und Hass, verzweifelte Schreie nach Essen und Geborgenheit. Früher konnte Albert solche Bilder leichter wegstecken. Jetzt muss er unwillkürlich an seinen Sohn denken.

Petra erweist sich von Anfang an als äußerst professionell. Die Arbeit an ihrem Dokumentarfilm geht ihr über alles. Sie weiß, wo und wie sie ihre Interviewpartner findet und kann sogar in mehreren Sprachen die wichtigen, richtigen Informationen aus ihnen herauslocken. Und sie riecht es geradezu, wann und wo es zu spektakulären Verglühungen kommt. Deshalb ist das Team auch stets vor Ort, wenn aus einem Lichtblitz ein Großbrand wird oder das Phänomen andere Katastrophen verursacht.

Einige Male folgt sie auch einfach den entfernten Klängen zu spontanen religiösen Zeremonien oder den dumpfen Trommeln zu rituellen Teufelsaustreibungen. Sie ahnt auch andere extreme Ereignisse voraus, wie ein in einen Bürgerkrieg ausuferndes Polizeigefecht gegen eine gut organisierte Plündererbande, gewalttätige Massenproteste gegen Versorgungsengpässe, Revolten gegen Potentaten, die sich untätig hinter hohen Mauern verschanzen.

Petra bekommt sogar einen Arzt vor die Kamera, der berichtet, dass der Machthaber seines Landes die Lebensmittel für sich und seinen Klan hortet und täglich mit Strychnin versetztes Heroin in rauen Mengen verteilen lässt, um sich so den Zorn der Massen vom Leib zu halten. Ein ganzes Land voller Untoter!

Die Arbeit an dem Film geht zügig voran, und Albert fühlt sich in seinem Element. Petra lässt ihm viel Raum und Zeit, um besonders sensationelle Bilder zu kreieren. Sie hat sogar Verständnis dafür, dass ihr Team stundenlang auf die richtige Lichtstimmung wartet oder es lange dauert, bis der beste Standort für eine Aufnahme gefunden ist.

So entstehen auch die unglaublichen Bilder auf der Plaza de la Constitución in Mexiko City. Denn hier beginnt Albert erst zu drehen, als die Sonne schon knapp vor dem Untergehen ist. Erst jetzt zoomt er von einem Hochhausfenster aus hinunter zu den vielen rußschwarzen und einigen blutroten Flecken auf dem streng quadratischen Raster des Platzbelages. Die wenigen Menschen, die hier noch unterwegs sind, wirken klein wie Ameisen, werfen aber dünne Riesenschatten, die wie Gespenster über den Platz geistern.

Die Schatten der vielen streunenden Hunde dazwischen sehen aus wie seltsame Fabelwesen.

Nein, dieser Film wird kein Kopfsalat! Dieser Film wird die Welt und ihre Wirklichkeit zeigen, so wie sie ist – ungeschönt und doch auch schaurig schön. Bilder für die große Leinwand. Ergreifende und abschreckende Eindrücke für eine neue friedliche Zeit danach. Hoffentlich.

Und was Albert als Mann betrifft, lässt sich die Frau Regisseurin sehr viel Zeit, oder hatte Elvira, diese Schlange, etwa unrecht? Hat Petra gar kein Interesse an ihm? Kann er sich diesbezüglich echt entspannen, oder ist es bloß ein geschicktes Manöver von ihr, häufig mit seinem Assistenten zu tuscheln und zu lachen? Ossi ist zwar einige Jahre jünger als sie, aber was zählt das heute noch. In ihrer Gegenwart scheint er sich jedenfalls wohlzufühlen. Und abends ist er sogar öfter noch für Extraarbeit mit ihr zu haben. Offensichtlich nicht ungern. Dann ziehen die beiden aus, um mit dem Audiorecorder stimmungsvolle Stadtatmosphären, Gebets- und Sprechchöre, Sirengeheul, Musikstücke und Lautsprecheransagen in all den vielen verschiedenen Sprachen einzufangen.

An einem freien Tag, in einem der besseren Hotels, beobachtet Albert schließlich, wie Petra und Ossi ziemlich eindeutig im Swimmingpool herumalbern. Aha, bahnt sich da eine Beziehung zwischen einem zukünftigen Kameramann und einer Regiefrau an? Albert wünscht Ossi alles Gute. Gemeinsames Arbeiten und zweisame Nächte in den sonst so tristen Hotelzimmern – ein Glück, das Albert nie hatte. Auf den meisten seiner Reisen schlief er allein oder höchstens mit einer Schönen der Nacht.

Und wie so oft auf dieser Reise lässt die Hitze Albert nicht ein schlafen. Seine Gedanken rotieren auf der Stelle, als hätten sie sich in dem wackeligen, periodisch quietschenden Deckenventilator verfangen.

»Der Samba, die Liebe und das Leben lassen sich niemals unterkriegen«, dröhnt es wie Hohn in Alberts Kopf. Es ist die Erinnerung an eine halbverbrannte Sambaschule, in der ein ähnlicher Ventilator sinnlos rotierte. Petra hatte dort einen Tanzlehrer interviewt, der zwar kopfschüttelnd auf die Verwüstung deutete, dessen Energie dennoch ungebrochen schien.

Auch Alberts Schwenk über die Paare bestätigte die allgemeine Lebensfreude. Frauen und Männer aller Altersstufen durften zwar auch hier keinen Körperkontakt haben, aber umso intensiver wurde über die Sperre hinweg miteinander getanzt und geflirtet.

Auch Ossi war ein Objekt der Begierde gewesen. Und er hatte den Schönen hinter der Sperre zugezwinkert, war dabei aber knallrot angelaufen. Nur an Albert schienen die Damen kein Interesse mehr zu haben. Früher war es immer umgekehrt. Sie merken es, dachte er betroffen, meine Anziehungskraft ist offensichtlich überfordert. Sie muss jemanden von der anderen Seite der Welt heranziehen. Und selbst wenn ich damit aufhöre, wenn ich diesen Traum begrabe, wird es bald das Alter sein, das mich begräbt.

Nur am Meer, wenn die Wellen an die Felsen branden und die Wassertropfen ihre Luftsprünge machen, kann Albert zu grübeln aufhören, ruhig werden und für Momente eine andere hoffnungsvolle Dimension des Lebens erspüren …

Auf dem Grab von Isolde Tiefenbach sind die Blumen schon wieder verwelkt. Ines hat diesmal keine neuen mitgebracht. Sie steht eine Weile unschlüssig da und fixiert die elegante Art-décoSchrift auf dem schwarzen Marmor, bis sie das laute Gezwitscher rundherum aufhorchen und aufschauen lässt. Es sind die

242

Schwalben, die ihre Nester in den verschnörkelten Dachkonstruktionen der altehrwürdigen Mausoleen bauen. Sie spielen Fangen zwischen Grabsteinen und Trauerweiden, aufgeweckt zwitschernd wie kesse Mädchen, tollkühn und pfeilschnell wie freche Burschen. Bald wird es Nachwuchs geben. Sogar auf dem Friedhof. Die Natur ist in der Welt, um zu leben, nur die Menschen kommen auf die Welt, um zu sterben, denkt Ines sarkastisch. Und sterben, das schafft doch jeder, aber leben? Tränen steigen ihr in die Augen, doch diesmal nicht aus Trauer, sondern aus Zorn und Verbitterung über ihre versäumten Gelegenheiten.

Was war denn das bisher für ein Leben? Ja, es war nicht unbequem gewesen. So angenehm, wie es für Privilegierte ohne Geldsorgen eben ist. Aber glücklich?

War das Leben ihrer Mutter nicht jahrelang viel besser gewesen als ihr eigenes? Und plötzlich schreit Ines der Toten ins Jenseits nach: »Ich glaub dir kein Wort mehr! Warum hast du nie über die schöne Zeit geredet? Es war doch schön mit ihm. Immerhin zwölf Jahre lang wart ihr ein perfektes Paar. Zwölf Jahre Glück, Erfolg, Liebe, Leben. Alles, was du wolltest. Hast du dich je dafür bedankt? Bei ihm? Oder wenigstens beim Universum? Nein! Stattdessen hast du mich in Drachenblut gebadet. Scheiß auf: Lass die Gefühle aus dem Spüle. Scheiß auf: Was nicht für die Ewigkeit ist, hat keinen Wert.«

Ines merkt, dass einige Friedhofsbesucher mürrisch zu ihr herüberblicken.

Doch ihre Abrechnung ist bereits beendet. »So, das war es dann. Mich siehst du nicht wieder. Schluss. Ende. Aus.«

Ines wendet sich ab, um dann doch noch einmal zurückzublicken: »Trotzdem: Viel Glück, für das nächste Mal. Vielleicht hast du ja doch auch etwas gelernt.«

Während Albert seine Tage mit dem Dokumentieren der aus den Fugen geratenen Welt ausfüllt und seine Nächte allein, quer auf einem Doppelbett, oder zusammengerollt auf einer Pritsche verbringt und dabei meist schlaflos auf seine kleine Bronzefigur starrt oder sie zärtlich streichelt, horcht Ines auf der anderen Seite der Erde in sich hinein. Eine innere Stimme rät ihr, zurückzugehen zu den Anfängen.

Woher kam damals in Spanien diese Spontanität, diese Courage, diese Selbstverständlichkeit? War sie ihr durch die Musik zugeflogen?

Ines blickt sich nach ihrer Geige um, doch die hat sie ja der Musikakademie überlassen. Sie legt eine Platte auf, beginnt zu tanzen, wirbelt durch die fast leeren Räume des Bungalows. Als die Musik endet, erstarrt Ines wie die Tänzerin auf einer Spieldose vor dem großen Vorzimmerspiegel: »Das ist also aus dir geworden! Irgendwo auf dieser Welt befindet sich ein Mann, der bereit war, mit dir zu verglühen, und jetzt auch seine Karriere für dich sausen hätte lassen. Und was tust du? Du fürchtest dich vor Enttäuschung, Ablehnung, Veränderung, dem Ende noch vor dem Anfang. Dem Tod noch vor dem Leben.«

Ines wendet sich plötzlich entschlossen ab. »Nein, du fürchtest dich nicht! Du lebst deinen Tanz. Du tanzt dein Leben, und Leben ist Veränderung. *Du* nimmst die Herausforderung an. Jetzt!«

Damit geht sie entschlossen auf das veraltete Festnetztelefon ihrer Mutter zu, wählt und horcht gespannt in die Stille. Besser, er sieht nicht gleich, dass ich es bin, denkt sie dabei und weiß gleichzeitig, dass diese Vorsichtsmaßnahme noch von ihrem alten Ich stammt. Es dauert lange, bis das Freizeichen ertönt. Es erscheint ihr überlaut und verfremdet, aber es bedeutet, dass sein Handy aktiv ist, wo immer er sich gerade befindet.

Dort, wo sich Albert befindet, ist gerade Nacht und er kommt erst langsam aus dem Traumland zurück, reibt sich die Augen, blickt auf die Uhr und setzt sich an den Bettrand. Während er auf das Display seines Handys schaut, beschleicht ihn ein sonderbares Gefühl. Eine Festnetznummer von zu Hause, die er nicht kennt? Hoffentlich ist Pauli nichts passiert, ist sein erster Gedanke. Und während er zögernd abhebt, nimmt er, wie zum Schutz, die Skulptur von Ines in die Hand. Gleich darauf durchzuckt ihn ein Stromschlag der Freude.

»Ines?! Echt?!«

Als Ines die Freude in Alberts Stimme hört, wird ihr leicht und warm und wunderbar.

»Ja, Albert, ich bin's, echt und wirklich … und ich sollte dir einiges erklären, warum …«

Albert unterbricht sie. Jetzt ist doch alles ganz klar: »Du brauchst nichts zu erklären, nimm einfach das nächste Flugzeug.«

»Das nächste Flugzeug!?«

Eine Weile herrscht Schweigen in der Leitung. Ines muss sich noch einmal einen kleinen Ruck geben. Kann denn das Leben wirklich so einfach, so schön, so abenteuerlich sein? Sie hat das Geld, die Gelegenheit, den Wunsch – und sie hat auch den Willen! Ihren *und* seinen.

»Und wohin? Wo bist du denn gerade?« »Wo ich bin? Ja, wo bin ich denn gerade? Einen Moment.« Albert blickt sich um, auf der Suche nach einem Anhaltspunkt. Diese Hotelzimmer sehen doch alle gleich aus. Auf der ganzen Welt. Schließlich entdeckt er auf dem Briefkopf des Hotelbriefpapiers, wo er sich befindet.

»Richtig … in Delhi … ich bin in Delhi … heute Abend sind wir erst angekommen. Aber soviel ich weiß, drehen wir hier ein paar Tage.«

Als Ines den Hörer sinken lässt, nimmt Indien vor ihrem geisti
gen Auge bereits Gestalt an – die Musik, die Gerüche, die Farben,
die Menschen. Sie legt eine CD mit indischer Musik ein, beginnt
sich zu drehen und zu tanzen.

»Dann hab ich also doch noch etwas in Indien verloren...«

28   Jenseits des Taj Mahal

Nie war Fliegen so schön und – jawohl – die Freiheit so grenzenlos. Ines weiß schon jetzt, dass sie glücklich und dankbar sein wird für jeden Moment.

Und es sind viele Momente.

Der Moment, als sie Albert in der Ankunftshalle erblickt. Das Strahlen in seinen Augen. Die erste Umarmung und alle weiteren. Manchmal scheint es ihr, die Ewigkeit in jedem Moment zu erfahren.

Ines hat vorausschauend eine Suite in dem Palasthotel gebucht, in dem sie auch damals abgestiegen war. Hier ist es angenehm kühl, sogar bei Tag, wenn das Sonnenlicht durch wehende, weiße Vorhänge flutet. Die beiden würden am liebsten gar nicht mehr aus dem bequem breiten Bett steigen. Albert entdeckt mit Ines eine ihm völlig neue Art, eine Frau zu lieben. Unendlich zärtlich streichelt und küsst er jeden Millimeter ihres Körpers, geht liebevoll auf sie ein, steigert den Rhythmus und die Stärke seiner Bewegungen im Einklang mit ihrer Bereitschaft. Doch diese Art der langsamen Steigerung führt beide zu tausendmal höheren Gipfeln – oder befinden sie sich etwa schon auf dem Weg ins tiefe Tal des Tantra?

Als Ines irgendwann erschöpft und entspannt einschläft, streichelt Albert sie weiterhin zärtlich, betrachtet ihren schönen Körper und prägt sich das wundervolle Bild tief in die Seele ein. Da bleibt sein Blick an dem Erkennungskettchen an ihrem Handgelenk hängen. »Peng!, und wir sind im Paradies«, schießt es ihm durch den Kopf.

Albert berührt das Kettchen vorsichtig, versucht mit einem Finger zwischen Metall und Haut zu gelangen. Es sitzt sehr eng. Ines erwacht und dreht sich zu ihm hin.

»Diese Anziehungskraft zwischen uns«, sagt er leise, nach Worten suchend, ein wenig verlegen. »Ich hab's nicht glauben wollen, aber es kann ja nur ... es ist ... die Liebe. Ich ... ich liebe dich und ich werde dich nie verlassen, Ines. Du brauchst keine Angst zu haben.«

Ines schüttelt lächelnd den Kopf.

»Ich habe keine Angst mehr ...«

Albert würde den Dreh am liebsten vergessen, um jede Minute mit Ines zu verbringen, doch sie drängt ihn dazu weiterzumachen. Schließlich werden sie noch alle Zeit der Welt füreinander haben, und seine Arbeit ist auch ihr wichtig. Albert hatte Ines einige Sequenzen aus dem Film gezeigt, und sie war begeistert und ehrfürchtig erstaunt über sein großes Können. Nach drei von Petra schweren Herzens genehmigten Urlaubstagen ist Albert bereit, die Arbeit wieder aufzunehmen. Mit Ines verabredet er sich für den frühen Abend in einem Straßencafé in der Nähe des Hotels. Die ersten Stunden der Trennung erleben die beiden sehr unterschiedlich.

Ines lässt sich durch die Stadt treiben und versucht die Plätze von damals wiederzufinden. Doch diesmal brennen sich die Kontraste zwischen farbenfroher Schönheit und schmutziggrauer Armut tiefer in ihre Seele. Das Elend der Welt tritt immer deutlicher hervor und mit ihm die Frage: Warum geht es mir so gut? Warum darf ich so glücklich sein? Nach und nach gerät Ines in eine seltsame Stimmung, wie wenn sich ein Vorhang öffnet und ihr bewusst wird, dass sie auf einer Bühne steht, eine Rolle spielt, eine von vielen, in unzähligen Theaterstücken.

Mit dieser Erkenntnis steht sie ganz unverhofft vor dem »seidenen Ort« ihrer ersten eigenmächtigen Verwandlung, dem

Textilgeschäft mit der Hinterhof-Schneiderei, in der sie sich ihre Rolle für dieses Leben anmessen ließ.

Albert, Ossi und Petra sind schon sehr früh morgens nach Agra zum Taj Mahal aufgebrochen. Petras Recherchen nach ereignen sich im Tempel der Liebe besonders viele Verglühungen, und sie musste Gott und die Welt in Bewegung setzen, um hier überhaupt noch eine Drehgenehmigung zu erhalten.

Albert ist nicht glücklich, gerade an diesem magischen Ort von Ines getrennt zu sein, doch bald fesseln ihn die ganz besonderen Effekte, die sich durch die vielen Rußflecken im Kontrast zu den strahlend weißen Marmorböden ergeben. Welch eine optische Täuschung! Man glaubt, man könnte in tiefe, schwarze Löcher stürzen, wenn man nicht vorsichtig genug über die schmalen, weißen Brücken balancierte, die noch vom Marmor übrig sind. Ein verzweifelter Restaurator erklärt kopfschüttelnd, warum besonders viele Anti-Paare ausgerechnet hierher kommen:

»Der Glaube hat sich breitgemacht und hält sich hartnäckig, hier zu verglühen wäre der Garant für die ewige Liebe im Weißgottwo! Dabei übersehen diese gefühlsduseligen Touristenhorden doch alle das wirklich Wesentliche …«

Der frustrierte Mann stockt, als wolle er ein gut gehütetes Geheimnis nicht ausplaudern, und Petra muss nachhaken: »Ja, bitte, klären Sie uns auf. Vielleicht kann Ihr Beitrag dazu dienen, dass die Verglühungen hier aufhören, oder zumindest weniger werden.«

»Liegt doch auf der Hand«, platzt es aus dem Restaurator heraus. »Dieses Gebäude ist doch eigentlich das Symbol für das genaue Gegenteil: Es ist das *Grabmal* der Liebe! Das weltweit bekannteste in Marmor gemeißelte Zeichen, dass Liebe – die menschliche Liebe – *nicht* ewig dauert. Dass sie eine Illusion ist! Und basta!«

Er will sich abwenden, doch da fällt ihm noch etwas ein: »Ja, und außerdem hat die Verschwendungssucht des Erbauers, dieses Shah Jahan, dazu geführt, dass sein Sohn ihn entmachtet hat. Auch ein schönes Zeichen von Liebe, lässt seinen Vater in der Gefangenschaft verrecken …!«

Plötzlich tief beunruhigt bohrt sich Alberts Blick in eines der schwarzen Löcher. Am liebsten würde er sofort wieder einmal Ossi die Kamera aufhalsen, um zu Ines zu eilen. Als es dann endlich Drehschluss heißt und die drei zurück in Delhi sind, ist er so rasch dahin wie noch nie.

Kurze Zeit später sitzt Albert in dem Straßencafé, hält nervös nach Ines Ausschau und hätte sie dann beinahe nicht wiedererkannt in dieser indischen Schönheit, die da lächelnd auf ihn zukommt: Ines trägt einen türkisfarbenen Sari, ein Bindi auf ihrer Stirn symbolisiert das dritte Auge, und an ihren Armen klimpern bunte Bangles.

Sie gehört hierher, schießt es Albert durch den Kopf. Es ist kein Zufall, dass wir gerade hier zusammengefunden haben. Die Eleganz und Würde, mit der sie geht, nein, schreitet, lässt ihn automatisch hochfahren und ihr einen Stuhl zurechtrücken.

Und so sitzen die beiden nur da und halten sich an den Händen. Die Angst, es wäre vielleicht doch nur ein schöner Traum gewesen, ist verflogen. Alles ist gut. Es gibt sie wirklich, diese wunderbare Wirklichkeit.

Albert möchte Ines' Hand nie mehr loslassen. Ines scheint seine Gedanken zu lesen und lächelt ihm zu. Doch dann schweift ihr Blick ab, zum Treiben auf der Straße. Es gibt zwar auch hier wesentlich weniger buntes Leben, aber immer noch sehr viel Straßenverkehr.

Ein alter Bauer mit langen weißen Haaren und vielen Körben versucht vergeblich, durch diese Blechlawine über die Straße zu gelangen. Ines beobachtet ihn eine Weile, entzieht dann Albert ihre Hand und steht langsam auf: »Wart bitte einen Moment, ich muss nur …«

Ohne weitere Erklärung geht sie los, schlängelt sich wie traumwandlerisch durch die hin- und herrasenden abenteuerlichen indischen Gefährte zur anderen Seite auf den alten Mann zu. Und auch er scheint sie zu bemerken und wendet sich zu ihr hin.

Albert schaut Ines erstaunt nach und sucht eine Erklärung. Sie muss wohl einen Bekannten in diesem Trubel entdeckt haben. Solche Zufälle gibt es. Kein Grund zur Beunruhigung.

Ines geht die letzten Schritte auf den alten Mann zu. Er lächelt, seine Augen strahlen, er wirkt jünger, sieht plötzlich zeitlos jung aus. Auch Ines beginnt zu strahlen. Ja, dies sind die Augen, dies ist das Lächeln, dies ist der Mann mit der Aura, der ihr damals so viel Kraft und Selbstbewusstsein geschenkt hatte, und es scheint, als würde auch er sich erinnern, als würden die beiden einander seit einer Ewigkeit kennen.

Als Albert erfasst, was da vor seinen Augen passiert, ist es wie in einem Alptraum. Er versucht aufzustehen, doch seine Beine sind wie gelähmt, er fuchtelt wild mit den Armen, ohne Erfolg – und seine Schreie werden vom Straßenlärm verschluckt.

Langsam, wie bereit zum Tanz, streckt Ines ihre Arme aus. Langsam stellt der Alte seine Körbe ab und hebt ebenfalls die Arme, wie ein Vogel vor dem Abflug.

Langsam, zeitlos gegenwärtig – bis schließlich die Berührung stattfindet.

Einen Moment scheint es, als wäre bloß ein Windstoß in den leichten Seidenstoff von Ines' türkisgrünem Sari gefahren und würde beide umwickeln. Doch gleich darauf, mit einem schrillen

Zischgeräusch, verschmelzen spiralwirbelartig ihre Körper. Die menschlichen Umrisse sind bald nicht mehr zu unterscheiden, lösen sich auf in einer schillernden Eiform, die sich in ein grellweiß blitzendes Lichtgebilde verwandelt, einen Stern, dessen Strahlen sich ausdehnen, dessen Wärme Alberts Wangen wie eine letzte Liebkosung berührt.

Schließlich verblasst die Erscheinung vollkommen, und da der Straßenverkehr völlig erlahmt ist, herrscht einen Moment lang gespenstische Ruhe.

Nur dünne Rauchschwaden von angesengten Gegenständen rundum zeugen noch von dem Geschehenen. Und während der allgemeinen Erstarrung segeln brennende Palmblätter malerisch durch die Luft.

Endlich erwacht Albert aus seinem Schockzustand und stürzt über die Straße auf den rußschwarzen Fleck zu, einen dieser unzähligen, die Verglühungen weltweit hinterlassen.

Und wie um ihn zu verhöhnen, liegt in der Mitte dieses Höllenauges Ines' Erkennungskette.

Albert greift danach, verbrennt sich die Finger und lässt die Kette mit einem Aufschrei wieder fallen. Im Nu ist ein Straßenjunge da, der das heiße Metall schnappt, es in den Händen hin und her wirft und sofort damit verschwunden ist.

Albert steht fassungslos vor dem NICHTS. Nur langsam kann er sich abwenden und wird vom Labyrinth der Straßen verschluckt.

29   Das Ende dieser Welt

Wie in Trance verrichtet Albert weiterhin seine Arbeit. So wie Ines es wollte. Er misst jede seiner Einstellungen daran, ob sie ihr gefallen würde. Er bereist weiterhin Städte, Länder, Kontinente. Und langsam wird Albert klar, dass er mehr vom Schicksal erhalten hat, als er sich je träumen ließ. Er ist kein undankbarer Mensch. Die Momente des Glücks mit Ines, der tragische und gleichzeitig auch so erhebende Anblick ihrer Verschmelzung geben ihm die Kraft weiterzuleben, solange es noch dauern sollte …

Und dann geschieht es:
Die schillernde Blase, die den Globus schon seit einiger Zeit gänzlich umhüllt, setzt sich wieder in Bewegung, beginnt in der Gegenrichtung zu rotieren. Eine neue Schwingung, ein langsam ansteigender Rhythmus pulsiert um die gesamte Erde. Das Pulsieren verstärkt sich, ringförmige Wellen treten aus, der Planet schwingt im Gegenklang zu seiner Antiwelt. Gemeinsam werden die beiden heller und heller, werden zum schillernden Weltenei, leuchten in weißem Sternenglanz auf und strahlen ins Universum hinaus – einen zeitlosen Moment lang –, dann hebt sich alles gegenseitig auf, fällt in sich zusammen und verschwindet im
NICHTS …

Und die Menschheit?

Sie hat's nicht bemerkt!
Zumindest die meisten Menschen haben nicht die geringste Ahnung von diesem weltbewegenden Geschehen. Nur einige wenige, sehr Sensible spüren die Veränderung sofort, bei allen anderen dauert es wesentlich länger.

Das Blau des Himmels ist intensiver als zuvor, das wird als Erstes allgemein konstatiert.

Überhaupt sind die Farben anders, schöner, geradezu prächtig.

Die Augen bekommen dadurch einen ganz neuen Glanz. Auch die Töne der Musik klingen reiner und die Geräusche des Alltags harmonischer.

Und erst die Gerüche – da weiten sich die Nasenflügel vor Wohlgefühl und guter Laune.

Nach und nach bemerken viele Menschen, dass ihnen das Atmen leichter fällt, der Körper wird energiegeladener, der Kopf klarer und die innere Stimme ist deutlicher zu hören.

Viele behaupten auch, ihre Selbstheilungskräfte hätten sich enorm verbessert.

Auch die zwischenmenschliche Kommunikation wird intensiver.

Es ist, als würde man spüren, was im Kern jedes Menschen wichtig und richtig ist.

Dies macht die Menschheit respektvoller und friedliebend. Ein neues Bewusstsein von Einheit jenseits von Raum, Zeit und Individualität entsteht.

Es ist also doch alles ganz anders als zuvor.

Die Welt scheint zu gesunden.

Als ein grausamer Diktator grundlos Regimegegner freilässt und sein gesamtes Vermögen für Sozialprojekte spendet, erregt dies noch internationales Aufsehen. Bald beginnen auch Spekulanten, Wirtschaftsbosse und Politiker weltweit Geheimkonten preiszugeben, Steuern zu zahlen oder veruntreute Gelder an Staatskassen zurückzutransferieren. Und als dann auch noch alle großen Ölfirmen Wiedergutmachung und Schadensbereinigung ihrer Umweltsünden nicht nur ankündigen, sondern zügig durchführen, gelten derlei Taten schon fast als selbstverständlich.

Überall auf der Welt führen Friedenskonferenzen zur raschen Einstellung von Kriegshandlungen und der Wiederaufbau von zerstörten Städten steht im Zeichen von Schönheit und Menschlichkeit.

Ein internationaler Weisenrat wird eingesetzt, um die gerechte Verteilung der verwaisten materiellen Güter weltweit zu regeln, und in Dritte-Welt-Ländern wird echte Aufbauarbeit geleistet. Durch vernünftigeren Umgang mit der Umwelt und einen neuartig weltweit vernetzten Erfindergeist sowie grundlegendes Umdenken in den Chefetagen großer Konzerne erholt sich das Klima rascher, als man jemals hoffen konnte.

Schließlich ergeben die weltweiten Aufzeichnungen, dass gar keine Verglühungen mehr stattfinden.

Ebenso plötzlich wie dieses Phänomen erschienen ist, scheint es auch wieder verschwunden zu sein.

Einfach so?

Albert denkt nicht darüber nach. Er ist glücklich, doch noch viel Zeit für seinen Sohn geschenkt bekommen zu haben. Bald entdeckt er dessen außergewöhnliche Begabungen und fördert diese, so gut er kann. Es gelingt ihm sogar, Verständnis für Paulis Mutter und ihre Bedürfnisse zu entwickeln. So kann Christiane endlich die werden, die sie eigentlich immer sein wollte.

Und Albert? Er berührt Menschen – und sie berühren ihn.

EPILOG

Der Nobelpreis für Physik geht wie erwartet an Professor Dr. Paul Ritter!

Anlässlich der Verleihung hält der große Gelehrte eine Vorlesung in der Aula Magna der Universität Stockholm.

»Das Weltall fängt an, mehr einem großen Gedanken als einer großen Maschine zu gleichen. – Mit diesem Satz des Astrophysikers Sir James Jeans begab sich auch die exakte Wissenschaft auf ein völlig neues Terrain: Gedanken kann man nicht messen!

Ein Gedanke, eine Idee kann aber wirken, in die Wirklichkeit treten, besonders dann, wenn viele diesen Gedanken, diese Idee, diese Vision teilen, wenn der Gedanke zur allgemeinen Konvention wird, dass etwas genau *so* und nicht anders *ist*.

Sind wir demnach alle gemeinsam die Schöpfer unserer Wirklichkeit? In magischen Zeiten und ursprünglichen Kulturen noch nicht so strikt festgelegt, noch leichter zu überwinden durch Beschwörung, Trance und rituelle Handlungen – was uns ja das Verschwinden von ganz Australien hinlänglich bewiesen hat.«

Paul Ritter weiß, dass seine Thesen noch längst nicht von allen Kollegen geteilt werden, setzt aber spöttisch noch eins drauf:

»Ja, ich bin ganz sicher, dass sich die Aborigines ihr Land zurückerobert – nein, besser gesagt: zurückgeträumt oder zurückgesungen – haben. Und meiner Meinung nach zu Recht! Schauen Sie sich unsere westliche Wirklichkeit doch an: Durch den Glauben, zuerst an religiöse, dann an wissenschaftliche Dogmen, ist unsere Welt immer starrer, immer feststofflicher geworden. Geradezu festgefahren, wie ein Karren im Dreck!«

Dezentes Lachen. Paul Ritter schweigt einen Moment. Von seiner früheren Schüchternheit ist längst nichts mehr zu merken. Er hat sein Publikum nach den vielen Jahren Vorlesungen vor Studenten voll im Griff. Bevor er weiterspricht, blickt er wie suchend zur Decke der imposanten Halle.

»Immer schon blickten die Menschen zu den Sternen und machten sich ihre Gedanken. Das Weltall schien anfangs klein und kuppelförmig, wie eine Schneekugel in einem Souvenirladen. Später wurde es so groß wie das Sonnensystem. Es folgte die Einsicht, einer spiralförmigen Galaxie anzugehören, die sich als wesentlich größer entpuppte als alles bis dahin Denkbare. Und so ging es weiter, mit immer neuen Erkenntnissen – bis hin zur Theorie des Multiversums.

Doch da stellt sich wieder diese Frage: Sind wir es, die das Weltall erforschen, oder sind wir diejenigen, die es durch unsere Kreativität, Abenteuerlust und Wissbegierde bis in die Unendlichkeit ausdehnen? Genauso, wie wir die kleinsten Teilchen teilen und teilen und doch zu keinem Ende kommen – vielleicht weil wir auch hier, im Mikrokosmos, zu keinem Ende kommen wollen?

Und der Anfang? Ist der Urknall auch nur eine Station auf dem Weg zurück zur Erkenntnis, dass wir die Schöpfer dieser Welt, ihrer Größe, Schönheit und vor allem auch ihrer Schrecken sind?

Wenn es Gott gibt, dann kann der/die/das damit Gemeinte nur jenseits dieser Schöpfung liegen. Jenseits der Raum-Zeit – jenseits des Urknalls. In unserer Welt muss es logischerweise mehr als *eine* Anwesenheit und damit mehr als *einen* Schöpfer geben. Sonst gäbe es sie nicht. Nur mehrere Punkte ergeben eine Form. Bewegung wird nur sichtbar in Bezug auf etwas anderes beziehungsweise jemand anderen. Schon ist die Dualität geboren, schon gibt es ein Entweder-Oder, ein Ich oder Du. Schon ist die Einheit nur mehr ein Traum, schon sind wir aus dem Paradies vertrieben und die Sehnsucht nach der Wiedervereinigung ist da. Diese Sehnsucht, deren Stärke wir alle erlebt haben in der kraftvollen Anziehung und hochenergetischen Verschmelzung der Anti-Paare.

Nun waren wir ja bis jetzt überzeugt, dass es nur vier physikalische Grundkräfte gibt, die wir genau zu kennen glauben: Starke und schwache Kernkraft und Elektromagnetismus wirken im Mikrokosmos. Die drei haben wir mit der Quantenphysik gut im Griff – obwohl es hier eigentlich nur um Zufall geht, um Wahrscheinlichkeit, spukhafte Fernwirkungen und viele weitere Rätsel, um einen ›Gott, der würfelt‹.

Die Gravitation als die schwächste und vierte Kraft wirkt im Makrokosmos. Ihre Wellen krümmen die Raum-Zeit und schwingen das Universum – ich spreche daher von ihr gerne mit den Hindus von *Shivas Tanz*. Wir können sie mit Einsteins Allgemeiner Relativitätstheorie exakt berechnen, und diese beruht wiederum streng auf Kausalität.

Also Kräfte, die dem Zufall, und andere, die dem Determinismus gehorchen. Zwei Weltbilder, zwei derart unterschiedliche Theorien, die niemals zu der einen seit Langem gesuchten Weltformel vereint werden können.

Ich ging also davon aus, dass noch eine ganz spezielle Kraft als Bindeglied von all dem, was *ist,* existieren muss. Und bei der Suche danach wies mir das Phänomen den Weg: Das *Leben* selbst birgt das gesuchte Paradoxon aus *determiniert* und *unbestimmbar*, aus Schicksal und Zufall. Daher ist die *Lebenskraft* – von den Indern *Prana*, von den Japanern *Qi* genannt – die gesuchte Verbindung!

Aber ist diese Kraft dann bloß eine von fünf? Oder ist sie nicht vielmehr die Urkraft, die uns kurz nach dem Urknall durch eine Unsymmetrie zugunsten der Existenz die Illusion der Materie überhaupt erst beschert hat, um daran unser Bewusstsein zu bilden, unser *Da-Sein* zu *be-greifen*, entsprungen aus der Nullten Dimension, der nicht materiellen, zeitlosen, reinen Informationssphäre, dieser

Sphäre der unendlichen Möglichkeiten. Ist *sie* dann nicht die Grundlage für die gesuchte Weltformel, unerlässlich, um endlich zur ersehnten vereinheitlichten Theorie zu gelangen?« Paul Ritter schweigt einen Moment und senkt die Stimme.

»Und genau dieser Frage bin ich auf den Grund gegangen.«

Er lächelt und breitet die Arme aus: »Und hier stehe ich! Weil ich sie beantworten konnte. Ohne die *Lebenskraft* – ich nenne sie *Null-*, griechisch: *Midén*-Kraft: μηδέν – gibt es gar keine *Kräfte*! Die Formel, mit der sich dies ausdrücken lässt, entspricht dem Gebot der Einfachheit und ist deshalb auch schön!«

Applaus brandet auf. Paul nickt dem Publikum zu und wartet geduldig, bis er weitersprechen kann.

»Natürlich war der Weg dorthin nicht einfach und auch nicht immer schön. Doch da waren immer Menschen um mich, die mich anregten, die mich ermutigten und unterstützten. Ihnen gilt mein allerherzlichster Dank. Vor allen meinen Lehrern und Kollegen, die ich hier nicht alle im Einzelnen nennen kann. Aber ohne meinen Wahlonkel Oskar »Ossi« Zinner, den weltbekannten Science-Fiction-Autor, und seine kongeniale Partnerin und Regisseurin Petra Binder würde mein Leben als Wissenschaftler wahrscheinlich in der üblichen Routine vertrocknet sein. Er war es, der das Interesse für Physik, Astronomie und Mathematik schon in ganz jungen Jahren, wie ein Märchenerzähler, in meine Träume gewoben hat. Ohne seine phantastischen Geschichten hätte ich mir niemals erlaubt, Fragen zu stellen, die dermaßen weit über den wissenschaftlich gestatteten Tellerrand hinausschießen.

Und meinem Vater möchte ich besonders dafür danken, dass er mich erfolgreich gehindert hat, aus Bewunderung für ihn den Beruf des Kameramannes zu ergreifen, den er so unnachahmlich großartig auszuüben verstand, für den ich aber wahrlich ungeeignet bin.«

Erneut dezentes Lachen aus dem Auditorium.

Nur Albert, der neben Ossi und Petra in der ersten Reihe sitzt, kämpft mit den Tränen. Er ist überwältigt von seinem klugen Sohn und von all den Gefühlen, Gedanken und Erinnerungen. Er bedauert, dass Christiane diesen Augenblick nicht mehr erleben kann. Und er fühlt, wie Ines aus einer Parallelwelt zu ihm herüberlächelt. Ihre positiven Schwingungen geben ihm immer noch die Kraft, die sogar die Bürde seines mittlerweile beträchtlichen Alters leicht und locker macht. Schwingungen, die ihn an Meereswellen erinnern, an das Lachen von Wassertropfen bei ihren Luftsprüngen – und er ahnt dadurch einen Hauch von den Dingen, über die sein außergewöhnlicher Sohn da gerade spricht.

»Nun liefert uns also die Wissenschaft die Beweise, dass die alten Weisen recht hatten, die uns sagten, dass alles mit allem verbunden ist, und vor allem die Buddhisten haben recht, wenn sie von dieser Welt als traumartiger Täuschung sprechen.

Es gibt keine Wirklichkeit, die einer großen Maschine gleicht, der wir gegenüberstehen und die wir als reine Beobachter erforschen könnten. Alles ist von uns gemeinsam geschaffene Illusion! Oder – und hier schließt sich der Kreis – diese unsere Wirklichkeit ist ein großer gemeinsam gedachter Gedanke.«

Paul Ritter schweigt wieder einen Moment, lächelt seinem Vater zu und beendet seinen Vortrag mit einer Erinnerung:

»Ein weiser Mann hat mir schon in ganz jungen Jahren auf einem Rummelplatz prophezeit, dass wir durch die Verschmelzungsenergie auf eine höhere Schwingungsebene aufsteigen werden. Und da sind wir jetzt auch wirklich angelangt! Darum können wir alle, was früher nur ganz wenigen vorbehalten war: Wir können hinter den Vorhang der Materie blicken und mit Shakespeare sagen: *All the world's a stage!* Und wir können hier und jetzt das Theaterstück oder vielleicht den Roman dieser Welt und die Rolle unseres Lebens neu zu dichten beginnen …«

»... sollten Sie Ihrem Anti-Selbst begegnen, geben Sie ihm nicht die Hand! Sie würden in einem großen Lichtblitz verschwinden.«

Stephen W. Hawking
*(Eine kurze Geschichte der Zeit.
Die Suche nach der Urkraft des Universums.)*

KITTY KINO, Österreichische Filmemacherin, Autorin und Fotokünstlerin, ist bekannt durch Kultfilme wie KARAMBOLAGE, Die NACHTMEERFAHRT, WAHRE LIEBE und Aktion C+M+B. Ausgezeichnet mit dem Goldenen Verdienstkreuz des Landes Wien für ihre Vorreiterrolle als Filmemacherin, stellt sie nach dem Jugendroman LARA und die INSIDER und dem Fotobuch KITTY KINO VIENNA ihren ersten großen Roman vor. DIE KLEINSTE BERÜHRUNG ist ebenso wie sie selbst in keine der üblichen Kategorien einzuordnen ist. Das Wichtigste für KITTY KINO ist die kreative Neugierde, die sie immer wieder zu völlig neuen Themen und der Arbeit mit den unterschiedlichsten Medien führt. So sind auch Theaterprojekte, Kostüm- und Bühnendesign und Liedertexte in ihrer Vita zu finden. Dabei versucht sie hinter all ihren Tätigkeiten die zugrundeliegenden Bewusstwerdungsprozesse aufzuspüren.

www.kittykino.com